《红楼梦》文本与评点研究

胡　晴　著

燕山大学出版社
·秦皇岛·

图书在版编目（CIP）数据

《红楼梦》文本与评点研究 / 胡晴著. 一秦皇岛：燕山大学出版社，2021.5（2026.1重印）
ISBN 978-7-5761-0193-5

Ⅰ. ①红… Ⅱ. ①胡… Ⅲ. ①《红楼梦》研究 Ⅳ. ① I207.411

中国版本图书馆 CIP 数据核字（2021）第 100132 号

《红楼梦》文本与评点研究

胡 晴 著

出 版 人：陈 玉
责任编辑：朱红波
策划编辑：朱红波
封面设计：方志强
出版发行：燕山大学出版社 YANSHAN UNIVERSITY PRESS
地 址：河北省秦皇岛市河北大街西段 438 号
邮政编码：066004
电 话：0335-8387555
印 刷：廊坊市印艺阁数字科技有限公司
经 销：全国新华书店

开 本：700mm×1000mm 1/16 印 张：14.75 字 数：206 千字
版 次：2021 年 5 月第 1 版 印 次：2026 年 1 月第 2 次印刷
书 号：ISBN 978-7-5761-0193-5
定 价：59.00 元

前言 PREFACE

本书以《红楼梦》文本和《红楼梦》评点为研究对象，主要从经典文本的角度研讨《红楼梦》文本的多元化阐释空间在小说评点中的具体呈现。本书是笔者对之前《红楼梦》评点研究专题的继续和延伸，也是在结合多年《红楼梦》阅读和思考后所作的一次尝试，并不要求全面，而是表达笔者具有侧重点的思考。

本书分别从《红楼梦》的创作和影响、《红楼梦》的文本细读、脂批对《红楼梦》的艺术化阐释、独具个性的各家评点四个方面进行论述。首先结合《红楼梦》的影响看，视其作为经典文本的影响空间和多元化阐释空间，然后深入作者背景探讨其创作机制，笔者认为家族文化的滋养和家道顿落的惨祸对于曹雪芹的创作从素材到心理、从具体表象到审美观照都有着深刻且无可替代的影响，曹雪芹正是在这样的外因刺激下被塑造出来的。笔者又深入文本内部进行细读阐释，尤其关注了女性群体，以及在中国传统文化层面的故事与人物关系展现出的张力，做到在文本细读中对原作的最大限度的尊重，在行文上追求美文性的赏析，可读性较强。对于文本的细读和赏析，也是为了展现《红楼梦》阐释空间的丰富多元性，从而更好地进入对于传统《红楼梦》评点的讨论，做好由鉴赏到学术研讨的结合。同时，这样的设置也是由小说评点的特质决定的。小说评点是为阐释文义而生的，任何批语都只有结合具体的文本时才能获得完整的意义。小说评点所阐释的问题、得出的结论都与小说文本密不可分，“彼之理想要不出乎书中之理想耳，而于书外之理想无有也；彼之评论，仍不离乎书中之评论耳，而于书外之评论无有也”，无论《红楼梦》评点发展得如何精当充分，也跳不出文本的范围。因此，这种文本与批评独特的亲密关系使得《红楼梦》的文本与评点研究也势必紧密相关，互为桥梁。

随后，笔者分别以具有独特性的脂批和之后的《红楼梦》评点来讨论传统小说理论的独特个性问题，征引大量批语，同时也还是结合文本展开讨论。在脂批的研讨上专注于其文本阐释的艺术化特色，在之后的各家评点中则选择了各家不同的特点进行讨论，采取内外结合、以点带面的方式。

实际上，清末民初时期《红楼梦》评点已经逐渐式微，并开始被新兴的研究方法所取代。这个过程是理论发展更替的一种自然趋势，本来无可厚非，但是，在很长一段时间，《红楼梦》评点，尤其是评点派得到的评价不高，处于被忽视的边缘地位，正如著名红学家冯其庸先生在他的文章《重议评点派》中曾说到的：“评点派红学由于解放以来一直未受重视，甚至无形中还处于一种被全盘否定的地位，因此，人们对这一派的红学的观点和它的主要著作，已经十分陌生了。”这种不公平的待遇直到20世纪80年代才得到改善。而脂批相对较受重视，但是更为人看重的还是其史料价值。汉学家浦安迪先生曾指出：“不少学人注重各部分脂砚斋抄本上的资料，但他们的主要目的在于揭开有关作者身世、创作过程、版本年代诸问题的新知识而已，很少认真着眼于脂评内容本身对于阐明小说原意的见解。”

笔者认为，《红楼梦》评点在《红楼梦》研究中曾经占据的位置不该被漠视，而且各家评点所阐释的丰富观点和独特理论框架更应该得到充分的重视和了解。本书选取存于抄本之中的脂批以及脂批之后以120回刻本为底本的评点文字作为考察研究对象。在笔者前期的研讨中已经对《红楼梦》评点进行过大面积的搜罗和缕述，在这本书中则侧重于更深层的体悟，有针对性地进行考察。在脂批方面，针对其艺术式阐释，寻绎评点家从个人能力出发，怎样结合中国传统艺术理论发掘出《红楼梦》的艺术魅力，主要是从绘画理论、戏曲理论和传统作文之法这几条线索上进行讨论。评点派的情况相对复杂，据诸家著录的情况看，《红楼梦》评本的数量很多，流传分布不均，既有像王希廉评点那样传播较广的评本，也有从未刊刻过的私家评点。笔者仅选取了王伯沆、王希廉、黄小田、陈其泰四位评点家，从他们各自的特色入手，说明不同时期不同状态的《红楼梦》评点各自的特色和共同传递的时代之思。

总之，本书是笔者多年《红楼梦》文本与评点研究沉淀所得，力图将文本及随文而生的评点以不同的方式再次结合起来，让当代读者对小说评点达成相对明晰的认识，也是对以《红楼梦》为代表的优秀传统文化的深入解读的尝试，希冀能有一二所得。

2021 年春于北京

目录 CONTENTS

第一章 《红楼梦》的创作和影响

第一节 《红楼梦》的多元化及其影响

《红楼梦》又名《石头记》，是一部经典的清代长篇小说，它标志着中国古代小说的高峰，在中国文学乃至世界文学中都享有崇高的地位。《红楼梦》描写了贾、王、史、薛四大家族的荣辱盛衰，以贾宝玉、林黛玉二人的爱情悲剧为主线，重点描绘了贾府内外的生活，由点及面地展开层层错综复杂的矛盾斗争。小说的描写对象上至贵族高官，下至贩夫走卒，既描摹了公卿巨室的豪奢宴饮，也表现了贫贱之家的百事艰辛，还涉及风土人情、婚丧嫁娶、游艺、园林、饮馔、风水等诸多方面，可谓包罗万象，气象万千。同时，小说还对社会制度、家族制度、伦理关系和婚姻制度等有深刻反映，把在封建宗法制度下各色人物的生存状态与命运走向细腻地展现出来。小说渗透出一种深沉睿智的哲理性思考，作者成功地把佛家、道家哲学思想与儒家传统思想融入人物的言谈坐卧，融入小说的字里行间，使得小说体现出一种与众不同的哲理与诗情。可以说，《红楼梦》不仅为读者描绘了一幅生动而纷繁复杂的社会生活画卷，而且蕴藏着厚重的历史文化内涵。

一、《红楼梦》丰富的艺术内涵

《红楼梦》在文学艺术上的成就无疑是卓越的，就如鲁迅先生所说：“自有《红楼梦》出来以后，传统的思想和写法都打破了。”[①]《红楼梦》在情节结构、人物塑造、语言表现等方面都有超出以往的显著突破，对此学术界已经基本达成共识。

其一，《红楼梦》的故事取材自然脱俗，没有着眼于神魔传说、英雄传奇，也脱离了一般才子佳人小说“小姐赠金后花园，落难公子中状元”的庸俗套路，而是从生活中提取写作素材，在《金瓶梅》这样的以“白描”见长的世情小说之后，《红楼梦》“蝉蜕于秽”，再次推进了此类题材的品格。作者在全书开头就表明对才子佳人小说“千人一面”“千部一腔”的模式化情节套路的反对，决定要写出“半世亲睹亲闻的这几个女子”[②]，并且要“悲欢离合，兴衰际遇，则又追踪蹑迹，不敢稍加穿凿”。当然，作者所说的“追踪蹑迹”并不是绝对照搬生活的原样，而是在生活的基础上经过深思熟虑严格提炼出素材，使作品的内容来自生活又高于生活，像生活本身那样丰富复杂、浑然天成，处处体现出生活的真实性、合理性，所谓“事之所无，理之必有”。但是，后世的一些研究者却认为这是作者在暗示小说内容与历史事实或者作者经历有莫大关系，于是就把小说情节刻板地与现实相对照，由此产生了各种各样光怪陆离的“索隐”，这实际是对作者创作精神的一种误读。《红楼梦》在安排情节、组织故事方面，既遵循着白话章回小说的作文之法，章节设置基本又适应世情小说素材的独特之处，不以曲折紧张、离奇惊险取胜，而是通过对凡人常事的细致描写来展开矛盾，发展情节，平易之中而波澜自起。大场面如协理宁国府、宝玉挨打、抄检大观园，小波澜如晴雯撕扇等，都是很精彩的章节。《红楼梦》在情节上的另一个突破就是告别了中国传统的“金榜题名”“奉旨完婚”的大团圆结局，而以大悲剧结束小说。中国人的审美心理习惯上比较倾向于圆满的结局，因此大多数古代小说、戏曲都会在结尾加

① 鲁迅《中国小说的历史变迁》，《鲁迅作品精选》，中国文史出版社2002年版，第347页。

② 本书所引《红楼梦》原文均出自《红楼梦》人民文学出版社1996年版，此后不注。

上一条光明粉饰的尾巴以娱观众。但是，《红楼梦》的结局设计则完全抛弃了这种传统倾向，虽然因种种原因小说并无完本存世，但从前 80 回的内容线索来看，书中气氛日趋萧索，小悲剧不断，随之将大故迭起，最终将走向“落了片白茫茫大地真干净”的凄凉境地，而且后补 40 回也基本延续了前 80 回的悲剧基调。《红楼梦》的悲剧结局带来了更具冲击力的震撼效果，充满勇气地挑战了中国读者的接受心理习惯，在表现力和感染力等各方面给读者带来了发人深省、振聋发聩的审美体验。

其二，《红楼梦》的结构兼具恢宏与精巧，堪称长篇小说中的典范之作。《红楼梦》以细腻地描写日常生活为主，所涉及的内容丰富繁杂、头绪繁多，小说以宝黛爱情和贾府的生活为主线，把众多人物和各色生活琐事整合组织起来，做到了主次分明，取舍得当，线条清晰，正如作者自己所言：“该多该少，分主分宾，该添的要添，该藏该减的要藏要减，该露的要露”，就这样有条不紊地编织出了一张细致绵密、纵横交错而又相互贯通的巨型结构网。小说的结构规模虽然庞大却不粗糙，情节的呼应对照，节奏的轻重缓急，甚至哪怕一个配角的出场退场都是精心安排和推敲的结果，用“草蛇灰线”“伏脉千里”来形容小说结构安排的灵动精巧一点都不为过。当然，如此庞大的结构网络难免会有疏漏之处，《红楼梦》也有不尽如人意之处，比如小说主人公的年龄问题、小说个别人物的前后呼应问题等。这些疏漏是成书过程中多种多样复杂因素综合作用的结果，也许是创作过程中的修改痕迹，也许是小说体量过大顾此失彼，毕竟小说并没有最终完成，不能简单地归咎为作者的失误。不过瑕不掩瑜，小说的结构水平并没有因此而受到明显影响，在联络勾通的结构之网的引导下，读者依然能够非常顺畅自如地感受小说人物的喜怒哀乐，领略奔腾汹涌的激情热血，体会沁人心脾的诗情画意……

其三，《红楼梦》中的人物塑造非常成功，一个个鲜活生动的典型形象深入人心，有着强大的生命力，贾宝玉、林黛玉、刘姥姥、王熙凤等人物因为性格中的某个侧面塑造得非常成功，因此他们的名字已经成为生活中某类人的代称，至今仍在社会中通用。小说作者切中要害地指出才子佳人小说人物塑造的弊端，立场鲜明地坚决反对脸谱化、机械化地塑造人物，反对动辄“满纸潘安、子建、西子、文君”。鲁迅先生也称赞《红楼梦》的人物塑造写出了人物的复杂性：“叙好人不完全是好，写坏人不完全是坏。”比如湘云虽然娇憨爽朗，却有个咬舌子的小毛病；王熙凤有弄权贪狠的一面，也有幽默诙谐的一面；鸳鸯是贾府丫鬟中人才出众的一位，不过脸上也还有少许雀斑点缀。正是这种不完美、多层次的个性化刻画使得人物的形象更加真实可信，并且增添了令人倾倒的人格魅力。作者在塑造人物的时候对不同的人物采取了不同的剪裁处理，主要人物的性格通过情节的推进，从不同切入点，细致耐心地层层展开，力图把人物的性格演进、内心活动丰厚饱满地刻画出来，比如黛玉的孤高多才、宝钗的内敛深沉、凤姐的干练狠毒等就是这样层层展现出来的；次要人物则一般情况下淡淡着色一笔带过，在某一段情节中集中发挥着重点染，把人物形象一次性浓墨重彩地凸现出来，比如对探春的精明才干主要是通过“理家”来刻画的，晴雯的高洁傲气则是在“抄检大观园”时得到表现。而且作者注意把关系亲近的人物写得性格分明，如尤氏姐妹，二姐是柔顺忍耐，三姐则泼辣刚烈；薛氏兄妹，哥哥薛蟠是个不学无术的“呆霸王”，妹妹薛宝钗却是个温柔敦厚的封建淑女。作者还注意把握性格有相似点人物的“同而不同”之处，如妙玉的清高与黛玉的清高不同，凤姐的泼辣与探春的泼辣不同，平儿的乖巧中透出善良，袭人的乖巧中带着世故，等等。《红楼梦》塑造人物的方式丰富多样，作者娴熟地使用了外貌描写、语言描写、动作描写、环境描写、心理描写等方式，特别是心理描写的运用为人物形象的塑造开辟了一片新天地。中国的古典小说一般不太重视心理描写，因此以往小说中的心理描写比较少见，但是在《红楼梦》中却出现了精彩的大段心理描写，如第二十三回“牡丹亭艳曲警芳心”，黛玉听到戏文后起初

“十分感慨缠绵”，继之以“心动神摇”“如醉如痴”，最后掉下了眼泪，这段文字把初恋少女听到爱情戏文时产生共鸣的那种委婉曲折不可言传的微妙心理细致地展现在了读者面前。这样的心理描写在小说中还有一些，它对揭示人物心理、深化人物层次、展示人物复杂性起到了很好的作用。总之，《红楼梦》的人物形象塑造从艺术水准到塑造方式都达到了空前的高度，为中国文学人物画廊增添了精彩的一笔，流连其中，令人击节称赏。

其四，《红楼梦》作者的语言造诣深厚，小说语言以白话为主，成熟练达，优雅自然，具有很强的表现力和可读性。小说的叙事语言匠心独运、准确精当，而且时时体现出对诗意美的追求，如写到林黛玉居住的潇湘馆时用了“凤尾森森、龙吟细细”八字，一下子意境全出，效果反而胜过长篇大论的环境描写。表现对话的文字在小说中占了非常大的比例，作者在此方面显示出了很强的语言支配能力，确实做到了配合人物的性格、身份、教养、心情和当时的环境，能使读者由说话看出人来。小说的语言不仅准确地表现出人物的音容笑貌、喜怒哀乐，准确地渲染各种欢庆、凄清、悲痛、热闹的场面气氛，还广泛运用借鉴了诗词、骈文等文学题材，将其融入小说的故事情节之中。在叙述描写中，自然而然地插入许多精彩的诗、词、曲、赋、谜语、笑话等结合人物特点“按头制帽”，大大丰富了小说的语言风格，体现了作者深厚的文字功底，也对塑造人物、深化意境等起到了很大作用。其语言风格“雅俗共赏”，能长期吸引不同层次、不同文化程度的读者。就“俗语”而论，《红楼梦》采用当时民间流行俗语计 167 条，使用俗语的人 57 人，教养、身份各不相同，俗语在贾府这个文雅的封建贵族大家庭中出现，既能烘托出不同的场面气氛，又能准确地表现出人物性格，还能给读者新鲜感。例如，王熙凤的俗语最多，就有力地表现出这位当家少奶奶虽然不识一字但又精明能干、洞察世故、精于机诈权谋的性格特点。其他如对潇湘馆清幽的描写、稻香村疏淡的刻画、怡红院富丽的渲染，都是很著名的优美、典雅、抒情的文字场面了。

《红楼梦》之所以能够达到如此高度，缘于它对中国传统文化的多方位继承和吸收，前代的小说、诗歌、散文、戏剧、绘画等都给了它影响。《红楼梦》的作者就是在继承民族文学艺术传统的基础上进行了独具匠心的创造和发展，可以说《红楼梦》是植根于中国文化沃土的一部集大成之作，值得后人去潜心研读，认真继承。

二、主题阐释的多元化

基于《红楼梦》内容的丰富复杂，所以它的主题思想和主要内容一直是小说研究的一个焦点问题，自小说产生以来就不断有人宣称找到了小说的真谛，一度形成了各种不同立场、不同侧重点的观点共同发声的复杂局面，即便到目前为止亦未达成统一意见。

自《红楼梦》问世流传，就有不少关于《红楼梦》的说法：有人认为《红楼梦》是一部谶纬之书，把《红楼梦》看成某种充满隐语和预言的神奇经典；有人认为《红楼梦》的第五回宝玉梦游太虚幻境是整部书的总纲，显示了作者的创作主旨；有人认为《红楼梦》是一部表现封建社会衰落趋势，反映平等观念、婚姻自主要求等民主思想的著作；有人觉得《红楼梦》是作者感伤身世、忏悔失意之作；还有人说《红楼梦》就是一部政治历史小说，影射了无限丰富的社会政治内容。各家说法纷纭繁杂，莫衷一是，呈现出丰富多彩的面貌，其中尤以解说小说本事的说法更为丰富多彩，类型繁多，而且种种说法都生动有趣，令人读来兴味盎然。

有人认为《红楼梦》写的是明珠家事，小说内容完全影射明珠家的生活状态和人际关系。纳兰明珠，满洲正黄旗人，是清康熙朝大学士，曾经熏炙一时，后获罪抄家。他的儿子纳兰容若是清朝非常著名的文学家，当时以文采风流著称。纳兰容若交游广阔，很多知名文人都是他的座上宾。据传，明珠家事说的提出者是乾隆皇帝，赵烈文在他的《能静居笔记》中有一段记载："曹雪芹《红楼梦》，高庙末年，和珅以呈上，然不知所指。高庙阅而然之，曰：'此盖为明珠家作也。'"虽然这种说法缺乏可信度，但是借九五之尊的威严信用，《红楼梦》影射明珠家事的说法还是由此流传开来，并被进一步演绎丰富。后来的梁恭辰和陈康祺都是这种说法的支持者，梁恭辰认为宝玉隐射明珠的名字，陈康祺则认为金陵十二钗都是纳兰容若奉为上客的人物，如宝钗影射高士奇，妙玉就是指姜宸英，等等。

周春在自己的《阅红楼梦随笔》中对《红楼梦》的本事提出了另一种观点即张侯家事说，他说："相传此书为纳兰太傅而作，余细观之，乃知非纳兰太傅，而序金陵张侯家事也。"他记得年少之时，江宁有一位一等侯张谦，听人谈起张侯家的事情，大致与《红楼梦》中所描述的相符合。后查对了《曝书亭集》《池北偶谈》《江南通志》《随园诗话》《张侯行述》等书，确定《红楼梦》是写张侯家事无疑了。并且把小说中的人物谱系与张侯家一一对号，言之凿凿，比如张侯家有长子恪定侯云翼、幼子宁国府知府云翰，由此推断这就是宁国、容国名字的由来。贾代善就是恪定侯德儿子宗仁，史太君指的是宗仁的妻子高氏。张侯家事说虽然没有明珠家事说、和珅家事说名气响亮，但是由于提出者是早期《红楼梦》研究的佼佼者——周春，并且出现在早期的研红专著《阅红楼梦随笔》中，所以也一直得到一定程度的重视。

也有人认为《红楼梦》写的确实是清朝相国的家事，不过不是明珠，而是大名鼎鼎的和珅。在《谭瀛室笔记》中记载："红楼一书，考之清乾嘉时人记载，均言刺某相国家事。但所谓某相国者，他书均指明珠，护梅氏独以为刺和珅之家庭。"至于支持此说法的佐证则是和珅当时有24位侍妾，与之相呼应的就是《红楼梦》中的正副十二钗。另外还有几个人与小说中人物姓名相似，可以拿来做由此及彼的比附。"有龚姬者，齿最稚，颜色妖艳，性冶荡，宠冠诸妾。……和少子玉宝，别姬所出，最佻挞，龚素爱之，遂私焉。……有婢倩霞，容貌姣好……幼侍玉宝，玉宝嬖之。”和珅是满洲正红旗人，中国历史上著名的贪官，嘉庆初年被捕下狱，随即赐死，抄没他的家产得到大约800兆两银子，已经达到富可敌国的程度，所以当时民间流传一句俗谚“和珅跌倒，嘉庆吃饱”。

还有人认为《红楼梦》影射清初的宫闱秘事。孙静庵在他的《楼霞阁野乘》把这种观点和研究方法讲解得非常清楚，他说：“吾疑此书所隐，必系国朝第一大事，而非徒纪载私家故实。”他认为贾政的父亲名叫代善，而代善又是礼烈亲王之名。黛玉的名字去黛字下半黑与玉字相合，而去其四点，就是代理亲王。宝玉不是指人，而是指玉玺，袭人的名字拆开就是龙衣人。所以宝钗、黛玉争夺宝玉就是暗喻康熙末年众皇子夺嫡之事。并且书中还涵盖了郑成功占据台湾，洪承畴、吴梅村等众多清初史实和历史人物，这样的解读已经完全走向了索隐的道路，连解读的方法都深得索隐精髓。

王梦阮、沈瓶庵在他们的索隐专著《红楼梦索隐》中把《红楼梦》的本事定位为清初顺治皇帝与董小宛的爱情故事。他们指出：“吾闻之京师故老云：是书全为清世祖与董鄂妃而作，兼及当时诸名王奇女也。”顺治皇帝与董小宛的爱情故事是一个广为流传的动人故事，秦淮名妓董小宛是冒辟疆公子的侍妾，清兵南下之时，董小宛被掳后辗转进入皇宫，为顺治所宠爱，甚至有意立其为皇后。董小宛病死之后，顺治伤心欲绝，抛弃江山出家为僧。

当然也有人认为《红楼梦》是一部作者的自传。江顺怡曾经在《读红楼梦杂记》中说：“盖《红楼梦》所纪之事，皆作者自道其生平……数十年之阅历，悔过不暇，自怨自艾，自忏自悔，而暇及他人乎哉？”后来，胡适等人通过考证初步认定《红楼梦》的作者为曹雪芹，并且对曹家家事有了一定的了解后，也提出了类似观点，如胡适认为：“《红楼梦》这部书是曹雪芹的自叙传”，“是一部隐去真事的自叙：里面的甄贾两宝玉，即是曹雪芹自己的化身；甄贾两府即是当日曹家的影子”。把作者的生平遭际与作品创作相联系，有其理论上的合理性、可行性，应该算是比较先进的一种看法，但是如果一味将小说内容与作者遭遇互相印证，把小说与现实画上等号，则又背离了基本的文学观念，走向了另一种索隐。

到了现当代，不少学者重视考证作者曹雪芹的家世和小说版本的沿革流传，力图将《红楼梦》放置于更切实而稳妥的时代语境中，但又反对“自传说”的解读倾向。也有学者呼吁将《红楼梦》作为小说来读，反对将小说创作与历史事实进行比附，主要运用东西方的文学理论来解读《红楼梦》文本，诸如以典型理论、叙事学、文本细读等角度来阐释文义。

对于《红楼梦》主题思想的解释自小说产生流传以来就绵绵不绝，说法千奇百怪、丰富多彩，实在令人目不暇接，大有“乱花渐欲迷人眼”之势，上文仅简单列举了其中比较著名的几个。这些观点及其方法带有各个时代的文化政治色彩和历史局限，真切地反映出《红楼梦》研究所走过的历史足迹，是红学史上的一笔宝贵财富，值得后人尊重与学习。至于《红楼梦》背后是否真的隐藏着什么微言大义，是否有必要一定去穷究《红楼梦》的所谓“本事”，这个问题一时还没有定论，大概只能仁者见仁、智者见智了。而之所以能产生如此之丰富的本事说法，而且至今仍有不断丰富的趋势，正是《红楼梦》文本多元化内涵的魅力所致。

三、接受与传播的多元化

《红楼梦》在辗转流传的过程中经历了种种坎坷，从而形成了复杂的版本系统。《红楼梦》的版本系统，一般认为可以分为两个系统：一个是80回脂本系统，另一个是刻本系统。抄本大多附有脂砚斋评语，故抄本又称脂本或脂评本。脂评，又称脂批，就是指抄本中脂砚斋、畸笏叟等人在抄本上写的批语，内容涉及小说的艺术成就、思想价值等多个方面，尤其重要的是批语中透露了很多关于作者生平、小说创作过程的重要资料，使得脂批具有了不同于其他评点文字的独特史料价值，因而深受研究者重视。脂批用笔有朱有墨，分总批、眉批、夹批、双行小字批、回后批等多种形式。刻本系统主要是指程伟元在乾隆五十六年（1791 年）、五十七年（1792 年）先后将前 80 回和高鹗所补的后 40 回合在一起，用活字排印了两次，书名《红楼梦》，形成了一系列 120 回的排印本系统。乾隆五十六年的刻本称为“程甲本”，乾隆五十七年的刻本则称为“程乙本”，这是刻本系统中最重要的两种本子，刻本系统中的其他版本都是由这两个本子衍生出来的。

在刻本出现之前，《红楼梦》以抄本的形式流传于世，这已是学界达成共识的认知。当时，《红楼梦》抄本非常受欢迎，且价值不菲，程甲本程伟元的序言曾描述：“好事者每传抄一部，置庙市中，昂其值得数十金，可谓不胫而走者矣。”《红楼梦》在传抄的过程中，形成了不同的抄本体系，一般列为甲戌本、庚辰本、己卯本、王府本、列藏本、舒序本、戚序本、梦稿本、靖藏本等，这些抄本都附有脂砚斋等人的批语。在刻本系统上，主要为程甲本和程乙本，为了增加销量，书商也在刻本上附加批语，就有了东观阁本、王评本、王姚合评本、三家评本等不同版本。有清一代至解放初，带有评点的刻本是《红楼梦》传播的主流。现当代，《红楼梦》抄本重新进入研究者视野，随后推出了几种以抄本为底本的通行本，其中以人民文学出版社出版的红楼梦研究所校注本（简称“新校本”）为代表，此版本即以庚辰本为底本，从现当代来看，抄本在读者阅读中的影响更为强大。

《红楼梦》的卓越品质决定了它在中国大受欢迎的局面，自产生之后，尤其是 1792 年程伟元、高鹗补齐 120 回并且刊刻发行之后，小说的传播范围不断扩大，影响不断增强。有人曾说“士大夫几于家有《红楼梦》一书”，有人记述见闻也说在乾隆、嘉庆年间，京城人家案头都必备一本《红楼梦》，甚至有记载称《红楼梦》已经达到了“家弦户诵，妇竖皆知”的程度，这些说法虽然比较夸张，但在一定程度上表明了《红楼梦》在清代社会的影响力，尤其是士大夫知识分子对它的喜爱重视程度。

当时的人们对于《红楼梦》大多较为推崇欣赏，颇多溢美之词，称其为

“小说中无上上品”“小说家第一品”，等等，某些说法甚至有点言过其实，比如“《红楼梦》彻首彻尾竟无一笔可议”，这大概也算是大家对《红楼梦》偏爱的一种体现吧。也正是基于这种喜爱和对《红楼梦》未尽之意发表意见的欲望，随着程甲、程乙本《红楼梦》的刊刻问世，若干欲“断碑得原碑，缺谱得全谱”[1]的续书随即应运而生，一粟《红楼梦书录》计有《后红楼梦》《秦续红楼梦》《绮楼重梦》《红楼复梦》《续红楼梦》《红楼圆梦》《红楼梦补》《补红楼梦》等，共32种[2]。

续书只是代作者言说、为自己圆梦的方式之一，除此之外，模仿亦是常见的致敬之路，由此，模仿《红楼梦》人物、情节、结构等的仿作也自然而然地产生了。《红楼梦书录》附了一些《红楼梦》仿作，有《镜花缘》《品花宝鉴》《花月痕》《青楼梦》《海上花列传》《儿女英雄传》《水石缘》《梅花梦弹词》等21种之多。这个附录虽然并未穷尽早期的《红楼梦》仿作，我们还是能从中看出仿作中的才子佳人小说居多。由此可见，《红楼梦》作者虽然开宗明义即表明了对才子佳人小说“千部共出一套”模式的摒弃，但言情内容仍然是《红楼梦》中被关注被模仿的重点。

同时，人们也因为喜爱而就《红楼梦》的人物、情节、主题、结构等展开讨论，发表看法，而且如果意见不合甚至会争执起来以至于演变出“几挥老拳”的火爆场面。晚清的邹弢、许伯谦二人就有一段因谈红而起的趣闻。邹、许本是朋友，经常一起议论谈讲，谁知二人却因为《红楼梦》中林黛玉、薛宝钗的优劣问题争论不已，分歧严重，一方拥林，一方尊薛，而且谁也说服不了谁，最后几乎拳脚相向，虽然在朋友的排解下作罢，却因此“誓不共谈红楼”。后来二人再见，依然各持己见，只好“一笑而罢”。

如果说邹、许二人还能够“一笑而罢”，让情感的投入保持在理智的范围

① 一粟《红楼梦书录》，上海古籍出版社1981年版，第87页。

② 一粟《红楼梦书录》，上海古籍出版社1981年版，第86～144页。

之内，那么有些读者对《红楼梦》的狂热喜爱则远远超出了理智的范围。据记载，常州的一个“士人”非常喜欢读《红楼梦》，看到动情之处经常长叹挥泪，伤感喟叹，逐渐影响到饮食健康，如此一段时日，最后竟然精神恍惚，心血耗尽而死。更有甚者，《耳食录》中记录了这样一个故事：

近时闻一痴女子以读《红楼梦》而死。初，女子从其兄案头搜得《红楼梦》，废寝食读之。读至佳处，往往辍卷冥想，继之以泪。复自前读之，反覆数十百遍，卒未尝终卷，乃病矣。父母觉之，急取书付火。女子乃呼曰：“奈何焚宝玉黛玉？”自是啼笑失常，言语无伦次，梦寐之间未尝不呼宝玉也。延巫医杂治，百弗效。一夕瞪视床头灯，连语曰：“宝玉宝玉在此耶！”遂饮泣而瞑。

这位纯情的少女竟然因为沉迷于小说的悲剧情节而不治身亡，实在让人悲叹惋惜。像上文这样读红楼入迷而亡的故事还有一些，它们的真实程度都有待商榷，其中不乏杜撰或夸张的成分。抛开这些讲故事者的动机与目的不谈，故事本身其实从一个侧面说明《红楼梦》巨大的艺术魅力感染了当时的读者，在他们的心灵深处引起了巨大震动。正因为《红楼梦》呼唤着人们内心深处被压抑已久的情感，使读者能够产生强烈的共鸣，所以引起了一些人的恐惧和排斥，有些人力劝世人不要读《红楼梦》，称《红楼梦》为“诲淫之甚者”，有人干脆就恶毒地攻击《红楼梦》，诅咒小说的作者，说曹雪芹因为创作《红楼梦》罪孽深重而在地狱受尽苦楚，甚至有人“创造性”地提出应该把《红楼梦》移送海外，以此报复西方国家向中国贩运鸦片所造成的毒害。如此种种滑稽无聊的言论只能显示这些假道学的软弱无力，只能是留作后世的笑柄，不足以动摇《红楼梦》在读者心目当中的地位，也不足以影响《红楼梦》的广泛传播与研究的逐渐形成发展。而且据研究者考证，虽然当时江浙地区存在对《红楼梦》的禁令，但只是地方行为，并不代表中央政府的态度[1]。

说起《红楼梦》传播过程中最显著的影响，则是因其而诞生了一门显学——红学。关于“红学”这个称呼的由来，流传着这样一个小故事。

华亭朱子美先生昌鼎，喜读小说，自言生平所见说部有八百余种，而尤以《红楼梦》最为笃嗜。精理名言，所谭（谈）极有心得。时风尚好讲经学，为欺世俗计，或问：“先生现治何经？”先生曰：“吾之经学，系少一横三曲者。”或不解所谓，先生曰：“无他，吾所专攻者，盖红学也。”

这位先生实际上开了一个字谜式的玩笑，“经”字的繁体是“經”，去掉“一横三竖”正好是个“红”字，华先生用这样一种戏谑的口吻表达了对《红楼梦》的钟爱之情。

不管“红学”这个称谓是如何而来，《红楼梦》日益引起学者士大夫的研读热情则是不争的事实，“京朝士大夫尤喜读之，自相矜为红学云”。虽然此时大家说起红学可能还怀有一定的游戏心态，却已经为以后的红学打开了一扇门。最初的讨论是源自读者们对《红楼梦》的喜爱，还没有进入真正自觉的学术研究领域。但随着研讨问题的深入，研究《红楼梦》发展成为一门专学，逐渐为学人所重视，“红学”变得名副其实起来。

从早期的简单片面到后来的包罗万象，从早期的只言片语到后来的专文专著，从早期的口头议论到后来的文字书写，经过了游戏文字式的研读评赏到严肃学术的转变后，认真研究《红楼梦》的人越来越多，逐渐形成了众多红学流派。从历史分期看，大致有早期的题咏派、评点派，风靡一时的索隐派，随后独占鳌头的新红学和解放以后的红学研究。从脂砚斋在抄本《红楼

① 樊志斌《论清代〈红楼梦〉的传播与部分江浙士绅和旗人官员的“禁红”行文——兼谈王文元所谓的“红学非学术”》，《河南教育学院学报（哲学社会科学版）》2017 年第 5 期。

梦》上写下脂批开始，红学发展也已经走过了几百年的历程，研究的内容涉及面相当广泛，主要包括艺术理论研究、人物研究、版本研究、成书研究、作者及家世研究、红学史研究、翻译传播研究等多个方面，具体涉及的问题更是包罗万象、形式多样，大到追寻大观园的地址，小到研究女孩子是大脚小脚；既有人执着于追寻“微言大义”，也有人着眼于诗词歌赋；有总揽全局的主题研究，也有攻其一点的专题探讨。

有趣的一点是，由于《红楼梦》在大众中的影响力非同凡响，某些红学论争往往会在社会范围内产生巨大反响，甚至带动一定时期的文化潮流，最近的一次红学热潮就是2005年缘起于关于刘心武“秦学”的论争。红学这种备受关注的状况带来了压力，也带来了动力，很多研究者把毕生的精力用于专门研究《红楼梦》，推动红学进步，一大批时代精英包括王国维、胡适、蔡元培、俞平伯、王朝闻、冯其庸、李希凡等人都曾把自己的智慧与精力献给红学。正是一代代学人通过自己的不断努力探索，红学才逐渐走过了最初肤浅随意的状态，从随意点评到有理有据，从零散纷繁到系统完备，从感性铺叙到理性升华，开始建立起了科学化、系统化的红学研究体系。延至当代，红学继续有条不紊地向前发展着，虽然面临着来自信息时代经济社会的多方挑战和质疑，但相信“说不尽的《红楼梦》”仍然会继续说下去。

我们看到，在新时代对《红楼梦》的接受也出现了不同的声音和表现。2013年，由广西师范大学出版社发布的“死活读不下去排行榜”，《红楼梦》竟然高居榜首，同榜不乏经典名著，在“浅阅读”“快阅读”“碎片阅读”甚至“读图”的时代，大众已经没有耐心欣赏《红楼梦》的诗情画意了，但《红楼梦》真的被大众抛弃了吗？先搁置这个问题，我们来看看另外一些有趣的事实，在适应大众阅读习惯的网络文学中，以《红楼梦》为题材的同人小说层出不穷，数量巨大，另有更多数量的仿作出现，网络古言小说无论优劣都多少要模仿《红楼梦》中的语言或桥段，甚而至于直接抄袭。其中借鉴较为成功的作品极受读者追捧，《琅琊榜》《甄嬛传》《知否知否，应是绿肥红瘦》(以下简称《知否》) 等都有《红楼梦》的影子。这时，我们发现《红楼梦》依然是中国大众阅读不可或缺的经典，只不过它的出席换了方式，在众里寻他千百度后，蓦然回首，灯火阑珊处，还是《红楼梦》给了大众阅读最深层的滋养和哺育。无论是红学还是《红楼梦》的大众普及都已经迎来了新的时代，不变的是，《红楼梦》依然是万众瞩目的那一个。

《红楼梦》自问世以来，不仅在国内受到大众读者的欢迎，它也真的漂洋过海，远播域外，至今已经传播到多个国家，翻译成多种语言。《红楼梦》的传播和外译并没有作为所谓的精神“鸦片”，反而成为文化传播的使者，成为外国读者了解中国的一个窗口。从 1793 年《红楼梦》自浙江乍浦港出海传入日本开始，《红楼梦》的域外传播之路绵远流长，“不仅传入了日本、朝鲜、越南、泰国、缅甸、新加坡等亚洲国家，而且它于 19 世纪 30 年代开始流传到了欧洲的俄国、德国、英国、法国、意大利、希腊、匈牙利、捷克斯洛伐克、罗马尼亚、阿尔巴尼亚、荷兰、西班牙等国家”。《红楼梦》现已翻译成 24 种语言，共 155 个译本，全译本 36 个。仅就英译本来看，自 1816 年英国传教士、汉学家马礼逊（Robert Morrison）首开译红先河，已发现 32 个英译片段、12 个节译本和 4 个全译本。

第二节　家族文化的笼罩：《楝亭集》与《红楼梦》的互文关系

曹寅是曹家鼎盛时代的缔造者和代表人物。曹寅的作品集《楝亭集》[1] 是他本人的生平遭际和文化修养的最直接反映，为读者了解曹雪芹及其所生长

① 本节所引用《楝亭集》中作品均出自曹寅著、胡绍棠笺注的《楝亭集笺注》，北京图书馆出版社 2007 年版。

的这个家族的环境与氛围提供了一个途径。反之，我们亦可以循迹追踪，考察《红楼梦》中诸多可以与《楝亭集》中诗作相互呼应的事项，二者之间的互文关系实在地说明着以曹寅为代表的、通过《楝亭集》投射出来的家族文化在曹雪芹身上得到的继承，以及对创作《红楼梦》所产生的影响。本节缕述了《楝亭集》中部分相关诗作，分日常细节的呼应和家族文化的沉淀两部分略作探寻。

一、日常细节的印证呼应

曹寅“家世通显”，生活优渥，他所交往的人物均品格不俗，尤其朱彝尊、顾景星、杜芥、姜宸英等人都是文坛翘楚、风雅典范。而曹寅自己作为当时高端知识分子团体的一分子，自然适应着当时精英知识分子的审美品鉴眼光，兼之常年身处江南锦绣膏腴之地，生活品质更趋精致，首当其冲就体现在精益求精的佳肴饮馔、精致细巧的日常用品中。从他的诗文作品中，我们可以窥见一斑，而且这些诗文在细节和趣味上与《红楼梦》的相关内容可以进行对看。

（一）“晚庭清荫食单凉”：精致奢侈的宴饮日常

首先，曹寅诗中有对各种美味食材、食物的记录，不少食材从诗题即直白可见。曹寅对各种鱼类颇为喜好，鲥鱼、石首鱼、石花鱼等都直接成为他书写的对象。《鲥鱼》《和毛会侯席上初食鲥鱼韵》两首都是赞美鲥鱼的诗作。鲥鱼曾与黄河鲤鱼、太湖银鱼、松江鲈鱼并称中国历史上的“四大名鱼”，早在汉代就已成为美味珍馐。石首鱼类似今之黄花鱼，《竹村大理筵上食石首鱼作》有“首位杂错金银色，老眼愁看富贵花”“满堂大嚼笑乌有，坐中饕餮皆诗人”句，足见曹寅及座上客对石首鱼美味的欣赏。《石花鱼》一首，先讲解石花鱼得名由来，“鲤啖石花而肥，故名”，再极力称赞其美味，“唐贡称辽鲂，俗谣著洛鲤。初尝石花鱼，入馔果腴美”。另如樱桃、木瓜等稀罕瓜果，玻璃杯等舶来品都出现在曹寅的诗作之中，足见其生活享受水平。还有不少食物、食材来自友人馈赠，反映着朋友之间的交流和关怀，曹寅亦慎而重之地赋诗记录。如《冶堂制鲋见贻，率赋三绝》有“雀目新燔二寸鱼，加餐方法羡家居”，“常挂枯鱼三十番，纵无虾才也忘归”①。再如，《谢竹村饷笼蒸》《质公饷药酿甚佳》《药后除食忌谢方南董馈鲊鸡二品，时将有京江之行》《施浔江和诗留别兼饷荔枝酒，作此志谢》《蓼斋饷麻酥笋豆鹅卵，题三捷句志谢，兼索数句为笑》等。

曹寅的这些诗作，不论是对美食的直接记录，还是对亲友馈赠的致意，都凸显出鲜明的社会性色彩。各种不同饮食场景的呈现，或好友聚会，或接受赏赐，或病后独食，是曹寅社会生活的一个侧面表现，也是以曹寅为中心铺展开的具有时代地域特色的风俗画卷轴。

再有，曹寅好酒，《楝亭集》中不乏饮酒、醉酒的描写。《江苏诗征》引《广陵诗事补》云：“通政曹公督课淮南，公余多暇，开阁延宾，文酒之盛，无与伦比。如卓鹿墟、鲍远村、杨掌亭、郭双村、程嵩亭、周确斋、萧东田、唐饭山、汪木瓶辈，皆郡中名士。”②曹寅的一首《广陵载酒歌》就生动飞扬地表现了他与众好友门客聚会宴饮的场景，宾主尽欢至于大醉，“哄堂大噱白醉散，出门相视朱颜酡”。再如，《饮浭酒》中的浭酒是丰润的历史名产，因以浭水酿造而得名，此诗更透露出曹寅与丰润曹氏的交往。另外，曹寅善饮，也注意养生，喜药酿，诗作中曾提到荔枝酒、薏苡酒等诸多品种，更记述了炮制之法和饮用效果，如《菊露和酒》中有句云：“甘菊黄白花，嚼之驻玉颜”“泊然结为露，侧注归弯环。久饮目绝翳，脑满发不斑”。《红楼梦》中

① 鲋鱼即鲫鱼，《庄子·外物》：“周昨来，有中道而呼者。周顾视车辙中，有鲋鱼焉。周问之曰：‘鲋鱼来！子何为者邪？’对曰：‘我，东海之波臣也。君岂有斗升之水而活我哉？’周曰：‘诺，我且南游吴越之王，激西江之水而迎子，可乎？’鲋鱼忿然作色曰：‘……吾得斗升之水然活耳，君乃言此，曾不如早索我于枯鱼之肆矣！’”

② 参见曹寅著、胡绍棠笺注《楝亭集笺注》，前言。

也曾提到合欢花泡的酒，黛玉吃过螃蟹后心口微疼，宝玉命人烫了合欢花浸的烧酒来御寒暖胃。在此处亦有脂批“伤哉，作者犹记矮舫前以合欢花酿酒乎？屈指二十年矣”[①]，这句评论抚今追昔，合欢花酿酒似乎也是曹家旧事。无锡惠泉酒与曹家渊源也很深，不只曹寅在其诗《和静夫谢送惠山酒》中提及，曹頫、李煦向皇上进贡的物品中都有惠泉酒，而曹雪芹在《红楼梦》中也多次提及，贾琏从江南返家，带回来与家人饮用的是惠泉酒，芳官在家时喝的也是惠泉酒。

可以说，明清高阶层生活的追求渐趋精致，本着“食不厌精，脍不厌细”的原则，在饮食的选材、制作、器具等各个方面精益求精，尤其各种细节的精致更见功力，精雕细琢已成风尚。李渔《闲情偶寄》专有饮馔部，其中光是做笋就有数种方法，种种繁复精致，这里简述其中一种，“以之拌荤，则牛羊鸡鸭等物皆非所宜豕，又独宜于肥。肥非欲其腻也，肉之肥者能甘，甘味入笋，则不见其甘，但觉其鲜之至也。烹之既熟，肥肉尽当去之，即汁亦不宜多存，存其半而益以清汤。调和之物，惟醋与酒”[②]。此制作方法，比之王熙凤烦琐的“茄鲞”论亦不遑多让。曹寅乃至曹家的饮馔品味正是这种社会风尚的集中体现，也可以与《红楼梦》中对于日常饮食的描写形成呼应。说到《红楼梦》的饮食，精致精美是其精髓所在。王熙凤给刘姥姥讲述的茄鲞做法是令人印象深刻的一笔，而《红楼梦》中莲叶羹的制作更是将饮食制作之精巧发挥到了极致，单是制作模具就精致得令人咂舌。

原来是个小匣子，里面装着四副银模子，都有一尺多长，一寸见方，上面凿着有豆子大小，也有菊花的，也有梅花的，也有莲蓬的，也有菱角的，共有三四十样，打的十分精巧。

---

① 陈庆浩《新编石头记脂砚斋评语辑校》，中国友谊出版公司1987年版，第563页。

② 李渔《闲情偶寄》，中国社会出版社2005年版，第137页。

就连经多见广的皇商家主母薛姨妈也要赞一声："你们府上也都想绝了，吃碗汤还有这些样子。若不说出来，我见这个也不认得这是作什么用的。"

（二）"坐中饕餮皆诗人"：文化精英的高雅品位

除了在具体饮馔中体现出的精致生活细节外，曹寅关于这种聚会宴饮的诗作突出了兴旺繁荣的气氛和精英化的审美追求。首先，曹寅的诗作中关于场景的描摹，一般都突出热烈极致的欢腾气氛，恰恰契合了曹家当时的整体氛围，如《元夜集西堂》一首：

三寸黄柑照玉盘，玲珑宝炬绕雕栏。
茫茫簪舄春何限，滚滚鱼龙夜未安。
火雾噀空消宿酒，花枝卖眼斗新欢。
尧时甲子秦时月，好为浮生着意看。

这样的描写自然而然让人联想到"烈火烹油，鲜花着锦"的贾家门庭，想到元宵夜宴，打赏小戏子的铜钱撒向台上，"只听豁啷啷满台的钱响"，真真奢靡繁华到了不堪的境地。诚然，曹寅时代的曹家也正经历着家族前所未有的兴盛，满眼热闹繁华，各色宴饮应酬不断，正值盛年的曹寅繁忙地穿梭于各种社交场合，成为当时的风雅领袖。法式善《梧门诗话》有这样的记载："曹楝亭性豪放，纵饮征歌，殆无虚日。酷嗜风雅，东南之士多归之。"因而，曹寅留下了众多酬唱应景之作，如《人日集饮》《和同人西堂记饮诗》《和程令彰十八夜饮南楼》《尤悔庵太史招饮揖青亭即席和韵》等，现在看来，正是他人生巅峰以及他背后曹家兴盛的一种直接体现。

同时，各色酒令、作诗联句及植物赏玩等也是宴饮中的常见活动，此类活动可为社交活动增强趣味，为交流互动提供媒介，更重要的是彰显出参与者的非凡品位。如《同人分曹剧饮，拇战连北，期静夫不至，更订饮期，戏为韵语邀之》一首，就可见曹寅与其座上客的高昂兴致：“湖海料人惟有酒，拇战连番矜好手。”而从曹寅的诗作看来，赏玩活动甚至不再拘泥于众人集会的形式，演变为兴之所至的一种情怀寄托方式，不论一人独坐，或者众人同赏，都意味悠然。《楝亭集》中此类作品颇为不少，如《瓶菊》《插瓶菊夜供有感》《苦雨独酌，谢竹村使君见贻盆兰有作》《鹿墟贻瓶中海棠》《腊夜折腊梅置瓶中索调玉画》《集西堂看菊，与潜庵、黄理、进野分韵得豪字，兼怀桐初》等。由此带来“室有丛兰似解人”“东风饶作海棠颠”“吴公台下花如澥”的畅想，述说“和盐自拟调新水，贮屋终须远市尘”的追求。可见，“厅前红梅初开，折一枝寄子猷索诗”的雅兴闲情是曹寅日常审美的常见方式，家学渊源如此，想来曹雪芹能在啖鹿肉的情节之后引出一段“琉璃世界白雪红梅”就绝非妙手偶得了。

《红楼梦》第二十八回描写了贾宝玉、蒋玉菡、薛蟠、冯紫英等人的一次聚会，是小说中为数不多的一次对男性宴饮活动的详细描写，较之以女性为主要参与者的家宴，这次男子聚会更彰显世俗趣味，觥筹交错间自然少不了猜枚行令等游戏活动，既有宝玉相思啼血的《红豆曲》，也有薛蟠混账无赖的“哼哼韵”，更有蒋玉菡似有情似无意的“花气袭人知昼暖”。当然，《红楼梦》中多次的宴饮呈现还是将场景局限在内宅，人物换成了“当日所有之女子”，并以艺术化的形式再现明清时代女子集会结社的情形。探春最先号召结社，颇有雄心，“孰谓莲社之雄才，独许须眉；直以东山之雅会，让余脂粉”，各位姊妹纷纷响应，还都用了别号以示诗翁身份。虽然约定不带闺阁字眼，但无论出题限韵还是结社集会都充满少女雅趣，如海棠社、菊花诗、芦雪广即景联句、桃花社、凹晶馆联诗等。在多次结社活动中，才女们或格律或歌行，或联句或制词，不拘一格地展示着自己的才华，其中最为出类拔萃的当属黛玉、宝钗，二人竞才争胜、冠盖群芳，而身为“须眉浊物”的贾宝玉则几乎次次名落孙山，心甘情愿地成为姐妹们的陪衬。无疑，追随名士风采也是明清才女们的心愿，集会吟诵亦成为闺阁女子的风尚，这方面也可在明清才女的诗集和各种笔记中寻到踪迹。因此，大观园的宴饮诗社与明清上层社会的风雅传统是完美契合的，亦与曹寅的此类诗歌内容形成鲜明的呼应，人物虽异，而意趣相通。

简言之，笔者在这里循迹曹寅生活中的一些日常宴饮活动的细节事项，与《红楼梦》中的内容进行发散性的比较联想，并不是想考证出这些内容隐含的“微言大义”，笔者认为，曹雪芹在细节的描述中不时带出的家族信息更像是一种无意识的素材撷取，最可说明的即是家族记忆、时代氛围与曹雪芹及他笔下的世界存在着不言自明的内在关联。从众多细节上的勾连和印证，我们可以更清晰地感受到曹寅及其家族文化审美生活的日常点滴与《红楼梦》中诸多情节构思的内在趣味呼应，《红楼梦》中的相应内容并非凭空而来，家族的历史、家族的记忆是曹雪芹的依托。

二、家族文化的积淀传承

曹氏一族既是“呼吸通帝座”的天家近臣，又是世代为奴的卑微包衣，这样的家族背景和随侍帝王的岁月磨砺，沉淀出曹寅雍容厚重、充满忧患的独特气质，而这种气质以家族记忆的形式传承着，滋养着曹雪芹的心性，也鲜明地体现在了《红楼梦》的创作之中。

（一）“皇都焕宏丽，天阙森琅玕”：帝都文化的风雅传承

在《楝亭集》中涉及北京的诗文创作只是其中比较小的一部分，因为曹寅人生的大部分年华还是在江南任上度过，只有早年的一段时光在北京，并在诗作中留下了痕迹。但曹寅早年即陪伴康熙左右，历练丰富，12 岁时就入选进宫做玄烨的佩笔侍从，后又当上了御前侍卫。19 岁擢仪卫，迁仪正，20 ～ 26 岁这段时间内，曹寅还曾兼任过正白旗包衣第五参领第三旗鼓佐领，因此，在北京的一段经历正是曹寅成长并逐渐走向成熟的时期，可以从中窥

见帝都文化深沉的积淀对曹寅、曹氏家族以及淫浸其中的作家曹雪芹潜移默化的影响。

《楝亭集》中诗文对北京风物的反映主要分为以下三个方面：首先，对北京及周边地区景色风貌的描述。曹寅在京供职期间随康熙行走在北京地方各处，既有宫禁中的瀛台，又有京郊的西山、潞河；既有对山川形胜的赞美，又有对名物风貌的描写。曹寅的诗作不少与北京及周边地名联系，甚至直接以地名为题，如《卧龙岭》《葛渔城》《西池》《光明殿》等。曹寅饱览了帝都的各色美景，也自然而然地丰富了笔下的风景，他的笔下既有“塞山如蛾眉，雨洗青蒙茸”“万柳一烟静，淼渺湖中水”的清新，也有“山苍水白卧牛城，三尺黄旗万马鸣”的雄壮；既有“皇都焕宏丽，天阙森琅玕”的庄严，也有“秋风荡秋水，芦花沾客衣”“翠瓦影虚风浩浩，铜铃声涩雨凄凄”的凄清。当然，他亦由此而产生豁然开朗的人生感悟，“骋目悦初心，畅悟达生理”；或展现壮怀激烈的慷慨抱负，“十年马上儿，门户生光辉。明朝挟弓矢，应射白狼归”；亦有对皇家排场的钦慕，“千乘万骑从东来，骑奋马怒弓正张”。可见，随侍帝王的独特身份给曹寅机会去见识非凡的排场气魄，而集合皇家雍容气质与北方豪放雄风于一体的帝都风貌更是大大开阔了曹寅的心胸眼界。

再有，对历史事件、文化风貌的反映。帝都北京是政治文化中心，曹寅身处其中又身为社会文化生活的活跃分子，自然而然地见证和记载了对后世具有历史价值的事件。比如满汉分居，清朝是以满族为统治民族的朝代，从清初开始就实行满汉分居，名义上为避免满汉混居的纷争，实际大量圈占了汉民土地。而北京也同样施行“满汉分居”，汉人包括中层以下官吏不得居住内城，一律迁往外城，内外城有城墙阻隔，因此大批的汉族文人雅士也不得不迁居宣武门以南的南城，甚至促成了“宣南文化”的出现。曹寅的朋友中有不少汉族文人，他的作品中也反映了他们迁居南城的情况，亦可以通过曹寅的交友圈子展现出当时的文化风貌。如《胡进也木孩将移居南城》《初明、调玉移居》两首诗都是写朋友移居南城的情形："启扉远映寒山雪，觅井先敲古涧冰"，可见南城当时环境艰苦，汉人的移居并非自愿，曹寅也表现出不舍之情："来往寒城下，还能为酒谋""又与诸昆共一灯"。《田梅岑自南城来却赠》则是记述与居住南城的朋友的交游，在《腊月十六日过南城留饮》诗中，曹寅更是记录了拜访南城故友以及当时充满欢乐气氛的市井景象："月减一分明，春先两日晴。市喧秧鼓竞，花暖鹿裘轻。检点岁时乐，徘徊京洛情。冲泥莫辞远，归路故人迎。"由此，能感受到汉族文人迁居城南后的文化风貌和社会氛围。

还有，曹寅私人生活的写照。曹寅在京中的一些诗作除刻画官场之外，也涉及日常生活的轻松场景，如《五月十一日夜集西堂限韵》。"微风播高谈，广厦无飞蝇""命儿读豳风，字字如珠圆"，让读者看到了摆脱公式化官场形象后，曹寅随性的居家形象。再如《一日休沐歌》《饮渂酒》《西堂饮归》《种蕉》等作品都反映了曹寅与朋友聚会交游、饮酒谈笑的内容，"一日休沐无所向，森森潘陆随车障""吾生缓步信可归，近市何暇夸群从""主人何所为，散发开胸襟"都是极为私人化的生活写照，充满着温馨愉悦的调子。值得一提的是，此处西堂为曹寅在北京住处的斋名，曹寅好以西堂命名居处，在江宁织造署中亦有西堂，脂批中曾明确提到此名，但不知是何处之西堂。不过可以肯定，西堂是曹寅居所，曾见证了曹氏家族的风月繁华之盛，全家上下都在此处留下了诸多回忆，是一处承载着家族记忆的标志性所在。因此在描写贾宝玉等人吃酒场面的文字后，才有这样的脂批"谁曾经过，叹叹，西堂故事""大海饮酒，西堂产九台灵芝日也，批书至此，宁不悲乎"[①]。脂砚斋诸人，虽然具体身份已不可考，但他们是曹雪芹身边近人甚至亲人的可能性非常大，经过见过，才有此哀叹。

① 陈庆浩《新编石头记脂砚斋评语辑校》，中国友谊出版公司 1987 年版，第 518 页。

可见，曹寅时代的曹家生活，是这个家族共同的美好回忆。曹家在北京留下的这段记忆，也在后辈曹雪芹等人心中留下了抹不去的烙印，没落之时重提往日的美好，其中的酸楚悲伤尤为触目惊心。西堂的繁华不由让人联想到曹雪芹对贾家正堂气度雍容的描写：“迎面先看见一个赤金九龙青地大匾，匾上写着斗大的三个大字，是‘荣禧堂’，后有一行小字：‘某年月日，书赐荣国公贾源’，又有‘万几宸翰之宝’。大紫檀雕螭案上，设着三尺来高青绿古铜鼎，悬着待漏随朝墨龙大画……又有一副对联，乃乌木联牌，镶着錾银的字迹，道是：座上珠玑昭日月，堂前黼黻焕烟霞。”又联想到曹雪芹对贾家宗祠的描写：“黑油栅栏内五间大门，上悬一块匾，写着是‘贾氏宗祠’四个字，旁书‘衍圣公孔继宗书’。两旁有一副长联，写道是：肝脑涂地，兆姓赖保育之恩；功名贯天，百代仰蒸尝之盛。亦衍圣公所书。进入院中……包厦前上面悬一九龙金匾，写道是：‘星辉辅弼’。乃先皇御笔。两边一副对联，写道是：勋业有光昭日月，功名无间及儿孙。亦是御笔。五间正殿前悬一闹龙填青匾，写道是：‘慎终追远’。旁边一副对联，写道是：已后儿孙承福德，至今黎庶念荣宁。具是御笔。”这两处采用了类似甚至是几乎相同的描写笔触，透过细腻到不厌其烦的铺叙，无论是气度雍容的贾家正堂，抑或庄严肃穆的贾氏宗祠，还是昭穆有序的祭祖仪式，都可以令读者深刻感受到作者对家族的认同与虔敬。虽然未曾体会曹寅时代曹家的繁盛，虽然承受了家族败落的冷落伤痛，但曹雪芹依然保有对家族曾经光辉岁月与有荣焉的自豪感。

（二）“千年万年，愁不敢出”：包衣世家的忧思块垒

曹家为包衣世家，身份特殊，既能上达天听，享有荣宠，又世代为奴，低人一等。这样的身份，让曹寅不能通过科举谋求出身，一族荣辱全系在帝王手中。因此，特殊的身份与压力让曹寅一生都充满忧患意识，他的诗作惯于在繁华中做悲声，经常在锦绣丛中流露忧思忧虑，甚至有一种宿命的悲剧色彩。同时，这种忧思的表达又是有节制而谨慎的。曹寅的各种忧愁思绪

在诗作中时有表达，不论是仕途的艰险、家族的忧患，还是个人的抑郁等。《月凉茗饮歌》一首愁思满溢，有句云：“小童支铛煮宿雨”“乳花红酽愁相浇”“一升满瀹怜中宵”；《登鸡鸣寺》中慨叹兴衰：“秋色岂知兴废久，钟声时觉喜悲深。浮生回首真堪悟，日暮凭栏不尽吟”；《放愁诗》更是直抒胸臆：“千年万年，愁不敢出”。

首先，曹寅诗作尤其是早年作品多有对行役之苦的慨叹。曹寅自幼入宫伴读，年长后更是夙夜奔走为帝王随侍，虽然常伴君侧，少年得志，但常年身不由己、小心翼翼又辛苦操劳的生活，使他时有感慨。当然，这种感叹都是含蓄甚至隐晦的，没有越过本分的长篇牢骚，只是一种淡淡的忧伤，惆怅时时自然流露，显得比同龄人更加成熟深沉。比如病中孤苦自怜的“风梳病发才盈握，药裹寒梅香绕庐”，有感而发的“行役又传西塞马，相思终滞楚江舠”“凋零此日伤游冶，枝上寒乌莫更啼”，抑郁难遣的“郁郁黄尘间，狂吟聊自适”“惜兹白日晚，怅望抚孤笻”，再比如充满归隐自适意味的“长安临咫尺，招隐此君宜”“会当谢奔走，逍遥咏《考槃》”等。每当读到这些诗句时，我们便依稀可以体会到那个人前意气风发的青年有着怎样的奔忙与无奈。《恒河》诗前有小引云：“恒河在滦河之北，水洌而深，岭环之中有人家，鸡犬肥驯，黍稷在场。解鞍坐息其侧，陶然有余药也。因悲世路之险，嗟行役之苦，遂赋此篇。”而作于四十几岁的一首《引镜谢客》则更可见长年的百计营谋，令正值壮年的曹寅是怎样的疲惫衰病：

斯人病且瘴，渐白数茎须。
形体看衰始，风花觉致殊。
烟波情亦淡，尘海路常纡。
孰耐支吾老，燕南宅一区。

再者，曹寅诗歌中常用饱受束缚之苦而渴望自由的意象，托物言志。在他的笔下《北院鹤》“迭鸣如在野，群谪未归霄”，有在野之心，却受困而不能高飞远翥；《圈虎》“困极声犹厉，耽余气忽腾”，不甘羁束抑郁难伸。其中《病鹤》是颇具代表性的一首：

白鹤翔高天，不受绊与羁。
有时息毛羽，终焉触藩篱。
哀鸣尔何为，纵步不能移。
声随霜月苦，身被秋月欺。
固知江海心，况乃云霞姿。
忍饥已倔强，延颈还高窥。
缟裳污尘土，朱冠暗胭脂。
虽曰神色衰，未觉品格卑。
亭亭空庭内，君子为之悲。

本应高飞自在的白鹤却羁束难行，虽有倔强之色，不失品格，却终究令人痛惜，这令人痛惜的形象正是曹寅自己的写照。曹寅也曾不止一次地对放诞于江湖的自由自在表示出由衷的羡慕。如《闻雁》中“群飞日日谢江湖，过眼风花迹也无”的自由轻松、快意江湖；《鹭》中“雪翼不轻下，孤飞野艇前”寂寞而自由的身影；《鸦鸣歌》中“孤村流水联翩意，绣幕金笼那易知”对远朝堂的得意激赏。

从这里我们可以看到曹寅内心的不甘和对自由不羁的向往，虽然他只能如笔下的《病鹤》般怀揣着海阔天空的梦想而慑服于现实的桎梏，循规蹈矩地为自己为家族日夜奔忙、百计营谋。但在曹雪芹笔下，在人物贾宝玉身上，我们又可以看到这种理想的伸展和具象化的表达。充满叛逆气息的贾宝玉，

“愚顽怕读文章”，对世俗准则与秩序极为不满，极力逃避，一句“国贼禄蠹”道尽官场生态。也正是这个古今不肖无双的子孙，在宁荣二公的英灵看来，却是唯一能够承载家族期望的后代，这揭示了曹雪芹在家族倾覆后更进一步深刻而充满矛盾的思考。贾宝玉追逐自由的姿态是得到曹雪芹认可的，即使迷茫也依然将未来的希望放在贾宝玉的手中。

另外，曹寅对自己与家族的未来充满忧虑，时时存着“登高必跌重”的惶恐，“树倒猢狲散”是他这种情绪的惯常表达。因此，“树倒猢狲散”这句俗语，在《红楼梦》和脂批中出现也就毫不意外了。《红楼梦》第十三回，借秦可卿之口提出警告，“若应了那句‘树倒猢狲散’的俗语”。而在脂批中则更是出现了四次，“两句总宁荣，与‘树倒猢狲散’作反照”“与‘树倒猢狲散’反照”“所谓‘树倒猢狲散’是也”。对秦可卿之言所作的批语，悔恨伤惨之情尤甚，“‘树倒猢狲散’之语，今犹在耳，屈指三十五年矣，哀哉伤哉，宁不痛杀”①。

虽然，曹寅终究在荣宠中结束一生，并未承受大厦倾颓的悲剧，但他恐惧着悲剧的发生，并一生心怀惴惴，有着“称心岁月荒唐过，垂老文章恐惧成”的体悟。他的子孙曹雪芹未及享受先辈的荣耀，却是实实在在地经历了一朝跌落的境遇，这样的家族背景，这样的先辈训导，会让曹雪芹对自己家族的出路或者人生的出路有更为深刻而焦灼的思考。

曹寅时代的繁华与曹雪芹所经历的败落隔着时空隧道互相呼应，而曹寅的忧虑与后世的噩梦成真两相对照则更为曹家家族的浮沉增添了宿命的色彩。“西堂故事”是昨日繁华，是曹雪芹的骄傲，也是不可碰触的伤口，既情不自禁地在小说中多次呼应致敬，又不可避免地触景伤怀。同时，作为家族栋梁一般存在的曹寅，当年他的忧虑不安，也得到了后辈曹雪芹的深刻理解，因

---

① 陈庆浩《新编石头记脂砚斋评语辑校》，中国友谊出版公司1987年版，第232页。

为同情与理解，才会在《红楼梦》中时时借人物之口发出警告，在热烈中总要加入冲淡不安的“冷语”，如第十三回秦可卿死前托梦给王熙凤的一番话，如贾政见家中小辈所制灯谜皆为不祥之物，料众人“皆非永远福寿之辈”，因此“大有悲戚”之状。这种悲悯的先知状态已非小说人物所应具有，而更似乎是作者自伤自警情绪的寄托。也正基于此，曹雪芹设定了小说的悲剧走向。贾宝玉终究无法挽大厦于将倾，虽然贾宝玉和青春少女逃入了暂时的伊甸园——大观园，在这里得以有限度地实现他们的理想，但少年男女不可遏抑的天真与被遏制的现实生活之间总是难以调和，欢乐褪去后是残酷的青春。小说的结局设定是“白茫茫大地真干净”，爱情设定是“还泪”，人物的悲剧气质与故事的悲剧结局昭然若揭。

综上所述，虽然文体不同，写作目的和写作状态也差异很大，但《楝亭集》与《红楼梦》两个文本依然在千丝万缕的联系中互相言说着，让人不得不重视家族血脉的牵绊。曹雪芹个人的能力与才华无疑是卓越的，但同时不可否认的是，他也要栖身于自己的家族文化语境之中，被滋养被浸润才得以成长。他在《红楼梦》创作中所展现的素质和情怀，无论是在情节布局上的大气磅礴，还是在对奢华生活细节展现中的得心应手，抑或生活语言细节的处理，其背后都折射出一个家族世代累积的底蕴。这个家族曾经随侍帝王、经历风雨，它的气质是岁月磨砺而来的，是深入血脉之中的，不是曹雪芹这一辈的败落能够抹去的，也不是未经过者能够轻易模仿的，这正是《红楼梦》成为不可复制的经典的深层背景。以曹寅为代表人物的家族文化所展现出的精英文化和端庄厚重、忧患意识与悲剧气质，为后辈曹雪芹所理解所接受，并渗透在他的《红楼梦》创作之中，从而对整部作品的风格气质产生了不容忽视的影响。

第三节　曹家被抄及其对曹雪芹创作思想的影响

经历过一番兴旺显赫、富贵繁华之后，随着曹寅、康熙的先后故去，曹家也迅速衰败，并于雍正五年（1727 年）被抄家，从而走向没落。关于曹家被抄的原因，众说纷纭，莫衷一是。说曹家被抄“纯系政治罪案”的大有人在，20 世纪 30 年代，李玄伯就提到曹家被抄或与康、雍之际皇室争权有关；后来，周汝昌先生也认为曹家的败落是因为“横罹逆祸”，“纯系政治罪案”。当然也有人认为曹家是因纯粹经济问题而获罪，黄进德先生就认为曹家被抄的真正原因在于经济上大量亏空帑银。而在笔者看来，“家世华胄，位望通显”的曹家在盛极一时之后之所以落得家亡人散，其中既有经济的原因，亦不能忽视了政治方面的因素。

一、曹家的经济亏空及原因

康熙朝总体来说吏治整肃，但不可否认官僚队伍中依然存在贪污腐败现象，有些时候还相当严重。康熙皇帝提倡为政以宽，对大小臣工营私舞弊的现象，只要不严重危害政纪法规，均曲加包容，即使处分，也多从宽大。康熙曾说：“身为大臣，寻常日用岂能一无所费？若必分毫取于家中，势亦有所不能。但要操守廉洁，念念从爱百姓起见，便为良吏。”当康熙年富力强、精力充沛之时，他“夙夜孜孜，勤求治，务期纲纪整肃，吏治澄清”，所以火耗陋规能够严格控制在较低数额内，人品较差的官僚也不敢为所欲为。及至康熙晚年，诸病缠身，“手颤头摇”，“步履艰难”，诸子争位，更使其心力俱竭，唯以“保泰图安”为念。因而，吏治渐趋废弛，政风败坏，“以逢迎意指为能，以沽名市誉为贤”，“暗受贿赂，私受请托”，藩库钱粮亏空多至数十万。

雍正即位之初，针对康熙晚年的这些弊端严厉打击朋党，大力整顿吏治，清查钱粮，实行耗羡归公的措施。早在康熙六十一年（1722年）十二月，雍正论到府州县亏空钱粮时就态度鲜明，“皇考好生如天，不忍即正典刑，故伊等每恃宽容，毫无畏惧，恣意亏空，动辄盈千累万”，至是勒限三年补完，“如限满不完，定行从重治罪。三年补完，若再有亏空者，决不宽贷”。雍正还设立了以怡亲王允祥为首的班子，专门负责清查钱粮，并谕吏部“凡有亏空，无论已经参出及未参出者，必须如数补足”。由此可见，雍正对官吏亏空库帑的重视程度。雍正对贪吞国家财产的官吏也是深恶痛绝，“亏空侵蚀，以及贪婪枉法之辈，蠹国殃民，有干法纪，既宽其诛，已属格外，若不严追完项，一任贪官优游自得，国法安在耶”。因此，在整饬过程中，雍正对任上亏空问题严重的官员下手决不容情，一律治以重罪。据《永宪录》记载，仅雍正元年（1723年），因亏空案革职抄家者共有巡抚、布政使、按察使、粮道官员九人。与曹家关系密切的苏州织造李煦就是在这一年被革职籍没家产的，因此，曹家的盐课亏空问题也就变得异常敏感起来。

曹家的盐课亏空问题由来已久，康熙四十九年（1710年），康熙在曹寅所上折子后的朱批中首次提到了亏空问题：“风闻库帑亏空者甚多，却不知尔作何法补完？留心，留心，留心，留心，留心！”“两淮情弊多端，亏空甚多，必要设法补完，任内无事方好，不可疏忽。千万小心，小心，小心，小心！”曹寅随后所上的折子显示当时曹寅任上的盐课亏空已多达190余万两，照他的说法“易完者十分之九，不能完者十分之一”，同时他自身还欠着私债。见此情况，康熙再一次提出警示“亏空太多，甚有关系，十分留心，还未知后来如何，不要看轻了”。虽然曹寅恳切表示要设法补完亏空，奈何数目太大，直至康熙五十一年（1712年）曹寅病故，他身后仍留有30余万两亏空，其中“江宁织造衙门历年亏欠钱粮二十三万两；又两淮商欠钱粮，去年奉旨官商分认，曹寅亦应完二十三万两，而无赀可赔，无产可变……”康熙对这位为自己忠实服务的老臣还是相当宽仁的，为了保全曹家，他一方面命曹寅的儿子曹顒继任江宁织造，一方面命李煦代理盐差，所得余银尽归曹顒补帑。康熙五十二年（1713 年），曹顒、李煦都上折称李煦一年盐差所得余银已经补完了曹寅任上遗留的亏空并且还余银 36000 余两。至此，问题似乎终于圆满解决了，连康熙都甚感欣慰，说："当日曹寅在日，唯恐亏空银两不能完，近身没之后，得以清了，此母子一家之幸。"但就在第二年，又查出曹寅、李煦逐年亏空两淮盐课 180 余万两，康熙再一次庇护了曹李两家，他制止噶礼参奏曹顒、李煦，还以李陈常为监察御史，让他帮助曹李二人清补亏空。康熙五十四年（1715 年），经过李陈常一年的努力，江宁、苏州两处所欠织造银两锐减为 819000 余两，期间曹顒病故，曹頫接任并继续为清补亏空而奔波。康熙五十六年（1717 年），李煦上折说历年积欠俱已还清，康熙命交部议叙，曹家亏空再一次宣告补全。但到了雍正二年（1724 年），曹頫任上又出现亏空，至于这是以前的旧账还是曹頫当差时添的新账，史料上没有说明，笔者不敢妄加推断。总之，曹家的盐课亏空数额相当大，且前后有很多出入，纠缠不清，已经成为一笔糊涂账，且造成盐课亏空的原因也很复杂。

首先，是为了应付康熙南巡的巨额花销。康熙在位期间六次南巡四次都以曹寅的江宁织造署为行宫，曹寅自然而然地就成为每次接驾的主持者。为了侍候圣驾，曹寅殷勤奔走，极尽奢华，竭尽心力逢迎圣意，历次接驾花费奢靡，当时的诗人张符骧在所作《竹枝词》中写道："三汊河干筑帝家，金钱滥用比泥沙。"这正是曹寅接驾花费奢靡的写照。以曹寅一区区织造的个人能力，绝对承担不起如此繁剧的接驾花销，曹寅每年俸银仅 150 两，可仅康熙四十四年（1705 年）捐修宝塔行宫一次就出资 2 万两，他的钱来自何处呢？所能做的不过是各处挪借，乃至借职务之便挪用织造、盐政公款而已。

其次，曹寅肩负着文化统战使命。结交拉拢江南名士需要大量经费。当时，大量江南名士成为曹寅的座上客，如顾景星、尤侗、施闰章、陈维崧、叶燮、吴之振等。顾景星的《白茅堂集》、施闰章的《学余全集》以及朱彝尊的《曝书亭集》皆为曹寅资助刊刻。清人屈复《曹荔轩织造》诗有“值赠千金赵秋谷”句，事实说明曹寅在这方面下了很大本钱。当然，这些钱曹寅个人绝对拿不出，只能把手伸向盐务公款。其实，康熙对于江宁、苏州织造的特殊性十分明了，他曾明确说过：“曹寅、李煦用银之处甚多，朕知其中情由。”这里的“用银之处”既包括历次接驾花销，也包括织造任上这些特殊开销。

再次，在清代官员俸银普遍较低的情况下，想做到一尘不染基本是不可能的。据《东华录》记载，顺治时，“总督每年支俸一百五十五两，巡抚一百三十两，知州八十两，知县四十五两，计每月支俸三两零，一家一日，米食安饱？兼喂马匹，亦得费五六钱。一月俸不足五六日之费，尚有二十余日将忍饥乎”。有清一代，偏低的俸银使身处窘境的官员们或多或少都有贪占行为，即使像彭鹏这样以顾惜名节著称的“骨鲠之臣”也要加收火耗，所谓居官甚好的李陈常，原属贫寒人家，做一任盐运使、两任巡盐御史后竟然成了家乡的暴发户。所以像曹寅这样的官吏，在当时的风气下，也不可能清廉如水，更何况曹寅需要维持的还是一种相当风雅豪奢的生活。他爱好戏曲，家中养有戏班，还自己刻书藏书，尤其喜好收藏古瓷、古砚，一次买得极薄郎窑白碗三只，就花费120两银子。这种高水准高消费的生活绝对不是曹寅微薄的俸银可以支撑起来的。

最后，曹寅身处江南膏腴之地，又与妻兄李煦轮流管理两淮盐政，自然成为各方勒索的目标。上至诸位皇子，下至宫中太监，纷纷向江南伸手，曹寅为此打点馈送所费数目甚巨。再者，盐商狡猾赖账，甚至“捐助”也只是空头支票，曹寅、李煦在与之周旋过程中也吃了不少哑巴亏，结果是把自己陷于茫茫债海，无法自拔。

虽然康熙、曹寅君臣都敏感地意识到亏空问题的严重性，也千方百计地设法补救，但是窟窿实在太大，所谓赔补不过是“拆东墙补西墙”，可作一时权宜之计，却解决不了实质问题，所以直到曹寅、曹頫死后，亏空依然是困扰曹家的一个重大经济隐患。由于曹頫任上背负着沉重的亏空包袱且一直不能补清，曾多次被雍正冷语训斥。他向雍正保证“务期于三年之内，清补全完”，雍正在折子后批道：“只要心口相应，若果如此，大造化人了！”就连上奏江南蝗灾情形也会挨一句：“据实奏，凡是有一点欺瞒作用，是你自己寻罪，不与朕相干。”可见，当时雍正已经对曹家诸多不满，后来又出现了人参售价过贱和绸缎轻薄落色两件事，雍正的不满逐渐升级，干脆把曹頫交给怡亲王处理，实际上是把他监控起来了。雍正五年（1727年），山东巡抚塞楞额参奏曹頫家人骚扰驿站事彻底触怒了雍正皇帝，沉重的打击终于落到了曹家头上。十二月二十四日，上谕着江南总督范时绎查封曹頫家产，理由是“江宁织造曹頫，行为不端，织造款项亏空甚多”，“将家中财务暗移他处，企图隐蔽”。曹家在京城及江宁家产人口俱奉旨赏给隋赫德。曹頫自雍正五年被撤职，至雍正七年（1729年）尚在枷号。可以说曹家被抄没的祸根早在康熙朝时已经种下，而这个早已存在的经济隐患正撞到了新君励精图治的经济大清查的枪口上，终于导致了悲剧的发生。在统治者的严厉打击下，曾经煊赫一时的曹家一败涂地。

二、曹家败落的政治原因

经济问题是导致曹家被抄的重要因素，但并不是唯一的因素，曹家败落还有其复杂的政治原因。首先，曹家得以攀上富贵荣华的顶峰主要仰仗两个人，一个是曹寅，一个是康熙。曹寅是曹家的顶梁柱，康熙则是曹家的保护伞。曹寅以他卓越的才干和无比的忠诚赢得了康熙的欢心，康熙也对这个办事得力的包衣提携有加。曹寅死后，其子曹顒不久也短命而亡，继任者曹頫年少且无政治才干，缺乏官场经验，难堪大任，办事多有不当，职分之内的事尚且很难应付，何况又需要支撑家业，弥补前辈留下的亏空。康熙在日，一方面顾念与曹寅的君臣之情以及同曹家千丝万缕的关系，一方面也是对亏空由来心知肚明，所以一直比较回护曹家，凡事都网开一面，曹家盐课亏空的账目之所以那么混乱，与康熙故作糊涂不无关系。虽然曹頫办事不尽如人意，连奏闻地方大小事件都要“老主子”指点，但康熙待他还是比较优厚宽容，甚至曹頫贪污国家瓷器，康熙也没加之以罪，唯有在朱批中申斥警告了事。康熙一死，以精明严苛著称的雍正皇帝对曹家再没有了姑息之情，于是曹家的处境就变得岌岌可危起来。

其次，“一朝天子一朝臣”是封建王朝非常普遍的政治现象，每位新君登基都会剪除一部分先朝老臣固有势力，并积极安插自己的心腹嫡系。这是统治者树立权威、稳定政权，以实现权力转移的一种惯用手段。历史上，随着皇位更迭而废黜旧臣的现象比较普遍，但是不同朝代、不同君主有各自不同的缘由和目的，也采用了不同的方式。比如明成祖登基而杀方孝孺等人，实际上是一次宫廷政变。而明武宗驾崩后，嘉靖入主而行“大礼议”是为了使自己的旁支身份合法化，即以清初而言，顺治亲政而废黜多尔衮及其党羽，康熙亲政剪除鳌拜等人都是为了顺利实现权力转移。具体到雍正上台以后罢黜乃夫旧臣，则既有整顿吏治的需要，也有作为在激烈夺嫡竞争中胜出的最高统治者的微妙心理。在清代历史中，康熙朝以党风炽烈著称，在朝诸臣，自大学士以下，“三五成群，互相结交”。康熙对朋党训斥多而惩处少，整饬不甚得力。如以徐乾学、高士奇为代表的汉官集团和以明珠为代表的满官集团互相争斗，势如水火，熊赐履和李光地之间为争宠也互相攻讦。降及康熙晚年，诸皇子纷纷结党争权，可以说是朋党之风恶性蔓延的结果。所以，雍正上台后针对康熙朝遗留的朋党问题而展开的吏治整顿确有其合理性。另一方面，刚刚从众多皇子的残酷角逐中脱颖而出的雍正所面对的形势与康熙朝有所不同。康熙时，党争之风虽烈，却没有危及天子权威，而雍正登基之初则面临着皇位合法性的质疑，众皇子夺嫡未果却依然在朝中拥有党派势力，虎视眈眈，严重威胁到了皇权的稳定。因此，雍正有必要通过整顿吏治安插亲信来巩固来之不易的皇帝宝座。曹寅及曹家基本上是康熙一手扶植起来的亲信势力，曹寅一直充当康熙在江南的耳目眼线，办事甚为得力。可是，刚刚登基的雍正需要栽培对自己绝对忠诚虔敬的新兴力量，庸碌的曹頫和在江南当差长达60余年的曹家在他的眼中已经没有什么价值了。

最后，清代内务府包衣出身的官吏凭借与皇室的特殊关系横行霸道是清代存在的一种特殊现象。内务府包衣实际上是皇帝家奴，负责掌管皇家事务，他们地位至微至贱，却又能“呼吸通帝座”。虽然身为低贱的奴隶，可他们却可以比别人更容易升官发财、假权作势，他们的荣华富贵、生活享受，比一般高官巨卿，有时并不逊色。康熙晚年，吏治较松弛，内务府包衣出身的官员仗着特殊身份更是骄横异常，如雍正所说，他们“混账风俗惯了”。作为满洲正白旗包衣的曹家不可避免地也有这方面的问题。曹家遭祸的直接导火索就是家人骚扰驿站，曹頫的罪名中也有“行为不端”一条。再者，曹寅是康熙的亲信，曹家和皇室也保持着亲密的关系，因为有主子奴才这层特殊关系，再加上曹寅的嫡母孙氏曾为康熙保母，所以，曹家对皇室的私密可能比较了解，雍正皇帝对这样的一个包衣老奴家庭不能不有所忌讳甚至厌恶。知道得太多的人，即使是奴才也会给主子造成心理威胁，就像《红楼梦》中所写的贾雨村终究要找个由头充发了葫芦庙的小沙弥一样，曹家内务府包衣的特殊身份及其同皇室密切的关系也是导致它悲剧收场的一个因素。

总之，在各种错综复杂的因素作用下，这个曾经煊赫一时的家族在曹雪芹大约只有十二三岁时就已经“树倒猢狲散”了。

三、家世对曹雪芹创作的影响

艺术家的人生经历，尤其是一些常人难以体验到的特殊经历，不但丰富了艺术家的人生阅历，为其创作提供原料，而且也对艺术家认识社会、体悟人生，对他的创作思想、美学观念都有不同程度的影响。曹雪芹降生的时候，曹家已经走过鼎盛时期，开始走下坡路，不过曹家毕竟在江南历经数十年，根基深厚，曹雪芹的童年应该还是衣食无忧，比较幸福的，“秦淮旧梦”可能是他坎坷人生中最快乐的一段。然而一场剧变很快降临了曹家，一夜之间，大厦倾颓，曹雪芹由一个“温柔富贵乡”中“饫甘餍肥”的富贵公子沦落为遭人白眼、生计无着的罪臣之后。这场天崩地裂式的剧变对他人生道路、思想性格都起着举足轻重的作用，其影响也鲜明地反映在他的创作中。在《红楼梦》中就有直接反映这方面内容的情节，比如江南甄家被抄家后偷偷向贾家转移财产，贾政办理漕务任上因家人门吏贪污受贿而被参等。当然，家族剧变的更深层影响不在某些情节的偶合，而在审美思想和创作理念方面。

第一，《红楼梦》中充满了对世事的了悟与人生如梦的慨叹，这是曹雪芹曾经丧乱而产生的痛苦真切的人生感悟。曹雪芹经历过曹家兴盛的繁华岁月，也目睹亲历了曹家被抄的惨祸。在这场大变故中，贫富、荣辱的顿时易势，将社会的复杂、世态的炎凉、人生的曲折坎坷非常浓缩地展示在他面前，使他过早又异常深刻地体会到了人生无常、世事莫测。随着年龄的增长，少年时代那场非同寻常的惨祸不但没有因时间的洗刷而褪色，反而越来越明晰起来，往昔的繁华旧梦、家遭剧变的惊恐畏惧、亲人罹难的惨状、被抄家后的人情冷暖时时刺痛曹雪芹的心，满怀着常人难以承受的“奇苦极郁”，曹雪芹投入《红楼梦》的创作之中，他把自己由亲身经历生发出的人生如梦的感慨和喟叹融入自己的作品，传达着他对现实、人生、社会、历史的深刻体验和思索。其中有饱经人世沧桑之后产生的荣久必枯、兴久必衰的哲理性观念，有荣辱祸福顿时易势而带来的往事不堪回首的失落感和穷通有命、浮生如梦的幻灭情绪，有对韶华易逝、青春虚度的感叹，由此他写出了“浮生着甚苦奔忙，盛席华筵终散场。悲喜千般同幻渺，古今一梦尽荒唐”这样的诗句以及《好了歌》《好了歌解》那样的文字，在看似超脱虚无的表述背后隐藏着“字字看来皆是血”的强烈感情。曹雪芹借用的“梦、幻、色、空”等概念和当时盛行的佛教禅宗有关，但是与佛家教义中的“空无”不同，曹雪芹所说的“空”是“乐极悲生，人非物换，到头一梦，万境归空”，是经受了残酷现实洗礼后总结的经验之谈和人生感悟，并不是对现实、对人生的真正否定和厌倦，并不是真的看破红尘。“因空见色，由色生情，传情入色，自色悟空”不过是心理极其痛苦的曲折反映，在冷静理性的思考背后是曹雪芹痛苦挣扎的灵魂和他对现实难以忘情的执着和热爱。

第二，家庭的沧桑剧变赋予了曹雪芹独特的审美眼光，他一反传统的大团圆模式，以悲剧结构全书。《红楼梦》判词、脂批以及行文的种种线索表明，曹雪芹要写作一部“落了片白茫茫大地真干净”的悲剧。虽然这位伟大作家过早逝去，未能写完全书，但是就他创作的前 80 回来看，气氛已经是日趋萧索，小悲剧不断，随之将大故迭起。在《红楼梦》之前，中国文学史中很难找到一部纯粹的悲剧，即使《窦娥冤》《西厢记》《牡丹亭》这样的优秀作品也都加了一条光明庸俗的尾巴，其他的才子佳人小说更是俗不可耐，不外乎“小姐赠金后花园，落难公子中状元”的俗套和“金榜题名”“奉旨完婚”的大团圆结局。传统的大团圆模式和中国人追求完满团圆的审美心理密切关系，这种传统的审美心理普遍存在于中国大众中，进而也影响了一代代的创作者，他们倾向于给故事一个美满的结局，虽然这种处理有时候显得勉强，甚至影响作品的艺术效果，但确实能给人们一种在现实中寻找不到的慰藉。由于特殊的生活经历尤其抄家惨祸对曹雪芹的影响，使他的眼光与世俗不同。现实的沉重打击让曹雪芹比一般人清醒，他不认同传统的结构模式，更无意于编织缥缈美丽的故事迎合世人的梦想。历历往事带给他绵绵不尽的深哀剧痛，也让他跳出了一般人那种粉饰现实的自欺心理，他要做的是把陈年的伤疤撕开，让愤怒的鲜血流出来；他要做的是揭开温情脉脉的面纱，露出生活千疮百孔的本来面目；他要做的是写出“忽喇喇似大厦倾，昏惨惨似灯将尽”，“树倒猢狲散”的真正悲剧。对他来说，这种震撼的悲剧才真正有意义，真正能体现他的创作意图，也真正能传达出他对社会、人生、历史深刻而复杂的见解。由此，我们看到了一部不同以往的悲剧作品，它一反中国读者数千年形成的接受心理习惯，以其真实深沉发人深省，为中国小说带来了一次历史性的突破。

第三，家庭的剧变、身份地位的升沉使曹雪芹的思想充满矛盾，这矛盾也渗入了他的作品《红楼梦》中。曹雪芹出生在一个包衣出身的近臣家庭，本应是那个时代的佼佼者，但因“遭巨变，家顿落”，从统治阶层中被排挤出来，无可归依。作为官宦家庭的宠儿，对逝去的繁华他怀恋惋惜，甚至产生“补天”的幻想、“无才”的惭恨；作为统治阶层的弃儿，对现实的冷酷他有深切的感受，对纷繁复杂的矛盾他有清醒的觉察。抄家的惨祸以及日后的沉沦经历既给了他洞察世事的眼睛，也给了他追悼伤怀的枷锁。在“满径蓬蒿老不华，举家食粥酒常赊”的窘境中，在“卖画钱来付酒家”的贫寒生涯里，在“日望西山餐暮霞”的日复一日的嗟叹声中，他时时流露“步兵白眼向人斜”的狂态，却也难免有“废馆颓楼梦旧家”“燕市哭歌悲遇合，秦淮风月忆繁华”的伤感愤懑，这种矛盾的心绪也为《红楼梦》奠定了一种特殊的情调。在《红楼梦》中，曹雪芹既对当时社会的黑暗、腐朽与罪恶以及以四大家族为代表的贵族世家的种种丑行进行了揭露，又在贯穿全书的对贵族家庭奢华生活的描写中流露出一种欣赏追怀的情思，对四大家族日益凋敝“运终数尽”的发展趋势流露出惋惜之情；既通过他所心爱的主人公形象的塑造对封建正统思想、伦理道德作深刻批判，又没能让主人公对封建思想的束缚作彻底的决裂；既歌颂了那些敢于与命运抗争的女儿们的高贵品质，又以宿命来解释他们的悲剧结局；既在“风刀霜剑严相逼”的贾府为纯洁善良的女儿们安排了“大观园”这样的人间乐土，又不得不把理想的天国放在虚无缥缈的太虚幻境……总之，家遭剧变的经历深化了曹雪芹对社会人生的认识，使他不仅开始憎恶自己曾经置身其中的封建营垒的黑暗和残酷，而且开始否定和摈弃维系这个“天堂”的社会制度。他的好友在诗中称赞他的那种兀傲纵酒的洒脱风貌，在一定程度上就包含着对世俗礼教的蔑视和挣脱封建羁束的叛逆精神。然而，他的叛逆是有限度的，他无法超越自身局限，也无法超越时代。虽然家庭已经败落，但是他在心理上对于往昔的繁华还怀着剪不断理还乱的复杂情感。《红楼梦》中那种半是忏悔半是怀恋的挽歌式情调正是曹雪芹思想和情感复杂性的体现。

第四，抄家的惨祸使曹雪芹的生活境遇发生了巨大的变化，也引发了他对社会人生多方面的思考和求索。世事无常让他深感命运难以把握，人生坎坷使他深味世道艰辛。往昔岁月不堪回首，然而他仍怀深深的追怀与眷恋。残酷的现实已经把他抛到了困顿的深渊，地位的变化封死了他飞黄腾达的道路。他不可能也不愿意走世俗之路。瞻望前程，他感到茫然，不知道归宿在何处。四处碰壁的灵魂也曾向老庄哲学和佛学思想寻求庇护和片刻的宁静，然而这并不能真正医治心灵的创痛。升沉冷暖、盛衰聚散、贫富荣辱、哀乐穷通……使他不断思考，不断否定，不断徘徊，又不断求索。这一切都灌注于他所构筑的形象体系，特别是主人公的人生道路与命运、结局之中。贾宝玉少年时代就不喜读书，鄙弃功名，鄙弃贵族家庭为他安排的读书上进、光宗耀祖的人生道路；他蔑视传统儒家的纲常名教，把所谓“文死谏”“武死战”者称为“国贼禄蠹”；他厌弃“富贵荣华”，对于大家族繁华表象下的丑恶龌龊有一定认识；他向往自由，追求平等，扬弃等级观念，与身份低贱的琪官、柳湘莲等人交好；他尊重女性，尊重个性，对被压迫被奴役的女奴们付出了真挚的同情与关怀；在爱情上他更是不顾礼教的羁绊，不相信什么“金玉良缘”的鬼话，执着追求和黛玉在思想一致基础上的爱情……虽然礼教的束缚一步步加强，曾经欢乐喧闹的大观园渐渐萧索寂寥，众多女儿风流云散命运堪伤，就连贾宝玉最珍视的爱情也以黛玉的逝去而告终，但是他依然坚持不与世俗合作的态度，最终选择了“悬崖撒手”出家为僧的道路。

总之，《红楼梦》中的主人公形象的塑造以及诸多人物的命运和悲剧结局都寄托着曹雪芹的情怀与爱憎，凝聚着他的人生感悟，反映着他对社会人生求索的轨迹。曹家被抄只是瞬息万变的封建官场中平常而又平常的事件，但是它却有着不平凡的意义，它改变了一位伟大小说作家的一生，也对传世巨著的诞生产生了极为深远的影响。这场惨祸既给曹雪芹带来了巨大的不幸，又使他极其幸运，多少叱咤一时的帝王将相、名公巨卿都随风而逝，湮没无闻，曹雪芹却因一部《红楼梦》永远地被人们记住。

第二章　《红楼梦》的文本细读

第一节　清代才女文化的缩影：《红楼梦》才女群像

《红楼梦》第一回即开宗明义地提出小说创作的目的在于表现“当日所有之女子”，所谓“可使闺阁昭传”。而《红楼梦》在描写女性形象方面也确实作出了可观的努力，其女性形象塑造在同时代作品中可谓出类拔萃，其中以林黛玉、薛宝钗为代表的一系列闺阁才女形象尤为引人瞩目。作者将这些少女集中在大观园这样一个相对封闭的独特环境中，她们不仅生活其中，还集会结社、宴游吟诗，拥有较为丰富的文化交际活动。如此大规模地描写闺阁才女的生活交游，在清代小说中，大概只有《镜花缘》能够与之匹敌，但就人物的鲜活程度而言，《镜花缘》就落于下风了。

而更值得注意的是，《红楼梦》中的闺阁才女形象与明末清初闺阁才女大量涌现的历史事实形成呼应，二者互为表里，形成互文关系。小说文本反映与阐释了社会现实，而社会环境本身则是文本产生的基础和依据。互文性理论[①]最早讨论了文本与文本之间的形式关系，新历史主义批评将互文性的阐释重心移到了文本与文化语境、文本与历史背景的关系上，“文本是历史性的，

---

① 互文性（inertextuality）最早由法国批评家克里斯蒂娃提出，在她的专著《符号学》中提道：“任何作品的文本都是像许多行文的镶嵌品那样构成的，任何文本都是其他文本的吸收和转化。”转引自朱立元《现代西方美学史》，上海文艺出版社 1993 年版，第 947 页。

历史是文本性的”，从而将互文性的概念扩展到更为广泛的范围。本书拟借助互文理论的广义概念，探讨《红楼梦》中才女群像与清代才女文化之间的互文关系，从而明确清代才女文化对于《红楼梦》才女群像生成的影响以及后者所具有的代表性意义。本书拟从女子教育、女子结社以及才女薄命三个方面来分析《红楼梦》才女形象与清代才女文化的关系。当然，这三个方面远远不能涵盖与描述清代才女文化这一现象，笔者不求全面，仅选取了与红楼才女群像关系较密切的方面进行初步讨论。

一、女教发达，才女辈出

清朝妇女的生活延续了两千年来备受压抑的传统而愈加变本加厉，“如登刀山，愈登而刀愈尖；如扫落叶，愈扫而堆愈厚；中国妇女的非人生活到了清代，算是‘登峰造极’了”[①]。越来越严苛的闺训以及趋于宗教化的贞节观念是闺阁女子必须遵循的行为准则，也是捆绑她们性灵的绳索。不过女子的生存状态也不是一成不变的，良家闺阁的文化教育水平在清代得到了显著提高。

女子文化水平的提高主要得益于清代女教的发达，闺阁女子读书识字者日见增多，女性的文学艺术才华得到了有限度的张扬。中国历史上最早的一部女教教材就是蓝鼎元于康熙五十一年（1712 年）完成的《女学》。清代的女教内容还是以妇德为主，《女学》妇德篇的内容就最为丰富，“妇以德为主，故述妇德犹详。先之以‘事夫’‘事舅姑’，继以‘和叔妹’‘睦娣姒’，在家则有‘事父母’‘事兄嫂’，为嫡则有‘去妒’，处约则有‘安贫’，富贵则有‘恭俭’……”[②]，可见女教的目的当然还是教育女子怎样遵循封建社会的行为准则，至于文学艺术才华的发展则只是学习的副产品，并非正途。章学诚所作《妇学》一篇，主要意思就是说“妇言妇德妇容妇功是妇人的正学，做诗

① 陈东原《中国妇女生活史》，上海书店 1984 年版，第 221 页。

② 陈东原《中国妇女生活史》，上海书店 1984 年版，第 275 页。

作文，在妓女倒还可以，若‘良家闺阁，内言且不可闻阃外，唱酬此言，何为而至耶’”[1]。因此，虽然有了一定的学习权利，但“良家闺阁”并不以读书识字为要务，若以才华自矜则更是冲犯大忌。

《红楼梦》中有一段情节非常值得玩味。第三回，贾母初见黛玉，家常闲话中问起黛玉读书之事，黛玉道：“只刚念了四书。”然后反问姊妹们读什么书，贾母道：“读的是什么书，不过是认得两个字，不是睁眼的瞎子罢了！”及至后面，宝玉再问起黛玉可曾读书，黛玉的回答就大变样了：“不曾读，只上了一年学，些须认得几个字。”玲珑通透如黛玉，通过与外祖母的对话马上意识到这个家长乃至整个家族对于女子学习的态度，因此在与宝玉的交谈中马上机敏地改变了自己的姿态，谦逊而谨慎，不再透露自己文学艺术方面的素养与兴趣。虽然，《红楼梦》中刻画的闺阁少女大都具备一定的文化知识水平，既有能诗之黛玉，又有善画之惜春，也有对知识孜孜以求的香菱，但正统的礼教观念始终是悬在女孩子们头上的尚方宝剑，压抑着她们的才情与热情。宝钗教导黛玉的一番话是最直白明了的阐释：“所以咱们女孩儿家不认得字的倒好。男人们读书不明理，尚且不如不读书的好，何况你我……你我只该做些针黹纺织的事才是，偏又认得了字，既认得了字，不过拣那些正经的看也罢了，最怕见了些杂书，移了性情，就不可救了。”

虽然难免要纠结于遵循礼教与抒发才情的矛盾中，但越来越多的闺阁女子终究摆脱了“女子无才便是德”的蒙昧状态，而享有了受教育的权利。社会中既有章学诚这样正统的卫道士，也不乏思想进步的大家，为女子读书而辩护，如李渔在《闲情偶寄》中说：“‘女子无才便是德’。言虽尽理，却非无故而云然。因聪明女子失节者多，不若无才之为贵。盖前人愤激之词，与男子因官得祸，遂以读书作宦为畏途……吾谓才德二字，原不相妨。”[2]也有才女

① 陈东原《中国妇女生活史》，上海书店1984年版，第270页。

② 李渔《闲情偶寄》，浙江古籍出版社1985年版，第205页。

或为宣扬妇女文学或为生计考虑，亲自出任闺塾师，在实际意义上推动了女教的发展。

碍于礼教束缚，能够进入私塾接受学校教育的女性只是少数，女性教育大多还是以家庭为单位，尤其是大家望族，一门风雅的情况并不鲜见，家中长辈如母亲、父兄在女子教育中承担着举足轻重的角色。山阴祁家多女诗人，主要得力于祁彪佳之妻商景兰的教育之功。“商夫人诗逼盛唐，与子妇楚镶、赵壁、女卞客、湘君辈讲究格律，居然名家”，“商夫人景兰，博学工诗，修嫣姊妹，亲承慈训”。叶家姐妹得母亲沈宜修教养，均富文艺才华，尤以叶小鸾的诗才最为出众，成为早慧少女的典范。王端淑得父亲王思任亲授经史，有《吟红》《留箧》《恒心》等集传世。编著《国朝闺秀正始集》的恽珠在《弁言》中也曾谈到幼时得父兄教诲的情形：“余年在韶龄，先大人以为当读书明理，遂命余与二兄同学家塾，受《孝经》《毛诗》《尔雅》诸书。少长，先大人亲授古今体诗，谆谆以正始为教。”《红楼梦》中的情节，如黛玉自幼延师学习，贾家三春平日上学读书，这些都反映出当时女子尤其是贵族闺阁少女的教育情况。当然小说中的这部分内容较为简略，缺少正面描写，多为侧面点染，作者淡化了对教育情况的细节描写，这或多或少反映了作者或传统观念对女子教育的态度。

正是在这样的相对温和的社会氛围中，清代闺阁女子的文学水平和文学作品数量都有了突飞猛进的发展。胡文楷的《历代妇女著作考》是对历代妇女作品收集较为完备的一部著作，“笼群娥于笔下，撷众香于几上，一卷在手，彤史可备”[①]，共著录妇女著作4000余家，分20卷，而清代独占15卷，胡文楷在《自序》中亦强调“清代妇人之集，超轶前代，数逾三千”，清代女子文学之盛可见一斑。而其中闺阁才女之作更大盛于前，类似《国朝闺阁诗

---

① 胡文楷《历代妇女著作考·潘序》，上海古籍出版社1985年版。

钞》《清代闺秀诗钞》这样收录闺阁女子作品的合集和作品专集都颇不少，更重要的是一批出类拔萃的闺阁才女给中国文坛留下了清新的一笔。“妇学而至清代，可谓盛极，才媛淑女，骈萼连珠，自古妇女作家之众，无有逾于此时者矣。”①

不少女性努力争取着社会与家庭给予的有限的学习权利，展露出非凡的文学才华。其中比较突出的如吴藻，她生长在文化氛围浓厚的江南，虽然出身商贾之家，但自幼就接受了良好的文化教育，再加上本身天资极佳，所以取得了令世人瞩目的文学成绩，有《花帘词》、《香南雪北词》、杂剧《乔影》等。吴藻的丈夫虽然不能与她琴瑟唱和，却异常宽容，给了吴藻衣食无忧的生活和非常大的活动自由。从某种程度上说，吴藻所得到的自由与宽容令今人都感到惊讶。她拜在陈文述门下，与当时的男性文人交游接触，甚至曾经男装游逛于青楼楚馆，这位才女的言行都颇有潇洒不羁的名士风范。再如，“才华绝世”的顾太清能诗善画，多才多艺，还有小说《红楼梦影》存世，在清代文坛极有声誉，有“男中成容若，女中太清春”之说。又如，贺双卿出身贫寒，生活困顿，但富有诗才，品性高洁，“生有宿慧，闻书声，即喜笑。十余岁习女红，异巧，其舅为塾师，邻其室，听之悉暗记，以女红易诗词诵习之。学小楷，点画端妍，能于桂一叶写心经”②。

清代闺阁才女涌现的社会现实，为《红楼梦》描写才女形象提供了基础。从她们身上，我们不难看到《红楼梦》中女子的影子，看到黛玉的风流别致、宝钗的含蓄浑厚、湘云的英豪阔大、探春的精明高远、香菱的宿慧可爱。小说中的少女们是如此出类拔萃，以致作为“须眉浊物”的贾宝玉在与这些闺英闱秀的比试中往往败下阵来。这些女孩子才华横溢、思想活跃，有着敏感自尊的心灵而又难以突破现实的困扰与束缚，她们以出众夺目的才华和坎坷

① 梁乙真《中国妇女文学史纲》，上海书店 1990 年版，第 374 页。

② 史震林《西青散记》，上海杂志公司 1935 年版，第 34 页。

多舛的命运成为小说的绝对主角。

二、结社之风，蔓延闺阁

明清之际女子结社之风渐兴，在清代更是大为发展，女诗人们结社吟咏，甚至出版诗集。清晖楼主在《清代闺秀诗钞》序言中说："至有清一代，闺阁之中，名媛杰出，如蕉园七子、吴中十子、随园女弟子等，至今脍炙人口。"①"钱唐御史钱肇修的母亲顾玉蕊，工诗文骈体，有声大江南北，曾经集合能诗的女子，组织蕉园诗社。"②比较知名的女子社团主要有：在南方，以袁枚、陈文述两位支持女子文学活动的大家为中心发展而成的随园女弟子和碧城女弟子两大群体；在北京，由沈善宝、顾太清、许云林等贵族才女组织参加的"秋红吟社"。除此之外，各地都有一些规模较小的女子诗社，多以家族内部交游为主。"（朱）淑均字莲卿，浙江海宁人……（朱）淑仪字菊卿，淑均妹。幼相倡和，比长，同归查氏为妯娌。刻有《分绣联吟阁稿》"，"（朱）雪英字韵梅，江苏吴江人，……韵梅为女史翁珠楼之媳，与小姑月贞俱能诗。沈归愚序而合刻之，名《联珠集》"，"（何）佩玉字琬碧，……与姊佩芬、妹佩珠俱娴吟咏"③，"商景兰家的景兰姐妹、二媳、四女都是女诗人，……归安叶佩荪家，才女有二妻、三女、三媳，以继妻李含章最著名；张学象姐妹七人，郑青苹姐妹九人都有诗才……"④

社会大环境对于女子习文采取了相对宽容的态度，尤其不少有名望的学问大家以及其家族对女子的文化教育和文学创作较为理解甚至称得上支持，所以有清一代女子文学创作以及相应的社会文化活动都相比前朝大为发展。名盛于时的袁枚广收女弟子，大受拥戴，"随园先生，风雅所宗。年登大耋，

---

① 胡文楷《历代妇女著作考》，上海古籍出版社1985年版，第927页。

② 谭正璧《中国女性文学史话》，百花文艺出版社1984年版，第350页。

③ 胡文楷《历代妇女著作考》，上海古籍出版社1985年版，第280、281、291页。

④ 段继红《清代闺阁文学》，南开大学出版社2007年版，第43页。

行将重宴琼林矣。四方女士之闻其名者，皆钦为汉之伏生夏侯胜一流，故所到处皆敛衽及地，以弟子礼见；先生有教无类”。① 知名大家女弟子的集会与酬唱亦较受关注，不仅人数多且水平较高，我们目前所见如《碧城仙馆女弟子诗》《随园女弟子诗》都收录了数十位女诗人的作品。她们的集会往往打破常规、引领风尚，被视为一时盛会，为人所津津乐道。“一日者，遇诸女于虎丘，日将瘫矣，偕坐剑池旁，相与谈《越绝书》《吴越春秋》诸故事，洋洋千言，此往彼复，旁听者缙绅先生，或不解所谓，咸也。有识者曰：《山海经》称：‘帝台之灵石上，帝所以享百神也。昨千人石上，乃毋真灵会集耶！’”② 在这样的集会中，才女们暂时地抛开了温柔敦厚、循规蹈矩的淑女举止，展现出挥洒自如、倜傥不羁的风范，俨然在摹仿追随当世之才子名士。

虽然如此，能够真正走出闺阁、张扬才情的先锋女性毕竟还在少数，享受与男性平等的交游创作的机会依然非常罕见。吴藻与张襄是一生挚友，但二人只在道光六年（1826 年）春天碧城女弟子的集会中相聚一次，此后终其一生都再无机会重聚，剩下的岁月只能“从此天涯明月夜，各自凄凉”，才女们的学术交游情形大抵如是。礼教大防是闺阁才女们难以逾越的壁垒，结社吟诗并非女子正务，正如薛宝钗一再提示姊妹们的“究竟这也算不得什么，还是纺绩针黹是你我的本等。一时闲了，倒是于你我深有益的书看几章是正经”。林黛玉纵然诗才不凡，但也只享受与家中姊妹娱乐交流，并不愿自己的作品为外人所知。她临终前挣扎着烧毁了自己的所有诗稿，是清高自矜，也是迫于礼教观念的重压。就像女子教育更多还是局限于家庭范围内一样，更为多见的女性结社往往也是以家族为单位，围绕着富有诗才的女性长辈，闺阁才女们自然而然地形成了以家族为单位的吟咏团体，她们局限于狭窄的庭院之内编织着自己广阔的文学梦想。亦因此，比较常见的闺秀作品集多冠以

① 陈东园《中国妇女生活史》，上海书店 1984 年版，第 269 页。

② 袁枚《金纤纤女士墓志铭》，《随园文集》，华北石油报社 2004 年版，278 页。

《长沙杨氏闺秀诗》《李氏闺媛诗钞》《袁氏闺钞》《吕氏三姊妹集》之类的名称，以突出闺秀群体的家族合理性。

《红楼梦》对大观园中女子结社的描写形象地展示了明清之际的闺阁结社风气。虽然清代女子结社在闺阁之中尤其是世家贵族女子之间较为流行，也有不少诗作传世，但缺少具体形象的文字记录。通过《红楼梦》中的描写，我们可以更明晰地了解贵族女子结社的具体情形。“偶结海棠社”是大观园诗社活动的肇始，虽名为“偶结”，其实质上却又具有极大的必然性。前文的情节如“听曲文宝玉悟禅机”“大观园试才题对额”“埋香冢飞燕泣残红”等一再铺叙，展示了各位才女包括宝玉的学问见识、敏捷诗才，为最终的发起诗社作了铺垫。探春最先号召结社，颇有雄心，“孰谓莲社之雄才，独许须眉；直以东山之雅会，让余脂粉”，各位姊妹纷纷响应，还都用了别号以示诗翁身份。虽然约定不带闺阁字眼，但无论出题限韵还是结社集会都充满少女雅趣，如海棠社、菊花诗、芦雪广即景联句、桃花社、凹晶馆联诗等。在多次结社活动中，才女们或格律或歌行，或联句或制词，不拘一格地展示着自己的才华，其中最为出类拔萃的当属黛玉、宝钗，二人竞才争胜、冠盖群芳，而身为“须眉浊物”的贾宝玉则几乎次次名落孙山，心甘情愿地成为姐妹们的陪衬。

芦雪广联句后，再次落第的宝玉接受去栊翠庵折红梅的任务作为惩罚，但看那“美女耸肩瓶”中的梅花，就已沁人心脾、赏心悦目，“只有二尺来高，旁有一横枝纵横而出，约有五六尺长，其间小枝分歧，或如蟠螭，或如僵蚓，或孤削如笔，或密聚如林，花吐胭脂，香欺兰蕙”，而乞梅与赏梅的过程则又成为少女们作诗的题目。“诗社热闹，点染艳绝。妙在栊翠庵乞梅一段文字，笔墨有手挥目送之巧。”[①]就算涉及现实问题，如薛宝钗为史湘云计算起

① 陈其泰评、刘操南辑《桐花凤阁评红楼梦辑录》，天津人民出版社1981年版，第163页。

社花费，也在务实中透露出大家气象和少女浪漫。宝钗建议做东道的湘云请大家吃蟹赏桂，“我和我哥哥说，要几篓极肥极大的螃蟹来，再往铺子里取上几坛好酒，再备上四五桌果碟，岂不又省事又大家热闹了”，选题限韵也要“头一件立意清新，自然措词就不俗了”。诗社当天“藕香榭已经摆下了，那山坡下两个桂花开的又好，河里的水又碧清……栏杆外另放着两张竹案，一个上面设着杯箸酒具，一个上头设着茶筅茶盂各色茶具”，诗社成员三五错落，垂钓观花、饮酒吟诗。而在各场结社活动中，少女们的诗作更是在摹写性格、铺叙内容、隐含线索等方面发挥重要作用，其中蕴含的丰富内容已得到后世学者的高度重视，多有论述，本书不再赘述。

可以说对于大观园诗社的描写字里行间充满了闺阁情趣，将困于自家庭院不得抛头露面的少女们的生活景象进行了生动而诗意的呈现。这些描写最能集中展现红楼才女的群体形象，也通过在群体中个人行为的相互比照，将个人性格展现得更加鲜明充分。脂批云：“闺中女儿能作此等豪情韵事，且笔下各能自尽性情，毫不乖舛。”① 这种“烘云托月”的方式是古典小说描写人物群体最常见的方式之一。

谈到描写闺阁才女群体，笔者不禁联想到另一部描写闺阁才女事迹的小说《镜花缘》。除了前半部光怪陆离的异域奇闻外，《镜花缘》后半部对少女集会结社的描写非常集中，在“放黄榜太后考闺才”之后，百花齐聚一堂，展开了连篇累牍的宴游描写，如“奉宠召众美赴华筵”“百花齐聚宗伯府”“众美初临晚芳园”等。《镜花缘》中闺阁少女的游艺结社活动与《红楼梦》中内容有很多相似之处，如闺秀联句争胜、制灯谜显诗才等，这种文本的互相交织、照映一定程度上反映了清代女子结社活动的共性特征，体现了社会生活对作家作品的渗透，也从一个侧面验证了《红楼梦》在才女结社活

① 陈庆浩《新编石头记脂砚斋评语辑校》，中国友谊出版社公司 1987 年版，第 565 页。

动方面描写的可靠程度。

《红楼梦》描写结社活动的最终目标在于呈现人物，而《镜花缘》则在展示才艺的道路上越走越远，《镜花缘》在游艺活动方面的过度发挥将两部作品的差异非常清晰地展现出来。《镜花缘》中女孩子们一次次的吟诗宴饮难免流于雷同，动辄借人物之口大谈棋谱、牌经、斗草、酒令、灯谜等游艺学问，“上面载着诸子百家，人物花鸟，书画琴棋，医卜星相，音韵算法，无一不备。还有各样灯谜，诸般酒令，以及双陆马吊，射鹄蹴，斗草投壶，各种百戏之类。件件都可解得睡魔，也可令人喷饭”。作者颇以小说内容的博杂自矜，而人物反而被淹没在丰富的内容之中，成为作者张扬才情、卖弄渊博的道具。从作者自己的表白亦可见出其写作心态：“心有余闲，涉笔成趣，每于长夏余冬，灯前月夕，以文为戏，年复一年，编出这《镜花缘》一百回，而仅得其事之半。其友方抱幽忧之疾，读之而解颐、而喷饭，宿疾顿愈。”①无怪乎鲁迅认为该作品“惟于小说又复论学说艺，数典谈经，连篇累牍而不能自已，则博识多通又害之”②。

总之，在清代闺阁之中，尤其是在富室大族的女眷中，结社游艺是女性集会的一种重要方式，体现了女性知识水准的提高和她们对男性交游活动的羡慕摹仿。不过，以家庭为单位的小范围结社还是较为常见且能够为封建礼俗所容忍的现象。家中女眷爱好文学互相影响成就一门风雅，“或娣姒竞爽，或妇姑济美，以济母子兄弟，人人有集”③。而《红楼梦》中众女子的结社活动艺术地再现了这种社会风尚，同时通过对结社活动的描写成功凸显了红楼才女的集体形象，不失小说本旨。

---

① 李汝珍《镜花缘》，华夏出版社 1994 年版，第 485 页。

② 鲁迅《中国小说史略》，人民文学出版社 1973 年版，第 189 页。

③ 费庆善等《松陵女子诗征》，转引自《清代闺阁文学》，第 43 页。

三、才女薄命，早慧早夭

社会环境促成了女子教育的普及和女子文学成就的发展，反过来也对社会观念造成了一定影响，越来越多的家庭让女孩子接受教育，也以家中有早慧少女而竞相夸耀，更重要的是为了“他日到人家，知书知理，父母光辉”[①]。前文已经提到，礼教对妇女的压制摧残在清代已经登峰造极，“在家从父，即嫁从夫，夫死从子”就是女子生活的三部曲，对命运毫无掌控权的现实是女子悲剧产生的温床。自杀殉节、守寡守节是备受推崇的妇女行为准则，无数自戕自杀和孤独终老的例子背后折射着当时女性悲凉的人生境遇，而文化知识似乎并没有带给闺阁才女幸福的生活，残酷的礼教枷锁反而造就了不少“才女薄命”的悲剧。可以说，“才女才妇在封建社会所备受的‘薄命’之苦尤其惨重”[②]。

社会环境对于才女薄命的阐释指向了“才能碍命”，而不少女性诗人也同样认同“才高命薄”的命题，有不少抒发此类情怀的女性作品，所谓“聪明误，才藻损年华。胜有新编工柳絮，堪嗟薄命比桃花”，“眼底眉头，无情无恨，问谁知道？算生来，并未负清才，岂聪明误了”。[③]可以说“薄命”意识已经深深烙印在才女的生命意识之中。“（徐）秀芳，江苏吴江黎里人，徐蟾女，秀水国学生李大成妻。秀芳早慧，承父教，与妹彩霞刺绣，暇日事吟咏。秀芳临没，悉以诗稿投炉中，曰：‘薄命人无留此为后人笑也’。”[④]然而，并不是所有女性都将自己的薄命归结为才高，命运坎坷的贺双卿认清了薄命的根本在于长期以来的男女不平等，“人皆以儿为薄命，儿原非薄也。红楼淑女，绿窗丽人，沦没深闺者世间不少……儿则愿来世为男子身，参断肠禅，说消

---

① 汤显祖《牡丹亭》第三出《训女》，人民文学出版社 1963 年版，第 8 页。

② 严迪昌《清词史》，江苏古籍出版社 1999 年版，第 600 页。

③ 王蕴章《然脂余韵》、吴藻《连理枝》，转引自《清代闺阁文学》，第 71 页。

④ 胡文楷《历代妇女著作考》，上海古籍出版社 1985 年版，第 472 页。

魂偈，足矣”[①]。贺双卿的慨叹让人自然而然地联想到探春的名言：“我但凡是个男人，可以出得去，我必早走了，立一番事业，那时自有我一番道理。”这位精明志高的三小姐一语中的，道出了社会对女子的不公，虽然有才干有见地，但她也无奈于残酷现实，所有的只是一腔不平。

实际上，正是随着女子知识文化水平的提高，她们对自身生存状态的思考大为深入，从而开始发现和思考造成自身悲剧命运的社会根源。薄命并不仅仅意味着生命的失去，遇人不淑、青春早寡等种种难以言表的痛楚持续地折磨着清明灵秀的才女们敏感的心灵，她们之中真正能够享有幸福人生的并不多。虽然也有像顾春与奕绘、席佩兰与孙原湘、金纤纤与赵同钰这样琴瑟相合、才气相投的神仙眷侣，但“修得人间才子妇”还是大多数才女们可望而不可即的终极梦想。据粗略统计，沈善宝《名媛诗话》记载了 170 多位女诗人，其中大约有 30 人早寡，10 人早夭，10 人所适非人。而从才女们多“薄命”的人生走向中，我们已经看到了清代女性作为弱势群体所遭受的种种痛苦。青春早逝其实只是长期压抑抑郁的一种结果而已。虽然叶小鸾卒于明末，但她早慧早夭的命运非常具有代表性。叶小鸾“四岁，能诵离骚。不数遍，即能了了”，“十四岁能奕。十六岁有族姑善琴，略为指教，即通数调，清泠可听”。但这位“娟好如玉人”的少女却在夫家“催妆礼至”之时病倒，于出嫁前五日病逝，生命结束在 17 岁的花样年纪[②]。再有嘉道时期杭州才女夏伊兰，《正始续集》卷九记载：“道光六年六月朔，沐浴更衣，拜母前曰，‘儿欲去’，母问何往，女曰，‘儿谪限已满，仍归雷庙天上差乐，毋以为念也’。母泣下，反劝慰百端。遂于初四日殒，年仅十有五岁。”[③]《红楼梦》的早期读者中，也颇有薄命少女，“闻乾隆时杭州有贾人女，明慧工诗，以酷嗜《红

---

① 史震林《西青散记》，上海杂志公司 1935 年版，第 8 页。

② 沈宜修《季女琼章传》，叶绍袁《甲行日注：外三种》，岳麓书社 1986 年版。

③ 恽珠《国朝闺秀正始续集》卷九，清道光十一至十六年红香馆刊本。

楼》，致成瘵疾。……父母以是书贻祸，恨而投之火，女在床大哭曰：‘奈何烧煞我宝玉！’遂气噎而死”[1]。

才女薄命的现实投射到了《红楼梦》之中，第五回贾宝玉梦游“太虚幻境”，在“薄命司”中阅读了预示诸多红楼女儿命运的判词，“薄命”二字就是作者为闺阁才女确定的命运基调，笼罩了她们的生活。可以说，《红楼梦》中众才女的命运是清代社会才女群体的缩微表现，这些女儿们并不像表面描写得那样安富尊荣、顺心遂意，随着情节的发展，更是几乎人人难逃厄运，“悲凉之雾，遍被华林”。小说中林黛玉的形象与才高早夭的早慧少女形象最为契合，作者用充满同情的笔触描绘了这位才华横溢的少女由盛开而至枯萎的短暂年华，尤其详细刻画了她敏感忧郁的心境，父母早丧、寄人篱下又无人为她主张，黛玉敏感地感知到身处环境的冷漠，外人看来无来由的哭泣悲伤其实隐藏着深切的压抑与忧虑。她的《葬花吟》正是对自身命运毫无掌控权的悲叹，思之深而感之切。“尔今死去侬收葬，未卜侬身何日丧？侬今葬花人笑痴，他年葬侬知是谁？试看春残花渐落，便是红颜老死时。一朝春尽红颜老，花落人亡两不知！”而其他的闺阁才女，各人有各人的烦恼忧愁，亦不可避免地面临着凄凉的命运。李纨出身书香世家，“亦系金陵名宦之女”，不幸丈夫早丧，守着儿子度日。她的父亲坚信“女子无才便是德”，自幼教导李纨，只让她读些“《女四书》《列女传》《贤媛集》”，些许认得几个字，因此“这李纨虽青春丧偶，居家处膏粱锦绣之中，竟如槁木死灰一般”。迎春人称“二木头”，懦弱怕事，在复杂的家庭关系中忍气吞声，下人婆子偷了累丝金凤卖钱还放肆吵闹，迎春竟不能辖制，只在一旁看“感应篇”故事，竟要探春出面为其分解。惜春小小年纪便有看破红尘之势，早有剃了头做姑子的念头，随着贾府日见衰颓，惜春更是展现了对这个家庭的失望与决绝，放言

① 邹弢《三借庐笔谈》卷四，《红楼梦卷》，中华书局 1963 年版，第 388 页。

“古人曾也说的‘不作狠心人，难得自了汉’。我清清白白的一个人，为什么教你们带累坏了我”。妙玉“祖上也是读书仕宦之家”，“文墨也极通”，“模样儿又极好”，因为自小多病，许入空门，为人孤高自赏、目下无尘，内心却另有一番常人难以窥见的挣扎寂寞，就如她的判词所言：“欲洁何曾洁，云空未必空。”英豪阔大的史湘云寄居舅家，在家中完全“作不得主”，书中虽无正面描写，却也侧面透露了种种说不出的苦楚。而一味“罕言寡语”“安分随时”的薛宝钗每每以道德伦理教导身边姊妹，更俨然自觉地用重重礼教枷锁来捆绑自己的人生。

这些女子面临的最大悲剧莫过于她们无法自主的爱情与婚姻，脆弱多病的黛玉在无望的爱情婚姻压抑下早早逝去，迎春、探春、惜春、湘云、宝钗等都如同布偶般被拨弄，这些女性或许像湘云琴瑟相合却青春守寡，或许像宝钗独守空闺寂寞枯槁，或许像迎春遭遇中山狼命丧黄泉，或许像探春远嫁他乡前途未卜，或许像妙玉沦落红尘不知所终，无论如何，未来的生活幸与不幸都不由她们自己主张。种种安富尊荣表象下红楼才女们正在或者即将面对的严酷生活让人们看到了才女薄命的实质，并非才华导致悲剧，只是敏感多才让她们更清楚地认知了一直加诸于身的不公。

在现实生活中，闺阁才女大多只能作为男性生活“红袖添香”的点缀，男性对待女性的玩视态度并没有本质上的改变。红颜薄命的残酷命运令人哀伤叹惋，在女性声音微弱的社会环境中，也有不少男性文人在哀叹才女命薄，比如史震林等一些文人就曾对坎坷多才的贺双卿不吝赞美之辞，不过男性文人的描述还是从男性欣赏的角度出发，寻找或塑造着自己心中完美的才女形象，并沉浸在“怜才”的情绪之中，顺势感慨抒发文人怀才不遇的块垒。从这个层面来看，男性文人对闺秀才女所寄予的同情能够有多么深切真诚则不言而喻。

相比之下，曹雪芹对笔下的闺阁才女给予的同情更加深厚宽广，虽然也有批评家认为曹雪芹写女性还是带有“香草美人”以自寓的因素，但不可否认，“闺阁中本自历历有人”是曹雪芹开篇伊始即明确表达的著书方向，表现了作者对于女性尤其是闺中少女的尊崇。而且《红楼梦》这部小说确实更为立体地反映了闺阁才女群体，才女薄命的走向既充满代表性又具有普遍意义。“薄命司”中不只有才高早夭的黛玉，还有青春枯槁的李纨和宝钗、独守青灯的惜春、错嫁的迎春、远嫁的探春、沦落的妙玉等，单就这一点来看，小说作者在对女性形象的创造与塑造上就比其前辈和同时代者更为严谨深入。再者，作者关注闺阁才女群体，不只揭示了她们最终的人生结局，更多的是描绘她们人生的发展轨迹，她们的欢乐与悲伤，精心而细致地铺展开对闺阁群体整体形象的塑造。作者虽然没有给出带有结论性的意见，其一片苦心已不言自明，而且读者亦有机会循着作者的指引对闺阁才女的悲剧命运作出有依据的思考。

综上所述，《红楼梦》对闺阁才女们的集中描写与清代闺阁才女的生存状态具有微妙的互文关系，历史语境与小说文本存在着复杂的交织渗透，双方互为表里，阐释了闺阁才女这一独特的社会群体在清代社会中的生存状态、心路历程以及文本呈现。不可否认，清代才女文化作为具有丰富内涵的文化现象投射在《红楼梦》文本中，仅从本书并不全面的讨论中即可以清晰见出其对小说作者塑造闺阁才女这一群体所带来的影响，无论是素材上的还是观念上的。正是这种影响与作者的创作才华相结合，从而促成《红楼梦》中的才女群像成为社会群体具有代表性的缩影呈现在读者面前。通过对清代才女文化与《红楼梦》才女群体进行三方面的特点分析，我们了解到清代闺阁女性的教育水平、文学成就相较前代大幅提高，文学女性不断涌现，这些成为《红楼梦》文本产生的基础，而《红楼梦》对此都有所反映，尤其着眼于闺阁才女的群体形象，生动再现了以作诗结社为主的闺阁文学活动。值得注意的是，小说作者最大限度地抛开了男性视角的局限，着眼于才女薄命主题，通过丰富而细腻的描写，对才女群体的人生命运作出了极有诚意的艺术再现。

第二节　底层的浮沉：关于《红楼梦》中四个大丫鬟的文本细读

从整个宗族的角度讲，宁荣二府都是家族的嫡支，两府中又以宁府为正统，宗族祭祀都要到宁府，而小说中露过脸的贾芸、贾蔷等人则都是依附宁荣二府而生的贾家旁支。从家庭的角度而言，老爷、夫人、公子、小姐都是主子，以辈分区分等级，其中以辈分最长的荣国府老夫人贾母为尊，公子小姐又有嫡庶之分，嫡出的宝玉就较庶出的贾环更为贵重。

而在下位圈的奴仆中间也是分着三六九等的，就拿我们要着眼的丫鬟队伍来说，也分着很多等级，贴身服侍贾母、王夫人等头一层主子的丫鬟最有脸面，比如鸳鸯；贴身服侍得宠的主子的稍微差一些，比如袭人、晴雯；贴身服侍不那么得宠的主子的丫鬟又差一层，比如司棋；再有，能进主子屋子服侍但资历又差一个等次的丫鬟，比如四儿、芳官；还有连主子房间都不得进的丫鬟，比如小红；更有只能做些粗笨力气活的粗使丫鬟，比如傻大姐之类。

那么，什么样的丫鬟能称得起大丫鬟呢？小说里并没有明确说明，我给大家总结了一下。首先，大丫鬟的职责最重要也最精细，就是贴身服侍主子，而且是正经主子，主要是府中的老爷、夫人、公子、小姐。其次，在月例银子也就是每月工资上，大丫鬟拿的都是上等月例，与等级低的小丫鬟有很大差别。再次，在资历上，大丫鬟一般都服侍主子较久或是长辈指派给年幼主子的得力人手，高出同屋其他丫鬟一筹。最后，在个人能力样貌方面，大丫鬟往往也是百里挑一的出色人物。

一、温驯良民——袭人

首先，引起我注意的是第五回，袭人的判词中有一句“枉自温柔和顺，空云似桂如兰”，“枉”和“空”为“温柔和顺，似桂如兰”带来了负面的信息，也预示了这个人物一生所求的虚妄。堪羡优伶有福，谁知公子无缘。

袭人形象描写是非常节制的，映入读者眼帘的形象是这样的：“细挑身子，容长脸儿，穿着银红袄儿，青缎子背心，白绫细褶裙子”，样貌普通，穿着也普通，这个样子在贾府的丫鬟中不是特别突出的相貌装扮，给人的感觉清秀舒服。“温柔和顺”“似桂如兰”强调气质的温婉妩媚，放在袭人的气质样貌评价中，倒也算名副其实。

袭人是宝玉身边的大丫头，她以赤胆忠心服侍主子而得到一致认可。她全心全意地接受自己的人生角色，服侍贾母时，心中眼中只有一个贾母，因着贾母看她心地纯良，特将她赏赐给宝玉使唤，于是，袭人便心中眼中只有一个宝玉。

当时的袭人在宝玉的生活和感情上就都占有重要的位置。她在宝玉身边照顾着宝玉的一应衣食住行、吃穿用度，可以说，每日与宝玉相处时间最长，最熟悉的不是贾母王夫人，不是宝钗黛玉，反而是袭人。袭人对宝玉的细心服侍渗透在生活的方方面面：宝玉神色稍有不对，她马上察觉；宝玉出门，她会倚门盼望，归来晚了，更是会四处寻找打听。

小说的第六回，写了贾宝玉初试云雨情，这是贾宝玉进入青春期的一个很重要的转折点，而与贾宝玉初试云雨情的就是袭人。而且这里交代到了，为什么一贯循规蹈矩的袭人做了这种事却没有任何的情绪波澜，袭人一贯认为贾母就是要将自己给宝玉的，“今便如此，亦不为越礼”，“自此宝玉视袭人更比别个不同”。

袭人是个和顺忍让之人，对于主子的安排，她从来没有违背过，只要能服侍好主子，她能忍受痛苦和委屈。小说有一段细节描写，宝玉冒雨回到怡红院，敲门无人及时回应，及至袭人赶来开门，早已等得没好气的宝玉也没看开门的是谁，一脚就踢到了袭人肋上，当着许多人看着，作为在这个院子里第一得意的大丫鬟，袭人又羞又气又疼，可是终究忍下，只说没踢着。宝玉的奶妈王嬷嬷倚老卖老，借由头痛骂她“哄宝玉”“妆狐媚”等，她也只是委屈地哭。但是，袭人的忍让并不是窝囊无能，而是一种坚忍的表现，她自己也说“要为这些事生气，这屋里一刻还站不得了”。

其实，袭人的心中自有“想着后来争荣夸耀之心”，她的目标也没有多高尚，却也是在她这个身份的可以期盼的最好的归宿，也就是日后宝玉侍妾通房的位置，这个暗地里的心思也是最为另一个丫鬟晴雯不忿与诟病的。

她上得王夫人、薛宝钗等主子的欢心，在同侪中亦人缘尚佳，鸳鸯、平儿等有实权的大丫头都是她的好友，怡红院中的另外两个得力的丫鬟麝月、秋纹等人更是她一手教导出来的，完全属于她的“嫡系”，对于晴雯，她也自信无论如何灭不过自己的次序去。家里丫鬟婆子对宝玉身边的人心怀妒恨，晴雯、芳官等都深受其害，独独待遇最好的袭人不仅较少是非，反而颇得众人的一致敬服，因此袭人得以牢牢占住宝玉身边的位子。

也正因为袭人的忠诚不忠诚不贰和恪尽职守的特性，还有她与宝玉关系的特殊亲密，使她会思虑很多别的丫鬟根本不顾及的问题。宝玉的不听教训、性情乖僻就是她最大的心病。她希望宝玉能够按照正统的社会标准要求自己，按照社会和家族的要求多学习经济事务，用功上进，追求科举功名之路。因此袭人对宝玉是时时规劝，不论正面进言还是旁敲侧击，简直用尽手段。甚至有一次，袭人家里要为她赎身，她本来已经坚决拒绝，但却并不说破，借此事向宝玉提出条件，只要宝玉能够用心功课，再不毁僧谤道、调脂弄粉、百无禁忌，她便永远留下来。宝玉当时满口答应，可后来依然故我，该怎样还是怎样。

事实证明，袭人根本无法改变宝玉的心性志向。宝玉爱在女儿圈中厮混的毛病更是让袭人无计可施。有一次，宝玉与黛玉、湘云早起共同梳洗，宝玉甚至用了湘云洗脸的剩水来洗脸，可以说毫不避嫌，袭人为此曾大发娇嗔，甚至罕见地与宝玉动了真气，但即使如此，宝玉还是没有什么改变。也正因为袭人对宝玉有这么多的思虑和维护，当她窥破宝玉与黛玉私自恋爱的真相后，又惊又惧，才忍无可忍地向王夫人做了一次大胆而婉转的进言：

> 如今二爷也大了，里头姑娘们也大了，况且林姑娘宝姑娘又是两姨姑表姊妹，虽说是姊妹们，到底是男女之分，日夜一处起坐不方便，由不得叫人悬心，便是外人看着也不像。……二爷素日性格，太太是知道的。他又偏好在我们队里闹，倘或不防，前后错了一点半点……我们不用说，粉身碎骨，罪有万重，都是平常小事，但后来二爷一生的声名品行岂不完了，二则太太也难见老爷。

袭人这番话说得很有策略，入情入理，似有所指又不着痕迹，一下子让把宝玉当成凤凰蛋来呵护的王夫人惊觉，也让王夫人彻底信任、倚重了这个贤良的袭人。这一切都源于王夫人已经看中了袭人，王夫人让王熙凤停了袭人的月例银子，然后从自己的月例银子中匀出二两一吊钱给袭人，其余东西，只要是姨娘们有的，袭人都有，不过还不从公中出，也一律从王夫人月例中出，这实际上给了她与姨娘一样的经济待遇，也向贾府上下昭告了袭人的内定姨娘身份。而且王夫人还跟袭人明确许诺：你保全了宝玉，“我自然不辜负你”。有了这样的保证，袭人自然更加心安理得，尽心尽力地行使自己的职责。

于是，袭人在贾府的地位直线上升，连管家奶奶王熙凤也高看她一眼，贾府宴会时不忘提醒给袭人送菜，贾母对袭人稍有嗔怪，王熙凤会帮忙遮盖解释；袭人回家探望病危的母亲，王熙凤也要亲自为她置备行装；袭人的母亲去世了，给了40两银子的抚恤，而赵姨娘的兄弟没了，才得了20两。如此抬举，在贾府的丫鬟里，恐怕除了贾母的贴身丫鬟鸳鸯之外无人能及。而且连一向不与人过分亲密的薛宝钗也觉得袭人志气可嘉，屈尊与之结交。

同时，有了来自王夫人的看重，袭人也越发要自己尊重，不仅时时以宝玉最不屑的仕途经济、好学上进的言论在宝玉耳边不停灌输，与宝玉也不再如以往那般亲密无间，甚至晚上上夜这样近身伺候的事情都交给了晴雯，避嫌之意明显。这里要提一句，大家不要误解，袭人的做法并不是真的要和宝玉疏远，她这么做的目的不过是好好表现，要向王夫人传达一个信息，她没有去逢迎宝玉的所谓种种淘气，让自己更符合王夫人等人的道德标准，让自己求得一个在宝玉身边的长长久久的位置罢了。不过，袭人所做的一切以及王夫人对袭人的倚重，却让宝玉对她的感情真的日益疏远，甚至开始有意无意地防范她。当宝玉被贾政痛打之后，想向黛玉致意，他送给黛玉的是自己用旧的帕子，是贴身之物，实际这就是私相授受了，这是逾越男女大防的事情，所以宝玉是先支开袭人了，让他帮自己向宝钗借书，再让晴雯帮自己传递东西。晴雯被驱逐，宝玉也曾怀疑袭人在其中起了某种作用，并在言语中流露出来自己的疑虑。袭人虽然极力辩解，宝玉也不愿深究，但二人之间的心结是在加重的。

可以说，袭人一直按照正统道德的标准塑造着自己的身心，她性格中活泼的一面一直受到压抑，但也偶有表露。比如在“寿怡红群芳开夜宴”一回，宝玉与众女孩不拘礼数一起开怀畅饮，不分身份地位，袭人积极组织筹划，与大家一起尽情欢乐，第二天平儿来时，她还意犹未尽地说：“昨儿夜里热闹非常，连往日老太太、太太带着众人顽也不及昨儿这一顽。”这里的袭人不见了整日一本正经老成持重的模样，表现出少女活泼好玩的天性，可是这样的表现在袭人来说只是昙花一现。

袭人对自己的人生有着井井有条的规划，她的理想目标就是成为宝玉的侍妾，长长远远地守着宝玉。在与宝玉初试云雨时，袭人已将自己的身心全部奉献给了宝玉，后来家里要给她赎身，她又断然拒绝，放弃了自由而选择宝玉，一句“刀搁在脖子上，我也是不出去的了”反映了袭人内心的坚定。温柔和顺，似桂如兰，是她最好的砝码，因为这样的她深得王夫人的欢心和倚重，可以说她掌握了一手好牌。可惜现实却与袭人开了个大玩笑，在她多年努力终将实现的时候，宝玉却离家而去，抛撇了身边的一切，袭人这个没过明路的身边人，也就没有了再留下来的理由，很快就被送回家打发出嫁了。虽然“怀着必死心肠”，可是袭人所谓“柔顺”的性格却让她难下决断，最终还是哭哭啼啼地嫁给了蒋玉菡，也就是应和了她判词后两句“堪羡优伶有福，谁知公子无缘”。袭人名字的来历在小说中有过详细介绍，来自陆游的诗句“花气袭人知昼暖”，这个贾政认为刁钻的名字是宝玉亲自取的，作者特意借此彰显了袭人在宝玉众多丫鬟中身份的不同，另有一层意思则在预示袭人的归宿，因为在小说后面的情节中，有蒋玉菡在行酒令时信口念出了“花气袭人知昼暖”这句诗，然后牵引他和袭人的一段姻缘，可以说是一语成谶。可见作者写作确实是伏线千里，小说开头已埋下了袭人求而不得的离去。

袭人的人生是求而不得的人生，终究没能坚持到底，终究没有守住宝玉，没有守住自己的理想，虽然嫁给蒋玉菡不算是糟糕的归宿，也终究算是在小康之家当了正牌奶奶，但对于忠诚贤良如袭人者，实在是充满尴尬的一个结局。有讽刺更有深切的同情，因为不管袭人多么努力，多么有心计，她的命运也不掌握在自己手里，最后依然是浮萍一样地随波逐流了，发不出自己的声音。

二、锋利而赤诚的女孩——晴雯

一般把晴雯与袭人作为一对在性格上具有强烈对比性的人物来对看，并且认为袭人有宝钗的风范，而晴雯神似黛玉。作者对晴雯的性格塑造非常鲜明而成功，她的性格并不完美却让人难忘。首先，晴雯有一身的傲骨，是个最不像丫鬟的丫鬟，所谓判词所说“心比天高，身为下贱”。

晴雯的出身确实非常卑贱，是被赖大家的买来献给贾母的玩意儿，又被贾母赏给了宝玉。不过很幸运的是，她深得贾母欣赏，认为她模样好，言谈爽利，针线出色，是可以留给宝玉的人，也就是将来通房侍妾的人选，而并不是大家以为的袭人，这个是晴雯后来被撵出大观园后，王夫人跟贾母汇报这件事情时，贾母大感可惜点出来的话。

虽然出身低贱如泥，不得不委身为奴，但晴雯口角锋利，言语不饶人，时时流露出不合身份的傲气。她一贯看不惯袭人卑顺的作态与暗地心思，怡红院里唯有她敢挑战袭人的权威，正面和袭人吵起架来毫不含糊。一言不合就戳穿袭人想做“姑娘”也就是小妾的心思，丝毫不怕犯了袭人的忌讳，可以说非常扎心了。袭人不慎与宝玉合称“我们”，晴雯就敏感地斥责：“我倒不知道你们是谁，别教我替你们害臊了！便是你们鬼鬼祟祟干的那事儿，也瞒不过我去，那里就称起‘我们’来了。明公正道，连个姑娘还没挣上去呢，也不过和我似的，那里就称上‘我们’了。”

当然，不只是对袭人，只要是奴颜婢膝的态度，晴雯往往会毫不客气地嘲讽呵斥，不管是小红因为攀上凤姐的高枝而得意了，还是秋纹得了王夫人赏赐而感恩呢，她都看不惯，当面泼冷水。比如，小红为钻营到凤姐的门路而得意兴奋，甚至失态，晴雯兜头一盆冷水就泼出去：“原来爬上高枝儿去了，把我们不放在眼里。不知说了一句话半句话，名儿姓儿知道了不曾呢，就把他兴的这样！这一遭半遭儿的算不得什么，过了后儿还得听呵！有本事从今儿出了这园子，长长远远的在高枝儿上才算得。”秋纹，这个在怡红院性格比较模糊的丫鬟，我们对她的认识大多是袭人一手调教的，风格类似，得了王夫人两件旧衣服的赏赐，沾沾自喜，受宠若惊，晴雯也毫不客气地说：“要是我，我就不要。若是给别人剩下的给我，也罢了。一样这屋里的人，难道谁又比谁高贵些？把好的给他，剩下的才给我，我宁可不要，冲撞了太太，我也不受这口软气。”

晴雯性格上另一个特色就是爱憎分明，她“爆碳”的名号可谓名副其实，眼里不揉沙子，性格急躁。第五十二回还有一个情节，她得知怡红院坠儿偷镯子的实情后（就是平儿在大观园丢了镯子），查访下来，却发现是宝玉房里的小丫鬟坠儿偷的。平儿主张大事化小，保全宝玉等人的体面，为此还特意要把这个事情瞒着晴雯，就是怕晴雯不能容忍。虽然大家尤其宝玉都劝晴雯压下气性，可她还是不能容忍，到底还是叫人将坠儿撵了出去。虽然她依着平儿的主意没有把事情捅破，到底心里意难平，处理这件事情还是带着很大的情绪的。尤其她在和坠儿娘的对话中被抓住话柄，还在生病的晴雯被气急红了脸却一味意气用事，有些纠缠不清起来，后来还是麝月帮忙解围，显示出了麝月真正高端的辞令技巧，反而比晴雯更厉害些。

而这段情节还有一个细节，晴雯用一丈青戳坠儿的手的惩罚，也让人觉得过于激烈，甚至让一些读者对她产生了反感，因为小说中描写到的上一个用簪子扎人的好像是撒泼的王熙凤。但是，结合麝月当时说的话，“等你好了，要打多少打不的”，和小说中反映出来的奴婢的等级制度来看，大丫鬟对小丫鬟是负有教育和责罚的权利和义务的。比如芳官和干娘闹矛盾，麝月弹压芳官干娘说：“便是你的亲女儿，既分了房，有了主子，自有主子打得骂得，再者大些的姑娘姐姐们打得骂得，谁许老子娘又半中间管闲事了？都这样管，又要叫他们跟着我们学什么？”可见，晴雯教训坠儿本是分内之事，只是她本身脾气就大，内心的愤怒又不便言说，所以形之于外的表现就比较过头了，与平儿大事化小的做法相比，更显出她的不适宜、不冷静，有不合理不恰当的地方。

不过晴雯这些不像丫鬟的出格言行却得到了贾宝玉的充分理解和善待。宝玉有一定的平等思想，欣赏晴雯骨子里这份珍贵的傲气，因为他知道在森严的等级制度的挤压之下，能保持这份心性和干净何其不易，也因此在二人之间流淌的更多的是朋友间的情谊而非主仆之情。所以我们看到宝玉对晴雯似乎过分地宽容甚至纵容，这其中的典型案例就是“撕扇子作千金一笑”，这个大家都很熟悉，就是晴雯与宝玉怄气，宝玉反要迁就晴雯，甚至让晴雯撕扇子逗她开心。而我们第五十二回的“晴雯补裘”是对二人感情的再次诠释，这次是侧重从晴雯方面着笔。

宝玉不慎将贾母刚赏的雀金呢斗篷燎了个小窟窿，小说这里特意用力写了雀金呢的珍贵稀缺，是俄罗斯进贡的贡品，再没第二件，“金翠辉煌，碧彩闪灼”，工艺复杂，这样就为为什么一定要修补，且只能晴雯来修补作出了解释。因为是长者所赐，一定要补好，因为珍贵，因为工艺复杂，只有女红了得的晴雯可以胜任这项工作。而偏偏晴雯此时正在病中，这时晴雯的言语特别有趣，“没个福气穿就罢了。这会子着急”，明显的刀子嘴豆腐心的形象。其实小说通篇看下来，晴雯的厉害大部分在嘴上，做事反而单纯厚道，这是她的可爱之处，也是她的吃亏之处。晴雯虽然嘴上厉害，却还是急宝玉所急，耗费神思，认真地为宝玉补衣，完工之时就支持不住，不由自主地倒下了。这样的深情厚谊，这样的实心做事，让我们看到晴雯骄傲厉害的表象下也有一份赤诚柔软的真性情。

而且晴雯也确实比其他丫鬟更能理解宝玉的想法，比如第七十三回，一天晚上，一个小丫头来报信，说第二天贾政要考校宝玉功课，宝玉就如同孙悟空听到了紧箍咒，整个人一下子就不好了，于是怡红院上下都紧张起来。宝玉不得不温书准备，要熬夜，一干丫鬟都着急，但也只能端茶倒水地伺候，其他无计可施。唯有晴雯这个时刻因听见有人叫院子里跳进了人，马上让宝玉借机装病，说被吓坏了，并且大肆夸张，帮宝玉躲过了贾政的考查。小说里说晴雯的这个做法“正中宝玉心怀”，由这个细微情节就可以看出晴雯与宝玉之间有很好的默契。

当然，晴雯的傲气和硬气有她的根底，她的相貌在怡红院乃至整个贾府都是一等一的好，被说成像林黛玉也从一个侧面印证了她的美貌；而她的聪明能干也是毋庸置疑的，宝玉的雀金呢被烧了，整个院子只有晴雯一人能补，足以说明问题；再加上她和袭人同为贾母赏赐给宝玉的丫鬟，地位上自然高出别的丫鬟一等；她心思也是非常灵透的，袭人的所思所想她虽然不屑，却也都清楚，都懂得。她这样的出色又这样的眼里不容沙子，必定为人所忌恨，也为自己的悲剧埋下了祸根。

所以在抄检大观园时，晴雯几乎是第一个就被心怀不满的婆子媳妇提到了王夫人面前，从而直接导致了她被驱逐的悲剧。晴雯的被逐其实蛮冤枉的，她并没有被抓住什么实在的错处，却只因生得好、言辞锋芒、态度高调嚣张，不巧就做了出头鸟，正应了那句“风流灵巧招人怨”。晴雯无妄地面对了王夫人熊熊燃烧的怒火，平日吃斋念佛的王夫人见到病中犹有西子捧心之态的晴雯，想起素日晴雯的做事风格，越发心中厌恶，用最不堪的粗俗言辞詈骂不休，立意要撵她出府。受了这种侮辱的晴雯虽然心神俱伤，但是一贯的傲气仍在，依然不肯低头。在后面，婆子们搜检怡红院丫鬟私人物品时，有一段描写了她反抗的情态：“只见晴雯挽着头发闯进来，豁一声将箱子掀开，两手捉着底子，朝天往地下尽情一倒，将所有之物尽都倒出。王善保家的也觉没趣，看了一看，也无甚私弊之物。”

在晴雯之死的描写方面，作者既有实写也有虚笔，二者结合，而最终还是以虚笔收束。当时，在王夫人的雷嗔电怒之下，宝玉虽有心却不敢说一句话，竟只能眼看着四五日水米不曾沾牙、病得气息恹恹的晴雯被拖起来，被撵出府去。宝玉去探望晴雯时，对晴雯凄苦的处境和临死的情态描写是非常写实的，读来令人心酸。

宝玉看时，虽有个黑沙吊子，却不象个茶壶。只得桌上去拿了一个碗，也甚大甚粗，不象个茶碗，未到手内，先就闻得油膻之气。宝玉只得拿了来，先拿些水洗了两次，复又用水汕过，方提起沙壶斟了半碗。看时，绛红的，也太不成茶。晴雯扶枕道："快给我喝一口罢！这就是茶了。那里比得咱们的茶！"宝玉听说，先自己尝了一尝，并无清香，且无茶味，只一味苦涩，略有茶意而已。尝毕，方递与晴雯。只见晴雯如得了甘露一般，一气都灌下去了。宝玉心下暗道："往常那样好茶，他尚有不如意之处，今日这样。看来，可知古人说的'饱饫烹宰，饥餍糟糠'，又道是'饭饱弄粥'，可见都不错了。"一面想，一面流泪问道："你有什么说的，趁着没人告诉我。"晴雯呜咽道："有什么可说的！不过挨一刻是一刻，挨一日是一日。我已知横竖不过三五日的光景，就好回去了.。只是一件，我死也不甘心的：我虽生的比别人略好些，并没有私情密意勾引你怎样，如何一口死咬定了我是个狐狸精！我太不服。今日既已担了虚名，而且临死，不是我说一句后悔的话，早知如此，我当日也另有个道理。不料痴心傻意，只说大家横竖是在一处。不想平空里生出这一节话来，有冤无处诉。"

晴雯的这些话都是肺腑之言，被人误解的痛苦，再次凸现出与她艳丽锋利外表相矛盾的骨子里的厚道赤诚的性格。

晴雯的死状没有直接描写，想必是凄凉的，身边没有一个在意她的人，死后马上被草草焚化了事了。宝玉为打听晴雯临死情形特意找人询问，小丫鬟为讨宝玉喜欢，信口编造说晴雯去天上做芙蓉花神了，这个说法马上让宝玉由悲转喜，痴心地认为晴雯必定超脱了苦海，上天去做一番事业了。这样浪漫虚化的处理，将晴雯从前面那种很写实的脏污不堪的死境中拯救出来，用小丫鬟的谎言慰藉宝玉和众多读者的心。

晴雯她自己曾不经意亲口说"哪里就得痨病了"，结果也是一语成谶，为她最终的病死做了注脚。她的死，让大观园的明媚春光一去不返，拉开了大观园残酷青春的序幕。她的死也得到了宝玉的郑重祭奠，特意做成经典之作《芙蓉女儿诔》，"茜纱窗下，我本无缘，黄土垄中，卿何薄命"成为绝唱，也成全了两人知己之情。

三、人如其名——平儿

首先，说说平儿是怎样的地位、性格。平儿又和晴雯、袭人不同，平儿是王熙凤的陪嫁丫头、贾琏的通房。她的身份处境很微妙，一方面，她是王熙凤忠诚而得力的助手，极有体面，第六回出场曾被刘姥姥误认为王熙凤。在《红楼梦》中，平儿的第一次出场是在刘姥姥一进荣国府时，刘姥姥初来乍到，刚进入王熙凤屋里，看到的一个“遍身绫罗，插金戴银，花容月貌”的女子，刘姥姥以为她是王熙凤，上去就要下跪行礼，后来方知她不过是个有体面的丫头，其实就是平儿（第六回）。另一方面，她也是贾琏心爱的侍妾，凤姐对她又有着提防和醋意。第二十一回，贾琏偷藏多姑娘的头发被平儿发现，她与贾琏的一番周旋，更凸显她的妩媚动人，贾琏对她也算非常宠爱。而王熙凤出言询问拈酸，平儿回嘴摔帘而去，场面气氛辛辣，也可见妻妾关系的紧绷冲突（第二十一回）。

至于平儿的真实处境到底如何，作者借宝玉之口有过很切中要害的解说。他说：“贾琏惟知以淫乐悦己，并不知作养脂粉。又思平儿并无父母兄弟姊妹，独自一人，供应贾琏夫妇二人。贾琏之俗，凤姐之威，他竟能周全妥帖，今儿还遭荼毒，想来此人薄命，比黛玉犹甚。”由此可见，不管是宝玉或是作者都能够比较深切地体会到平儿处境的尴尬艰难，她的苦楚可能不是我们从她平素体面的表象中可以想见的。小说也借李纨之口为平儿鸣不平，进一步落实了平儿自身品貌的出色，“可惜这么个好体面模样儿，命却平常，只落得屋里使唤。不知道的人，谁不拿你当作奶奶太太看”。

所以，平儿绝对不是个简单的存在，她本是个姿容上等、极聪明极清俊的女孩儿，她身处难以调解的微妙矛盾旋涡中，却一直能够独善其身，单看凤姐出嫁带来的四个陪房，兜兜转转只剩下平儿一个，就可想见平儿自有不同凡响之处。

首先，平儿的立场很坚定，她对凤姐有着发自内心的忠诚，不论什么情况下，她都毫不犹豫地站在凤姐一边，维护着凤姐的尊严和权威。贾琏但凡说凤姐的不是，平儿马上反驳。凤姐生日，贾琏与鲍二家的偷情被撞破，凤姐撒泼屈打了平儿，在如此委屈的情况下，平儿依然能够咬定“二奶奶倒没说的”。

再者，就是平儿性格上的优势了。平儿善于审时度势，处世圆融。她懂得掌握时机，趋利避害，低头俯就。还是凤姐生日那天，平儿受了无端的折辱，可是需要平儿在众人面前表态时，她非常能低得下头，反而给凤姐请罪，修补两人关系：“我伏侍了奶奶这么几年，也没弹我一指甲。就是昨儿打我，我也不怨奶奶，都是那淫妇治的，怨不得奶奶生气。”既让凤姐下了台，心里自然对平儿更惭愧上几分。再比如，探春代理荣国府事务，恰逢赵姨娘也闹事，管事媳妇也有意为难探春，搞得探春火冒三丈，尤其对以前管事的凤姐、平儿更有迁怒。平儿来到，看到这个情况，马上收起了平时的嬉笑之态，回话万分小心，伺候妥帖周到，最后连想要对着她撒气的探春也笑着释然了：“我早起一肚子气，听他来了，忽然想他主子来，素日当家使出来的好撒野的人，我见了他便生了气。谁知他来了，避猫鼠儿似的站了半日，怪可怜的。接着又说了那么些话，不说他主子待我好，倒说‘不枉姑娘待我们奶奶素日的情意了’。这一句，不但没了气，我倒愧了。”这也正是平儿的生存之道。

可以说，多年跟随在凤姐身边，平儿的精明并不输主子，不同点是平儿少了欲望又多着一分通透，懂得趋利避害。她经常劝王熙凤要及早撤步抽身，不要给自己招祸：“何苦来操这心！‘得放手时须放手’，什么大不了的事，乐得不施恩呢。依我说，纵在这屋里操上一百分的心，终久咱们是那边屋里去的。没的结些小人仇恨，使人含怨。况且自己又三灾八难的，好容易怀了一个哥儿，到了六七个月还掉了，焉知不是素日操劳太过，气恼伤着的。如今乘早儿见一半不见一半的也倒罢了。”不枉被称为王熙凤身边的“一把总钥匙”。

最重要的一点是，平儿并没有借着自己手中的权力作威作福，反而处处与人方便。在凤姐的威压之下，平儿依然勉力营谋，尽力平衡着身边的人事关系，在阖府上下人等中赢得了很好的口碑。小厮兴儿的话道出了平儿的为人：“倒是跟前的平姑娘为人很好，虽然和奶奶一气，他倒背着奶奶常作些个好事。小的们凡有了不是，奶奶是容不过的，只求求他去就完了。”

比如说，凤姐暗地磋磨苛待尤二姐，平儿不敢明面上表示不满，却暗暗给了些帮助，“平儿看不过，自拿了钱出来弄菜与他吃，或是有时只说和他园中去顽，在园中厨内另做了汤水与他吃，也无人敢回凤姐”。尤二姐腹中胎儿被打下，万念俱灰，在这个冷冰冰的贾府中，也只有平儿偷偷来宽慰，让她在离开这个世界前感受到一些温暖与同情。“平儿过来瞧他，又悄悄劝他：‘好生养病，不要理那畜生。’尤二姐拉他哭道：‘姐姐，我从到了这里，多亏姐姐照应。为我，姐姐也不知受了多少闲气。我若逃的出命来，我必答报姐姐的恩德，只怕我逃不出命来，也只好等来生罢。’平儿也不禁滴泪说道：‘想来都是我坑了你。我原是一片痴心，从没瞒他的话。既听见你在外头，岂有不告诉他的。谁知生出这些个事来。’尤二姐忙道：‘姐姐这话错了。若姐姐便不告诉他，他岂有打听不出来的，不过是姐姐说的在先。况且我也要一心进来，方成个体统，与姐姐何干。’二人哭了一回，平儿又嘱咐了几句，夜已深了，方去安息。”可是，尤二姐终究还是凄凉地吞金自尽，从这里也可以看出，平儿还是很理智的，善良是有限度的，或者说她懂得自身能力的界限，也不会弃自身的利益于不顾，去拼争那不可得的正义。

第五十二回这一回，是平儿出场的一个大片段。平儿处理了坠儿偷镯子事件，前面说晴雯的时候也简单介绍过，平儿的做法非常符合她的性格特征，思考问题周密妥帖。平儿把这件事情涉及的上下人等：宝玉、老太太、太太以及袭人等宝玉房里的大丫鬟，这些人的心情处境都考虑了一遍，采取了大事化小的处理方案，目的无非是要留存大家的体面，将事件的伤害降低到最小限度。也因此平儿避开了爆碳一样、眼里容不下沙子的晴雯，而去找性格柔和大有袭人风范的麝月密谈。

虾须镯事件之后还有第六十一回“判冤决狱平儿行权”这件事，也是对平儿处理事务的能力和智慧的再一次展现。在这一回中，平儿处理了柳五儿的玫瑰露事件。柳五儿是大观园厨房柳嫂子的女儿，她和宝玉的丫鬟芳官交好，因为柳五儿一贯身体不好，芳官送了宝玉从王夫人那里得来的玫瑰露给柳五儿，正巧王夫人房中丢了玫瑰露，有人看到柳五儿有，认为她的身份不配有；碰巧柳嫂子厨房的差事是个肥差，好多人都眼馋要把她拉下马，所以就此闹了起来，就搜查起来。后来查清玫瑰露其实不是柳五儿偷的，而是赵姨娘央求王夫人的丫鬟彩云偷来给贾环的，平儿也是为着探春的体面，没有穷究事件的真相，没有去抓出背后指使彩云偷东西的赵姨娘，而是让宝玉应下了这件事，只说是宝玉藏起来逗丫鬟玩的，而冤枉的柳嫂子官复原职了。从这件事情上，平儿的处世理念再次得到体现，就是她所说的“大事化为小事，小事化为没事，方是兴旺之家”。其实，在处理家务事的时候，我们发现不把事件升级，不把事件复杂化，尽量简单地解决问题，是很具有智慧的真正聪明的做法。

所以，总的来说，平儿是个生存能力很强，放在什么位置都能生活得有声有色的人。以平儿的品貌，她未必看得上好色滥淫的贾琏，也未必认同毒辣强势的凤姐，但命运把她安置在这个位置上，她也就不去做无畏的抗争，而是尽力接受并尽力做好自己的本分。至于小说后40回将她扶正为贾琏正室其实已经是她在自己的位置能得到的最好结果了，这是她的无奈也是她生存下去必须的妥协。

我说她人如其名，她的名字“平”充分体现了她性格的核心，无论身处何处，心向何方，她都尽力维持身外身内的平衡，对内她心思周密玲珑，对外她处事公允平和。虽然她也是薄命人，但她一生还算是平顺安康。

四、壮烈刚强的爱情卫士——司棋

司棋是迎春身边的贴身大丫鬟，生得高大丰壮，按辈分和资历说也算是大观园的丫鬟中有头有脸的人物。可是她跟的主子迎春是贾赦之妾所生，地位不高，不受宠爱，而且迎春的性格懦弱低调，遇事一味忍让委屈，更加被人小看，受人欺负，甚至反过来受自己身边奴才的辖制。因此虽然都是贴身侍婢，司棋的地位和影响力都难以与鸳鸯、袭人等人比肩。

不过与主子的软弱不同，司棋是个刚硬的烈脾气，正因为处于不被人看重的弱势地位，为了不任人摆布，她更要争强好胜，甚至有时候显得有些霸道。第六十一回写的一场大观园厨房里的风波就鲜明地显示出了司棋强硬的个性。

司棋想吃炖鸡蛋，打发小丫鬟去要，善于趋奉而又势利眼的大观园厨房管事柳家的不耐烦地找借口回绝了这个要求。司棋听说之后带着人就来到厨房，“七手八脚抢上去，一顿乱翻乱掷的”，在厨房中大闹了一场。后来柳家的没办法蒸了鸡蛋送过去赔罪，司棋也“全泼在地上”。司棋的逞强似乎有些过了，不过细想一下，如果不像司棋这样强硬坚决地维护自己的利益，迎春主仆在男男女女都是“一个富贵心，两只体面眼”的贾府中将更加难以立足了。司棋便喝命小丫头子动手，“凡箱柜所有的菜蔬，只管丢出来喂狗，大家赚不成”。小丫头子们巴不得一声，七手八脚抢上去，一顿乱翻乱掷的。众人一面拉劝，一面央告司棋说：“姑娘别误听了小孩子的话。柳嫂子有八个头，也不敢得罪姑娘。说鸡蛋难买是真。我们才也说他不知好歹，凭是什么东西，也少不得变法儿去。他已经悟过来了，连忙蒸上了。姑娘不信瞧那火上。”司棋被众人一顿好言，方将气劝得渐平。小丫头们也没得摔完东西，便拉开了。

司棋连说带骂，闹了一回，方被众人劝去。柳家的只好摔碗丢盘自己咕嘟了一回，蒸了一碗蛋令人送去。司棋全泼了地下了。

司棋的故事在第七十回前没有太多文字，第七十回后命运渐渐展开，可惜展开的是一场惨烈的悲剧。虽然只是一个没有自由的小小女奴，但是司棋没有放弃对爱情的憧憬和幻想。她有一个青梅竹马的姑表兄弟潘幼安，自幼一起玩耍，长大后互相有情，但又生怕双方父母反对，只能暗自倾心。后来，两个人终于按捺不住，在大观园内私自约会，当时是“海誓山盟，私传表记，已有无限风情”，这在严禁私相授受的时代，简直是大逆不道的丑事，也许只有司棋这样的性子才敢做出这种勇敢得有些鲁莽的举动。司棋为这次不计后果的约会付出了高昂的代价。两人的约会被碰巧经过的鸳鸯撞破了，虽然鸳鸯有情义保证不透露一个字，但随后潘幼安还是吓得从家中逃出。司棋一方面心中愧悔，一方面怨恨情人，竟然因此一病不起。

不过命运之神并没有因为司棋的困境而放过她，更大的打击在后面。因为丫鬟傻大姐在大观园拾到了绣春囊，导致了一场严酷的抄检大观园行动。在这次抄检中，司棋与潘幼安私自传递的物件被搜了出来，他们的私情彻底曝光了。

面对这样的绝境，司棋反而从容坦然起来，她“低头不语，并无畏惧惭愧之意”，避无可避，她干脆认了，也没有去扮可怜求同情，连王熙凤都觉得她的态度“可异”，令人惊异。查出这种有伤风化的丑行，司棋马上被撵回家去了，让她老子娘打发她嫁人了事。

潘幼安的意外归来却为处境凄凉的她带来了一丝转机。她不顾女孩的矜持向母亲剖白了内心的真实想法：“一个女人配一个男人。我一时失脚上了他的当，我就是他的人了，决不肯再失身给别人的。我恨他为什么这样胆小，一身作事一身当，为什么要逃。就是他一辈子不来了，我也一辈子不嫁人的。妈要给我配人，我原拼着一死的。今儿他来了，妈问他怎么样。若是他不改心，我在妈跟前磕了头，只当是我死了，他到那里，我跟到那里，就是讨饭吃也是愿意的。”

这番朴实无华的话没有惊天动地的大道理，听来却字字惊心、掷地有声，司棋对待爱情坚贞果决的态度在此表露无遗。可惜愚钝的又正在气头上的母亲并没有被有情人的诚意打动。面对无可挽回的僵局，司棋没有任何哀求或妥协，她没有一刻迟疑，“便一头撞在墙上，把脑袋撞破，鲜血直流，竟死了”。司棋性格中刚性的一面在她的恋爱中得到了最大的体现，为爱而死，她走得决绝。

司棋在大观园中并不是特别出众的一个，作者在她身上也并没有花费太多笔墨，但她有限的事迹和短暂的生命充满了玉石俱焚的巨大勇气，那种对爱情执着到了固执、勇敢到了莽撞的独特气质具有打动人心的力量。

通过上述分析可见，《红楼梦》中的形象波及面颇广，虽然全书故事大多发生在贾府，描写的主要还是以女性人物为主，但人物的身份背景却千差万别，即使是次要人物层面，这些掌握实权的大丫鬟，她们的命运受制于社会地位、知识背景、人生阅历等诸多复杂外部因素，但同时也决定于自身的内在性格。在决定命运的节点上，她们所作出的选择还是听从了自己内心的声音，就像袭人之委屈改嫁、司棋之为情自尽等，每个人看似出人意表的结局背后都有着必然合理性，最终指向的是人物的内心世界。我们在一再被讨论的社会悲剧的层面之外，亦应深刻体会到由复杂人性而导致的命运悲剧。

第三节　红楼饮食那些小事

《红楼梦》是一部具有极高审美品位的小说，是一部诗情画意的小说，同时《红楼梦》又是一部内容丰富以描写日常生活为主的世情小说。因此，《红楼梦》里不仅有诗和远方，也汇集了无数美食，记录了各色饮食男女的人生故事。《红楼梦》中用了不少的笔墨描写了各种饮食酒馔，融汇了各派中华饮食之精华，借以勾勒并凸显了“白玉为堂金做马”的贾家作为世袭贵族之家的豪奢气派。红楼饮食的数量和品种纷繁复杂，令人赞叹。据不完全统计，小说中描述的食物多达186种，可以分成九大类。

那么，在这些众多的食物中，有不少给读者都留下了深刻的印象，我们可以将食物作为阅读的关键词或线索，提起某一种食物，就会想起一个或者几个人物，想起一段或者几段故事。简单举例来说，比如，有贾母赏给秦可卿的枣泥馅山药糕，有众人自己动手烤的鹿肉，有晴雯喜欢的豆腐皮包子，有袭人爱吃的糖蒸酥酪，有多泡几次才上色的枫露茶，有贾母进补的牛乳蒸羊羔。今天我谈红楼饮食，也是想带领大家通过《红楼梦》中的饮食深入《红楼梦》的文本，从饮食的角度去打破贵族之家“高冷”的表象，去看一看用食物串联起的一个个具有烟火气的故事。

一、宝玉挨打与“莲叶羹”

宝玉挨打是《红楼梦》中一段著名的情节，第三十三回，宝玉因为“游荡优伶、淫逼母婢”的罪名被贾政痛责重伤。在外游荡优伶，主要指的是宝玉结交蒋玉菡，并且私赠信物，引起了忠顺王的不满，以致派长史到贾府对贾政施压，令贾政惊怒不已；在内则是宝玉与王夫人的婢女金钏亲昵调笑被王夫人窥破，王夫人怒而驱逐金钏，烈性的金钏跳井身亡。贾环又将此事添油加醋地向贾政告发，这无疑是火上浇油，贾政因此下狠手打了宝玉三四十板子，打得宝玉当时就动弹不得了，而且贾政盛怒之下声称“不如趁今日一发勒死了，以绝将来之患”。终于引来王夫人、贾母先后哭劝，甚至让贾母痛斥贾政，说出“先打死我，再打死他，岂不干净了”如此决绝的话来。荣国府家宅内由此一场大乱，看似号称昭穆有序的诗礼之家，父子、母子、嫡庶、主仆之间的矛盾在这场风波中乍然一现，让我们看到了平静和睦生活之下潜藏的波涛暗涌。

不过，宝玉挨打后反而因祸得福，因为他挨打受伤所以名正言顺地被贾母护在内宅，不用见人，不用读书，不用被贾政日日教训。而且，贾母等人每日看望问候，疼爱更胜往昔，宝玉可说是心满意足。一天，宝玉对着贾母等人就提出想吃莲叶羹。莲叶羹，顾名思义，是一道汤菜，在贾府众多的珍馐美味中本来并不起眼，只因为宝玉特别点名要吃，所以一下子就脱颖而出了，不由让我们好奇这道莲叶羹有什么特殊之处，能让宝玉如此念念不忘。

小说中是这样描写的：宝玉想起以前吃过的一种“小荷叶儿小莲蓬儿的汤”好喝，于是贾母马上催着凤姐去给张罗。凤姐也是不敢怠慢，马上寻找做汤用的模具，可惜贾府家大物杂，找了厨房找茶房均不见踪迹，后来还是管金银器皿的人送来了。做汤的这套模具正是这个汤精华所在，这道汤的构思新巧就在于此。“原来是个小匣子，里面装着四副银模子，都有一尺多长，一寸见方，上面造着有豆子大小，也有菊花的，也有梅花的，也有莲蓬的，也有菱角的，共有三四十样，打的十分精巧。”

凤姐不等人说话就卖弄地介绍起此汤的来历做法：“这是旧年备膳，他们想的法儿。不知弄些什么面印出来，借点新荷叶的清香，全仗着好汤，究竟没意思，谁家常吃他了。”凤姐说得轻描淡写，但可以想见，以贾府饮食的精致程度，无论是用来印成荷叶莲蓬的面，还是上好的高汤，一定都不是凡品，肯定要大费周章，尤其凤姐还强调这道菜是旧年备膳用的，一方面暗暗地彰显了贾家的荣耀，贾家当年是曾经接过驾的，“把银子都花的淌海水似的”；一方面也自然凸显了这道菜的金贵不凡了。在饮食上花费如此心思，实在令人咂舌，就连经多见广的薛姨妈也说：“你们府上也都想绝了，吃碗汤还有这些样子。若不说出来，我见这个也不认得这是作什么用的。”薛家虽为皇商之家，见惯了富贵，但在权势底蕴上还要低贾家一筹，因此薛姨妈的惊叹和赞美也并不全是虚客套。

莲叶羹做好了，作者没有盘桓于羹汤具体的滋味，反而在宝玉喝汤的过程中铺叙了一段小故事，即回目中的“白玉钏亲尝莲叶羹”。这段故事其实与前面的金钏投井、宝玉挨打是相互勾连的。莲叶羹做好了，王夫人看到金钏的妹妹玉钏正好在侧，就让她给宝玉送汤去，丝毫没考虑玉钏的情绪，没考虑她的姐姐金钏刚刚因为宝玉的缘故而断送了性命。姐姐身死，妹妹还要伺候，甚至没权利表现悲伤或不满，这就是为奴的悲哀。玉钏虽然心里不情愿，但也只能依照王夫人的命令行事，给宝玉去送汤，但终究无法做出欢喜之态，“满面怒色，正眼也不看宝玉”。宝玉此时的心思已经不在吃食上，因为对玉钏心存愧疚，所以打叠起全副心神讨好玉钏，他一味服低做小，终于哄得玉钏亲自尝了尝汤，又伺候着喝汤。两人还因为与傅家打发来探望的婆子说话而失了默契，结果玉钏手里的汤碗翻在了宝玉手上，宝玉不觉自己烫了，倒赶着问玉钏疼不疼。这一幕被傅家婆子看在眼里，又是宝玉的一段痴人笑谈。

后文交代，玉钏与宝玉的关系终究是无法修复的，二人之间横亘的金钏之死是无法逾越的鸿沟。玉钏在姐姐祭日偷偷掉泪，见到宝玉也不搭理，再多的安慰小心也无动于衷。宝玉也在这天偷偷祭奠了金钏，也真心期望抚慰伤心的玉钏，期望求得玉钏的原谅。可是他又怎能左右玉钏的所思所想，姐姐的惨死，又怎能说原谅就原谅。宝玉在他的人生中第一次感受到自己力量的弱小，他虽有一片痴心，却并不能保护身边的女孩子，甚至年少的荒唐轻狂反过来还对她们造成了伤害，但他还是太年轻，太容易忘记，太轻易原谅，他迫切想要求得玉钏原谅的心情其实也反映了他自己一种急于忏悔急于解脱的心情。金钏的死只是个开端，在贾宝玉以后的人生中还将有更多次伤痛来令他领悟与成长。玉钏的不原谅以及玉钏的存在本身，时时提示着宝玉曾经的过失，在那清甜的夏日莲叶羹汤中掺入了难言的苦涩。

二、黛玉心事与“吃茶”

我在这里所说的“黛玉心事”主要是指她与宝玉之间的私相爱恋。黛玉与宝玉自小耳鬓厮磨、青梅竹马，二人之间早存着一段心事，所以每每互相试探，由此生出了很多计较争吵，生成些求全之毁、不虞之隙。

而黛玉心事最明显的外在表现就是多心哭泣。黛玉的善哭已经成为她的一个标签，甚至因此得名“潇湘妃子”。小说第三回，黛玉初见宝玉，就因惹宝玉发狂砸玉而内疚哭泣，袭人劝慰道：“若为他这种行止，你多心伤感，只怕你伤感不了呢。快别多心。”这一段有王府夹批云：“后百十回黛玉之泪总不能出此二语。”又云：“‘月上窗纱人到阶，窗上影儿先进来’。笔未到而竟（境）先到矣。”批语中嵌入的这句韵语放在此处意思非常显明，就是指出小说作者对于黛玉哭泣的描写是有设计的，这一次是一个引子，后文随着故事情节的展开而逐步推进。如果说木石前盟的还泪之约为黛玉此生的“自泪不干”做了先导，是“窗上影儿”，那么黛玉的这次哭泣作为小说中无数次哭泣的开始，也是“窗上影儿”，为她日后的善哭作引。袭人劝黛玉不要“多心”，而黛玉以后的种种伤心流泪正由“多心”而起，尤其是在她与宝玉的情感纠葛中体现得最为明显。正是因为她对自己与宝玉的爱情的不确定，对二人未来的忧虑才使她常年泪水涟涟。宝玉曾一语道破：“你皆因总是不放心的原故，才弄了一身病。”此后黛玉的频繁流泪，皆没有跳脱暗自神伤、多思多虑的模式。

黛玉的心事又不是贾宝玉能给她完全开解的，她看不到爱情的未来，与自己的身世处境有莫大关系。黛玉父母早丧，又寄人篱下，没有母亲为她主张婚姻，贾府的女性长辈如果不主动张罗，她是不能自主婚姻的。偏偏这些所谓的亲人长辈并没有人真心为黛玉着想，黛玉根本找不到可靠又有实力的长辈为她出头做主，她的万千思虑甚至都不敢让人知道，因此，敏感多思又充满爱情渴望的黛玉更加自怨自苦，有口难言。薛姨妈曾经当着宝钗、黛玉的面，半开玩笑地说过不如将林黛玉定给贾宝玉，这样是“四角俱全”的好事，可惜这样的试探话语当不得真，薛姨妈终究更要为自己的女儿打算，并不可靠。紫鹃曾一语道破林黛玉的窘境：“若是姑娘这样的人，有老太太一日还好一日，若没了老太太，也只是凭人去欺负了。”其实，就连最疼爱黛玉的贾母也不会任由黛玉有自主恋爱的想法，后文黛玉的心事被窥破，重病垂危，贾母就说：“咱们这种人家，别的事自然没有的，这心病也是断断有不得的。林丫头若不是这个病呢，我凭着花多少钱都使得。若是这个病，不但治不好，我也没心肠了。”言下之意，就是要放弃黛玉了。可见，黛玉是处在多么艰难的环境中。

黛玉与宝玉之间的纠缠烦恼正应了贾母那句“不是冤家不聚头”，一次次的口角哭闹既恼人又甜蜜，二人一时吵一时好的态度也早泄露了恋爱的秘密。第二十五回，凤姐、李纨以及大观园中的女孩都到怡红院探望宝玉，凤姐问起来送给大家的暹罗进贡的茶叶味道如何，众人均不大喜爱，宝钗认为“味倒轻，只是颜色不大好些”，凤姐觉得“也没什么趣儿，还不如我每日吃的呢”，唯独黛玉说“吃着好”。暹罗是泰国古名，也是产茶之国，贾家女眷享用的贡茶，品质自然又不是寻常进口茶可以比拟的，这从侧面烘托了贾府的荣宠尊贵。暹罗茶叶品种制作类似于绿茶，由此推想口味应较为清淡，正适合生长于姑苏、体质柔弱的黛玉。由此，凤姐便说会给黛玉再送些，不过有一件事求她。林黛玉听了笑道：“你们听听，这是吃了他们家一点子茶叶，就来使唤人了。”凤姐笑道：“倒求你，你倒说这些闲话，吃茶吃水的。你既吃了我们家的茶，怎么还不给我们家作媳妇？”还指着宝玉笑道：“你瞧瞧，人物儿、门第配不上，根基配不上，家私配不上？那一点还玷辱了谁呢？”

至少从宋代起，男方婚娶下聘叫作“下茶”“定茶”，女方接受了茶礼，就叫“吃茶”“受茶”，表示定了这门亲事，“吃了谁家的茶就是谁家的人”。聘礼中大多真的有茶，那么为什么会把吃茶作为定亲的代称呢？明人郎瑛

《七修类稿》中解释得颇清楚：“种茶下子，不可移植，移植则不复生也，故女子受聘，谓之吃茶。又聘以茶为礼者，见其从一之意。”寄寓着从一而终、白头到老和必定有子等吉祥的意思。正因为如此，不但定亲时要有茶，婚礼上还要喝“和合茶”，并向父母长辈敬茶，都是取茶的吉祥之意。向父母长辈敬茶的习俗也一直保留到了现在的婚礼习俗中。

这习俗的形成跟茶的种植方式有关。古人受栽培水平限制，一般不采用移植，而用茶籽播种。陆羽《茶经》中写道：“凡艺而不实，植而罕茂，法如种瓜，三岁可采。”唐末至五代时，韩鄂在《四时纂要》中详细记录了栽种方法：“种茶，二月中于树下或北阴之地开坎，圆三尺，深一尺，每坑种六七十颗籽，盖土一寸强，任生草，不得耘。”明人陈耀文在《天中记》也记载：“凡种茶必下子，移植则不生。”在现代，茶的种植水平提高了，已经没有了不可移植的特点，“吃茶”是定亲的意思也消失了，但作为清雅得体的礼物依然广受欢迎。

凤姐正是借用了“吃茶”的双重意思取笑黛玉，一方面林黛玉确实喝了她送的茶，一方面即是吃茶与定亲约定俗成的通用之意，玩笑着让黛玉嫁给宝玉。凤姐的这番话似乎是玩笑不能当真，为博众人一乐，而大家又都知道，凤姐极得贾母爱重，与姨母王夫人更是一体，她的这些话似乎是隐含着某种上层意志，模模糊糊，令人捉摸不透，不禁让人心生期盼。众人免不了一番打趣诙谐，黛玉红了脸，含羞避走，宝玉偏要留黛玉，却只拉着她的袖子，嘻嘻笑，心中有话说不出，当时的场景非常欢乐，想来此时二人都对未来充满了欣喜的期待，想着顺水推舟就此让“吃茶”的玩笑成真。可惜，最终心知肚明的长辈们并没有成全这对有情人，宝黛之间最终并没有如凤姐所说那般成就美满姻缘，宝黛二人的结局就是阴阳两隔终生遗憾，当年这段“吃茶”的小典故只能成为甜蜜而无望的回忆。

其实，说起《红楼梦》中的茶，“栊翠庵饮茶”一段内容更丰富也更经典，无论饮茶之道还是茶具用水，都集中反映了中华茶文化的精髓，但是我却总是更爱黛玉“吃茶”这个小片段，大概也是为着这一段记载了宝黛二人那份曾经的甜蜜与希望，让我心生欢喜吧。

三、宝钗为人与“冷香丸”

薛宝钗的才貌在众金钗中是出类拔萃的，足以同林黛玉一较长短。她与林黛玉在小说中是如同“双峰对峙，二水分流”一般，因此也引发了不少关于钗黛一而二二而一的各种争论。不同于林黛玉的病如西子，宝钗健康丰润，“脸若银盆，眼若水杏，唇不点而红，眉不画而翠”，一看就是保养得很好，一段雪白的酥臂曾让宝玉失魂落魄。宝钗的文才亦相当出众，在大观园的海棠诗社中，她曾力压林黛玉勇夺诗魁。不仅如此，她的知识还非常广博，是个通家，她与宝玉谈起戏文头头是道，和惜春说起作画技巧与工具也俨然是个行家。

更重要的是，宝钗的品性有过人之处，她按照封建妇道所要求的温良贤淑来塑造自己，言行举止温婉内敛，从容大度，得到贾家阖府上下的称赞，认为她“行为豁达，随分从时，不比黛玉孤高自许，目下无尘，故比黛玉大得下人之心”。在待人接物方面，宝钗一贯谨慎得当，“可厌之人，亦未见冷淡之态形诸声色；可喜之人，亦未见醴密之情形诸声色”，“只愁人人跟前失于应候”。更重要的是，宝钗带着一个金锁而来，而且据说是一个和尚所赠，要有玉的才能与她相配，这番天定姻缘的传言无疑让她也与宝玉有了成就姻缘的依据。

宝钗自述自身有着先天不足，她从胎中带来一股热毒，延医吃药总不奏效，还是一个和尚给了一个海上方，方才效验。这个药名叫“冷香丸”，以冷香丸克制先天热毒，恰好保持了体内平衡。冷香丸药方的设计可谓新奇别致，“要春天开的白牡丹花蕊十二两，夏天开的白荷花蕊十二两，秋天的白芙蓉蕊十二两，冬天的白梅花十二两”，“白露这日的露水十二钱，霜降这日的霜十二钱，小雪这日的雪十二钱。把这四样水调匀，和了药，再加十二钱蜂蜜，十二钱白糖，丸了龙眼大的丸子”。《红楼梦》中多有写人吃药，但药方出得如此认真详细的则不多，宝玉口中胡诌的海上方，还是王一贴的“疗妒汤”都存着戏谑的态度，博君一笑而已，药方具体是否效验就不大需要较真，而宝钗的冷香丸方子又该如何看待呢？

甲戌本批语云：“以花为药，可是吃烟火人想得出者，诸公且不必问其事之有无，只据此新奇妙文悦我等心目，便当浮一大白。”脂批又云：“历看炎凉，知看甘苦，虽离别亦能自甘，故名曰冷香丸；又以为香可冷得，天下一切无不可冷者。”这条批语与其说是评价冷香丸，不如说是评价服用冷香丸的宝钗。宝钗通透而冷静，周到而疏离，她的美在于“任是无情也动人”，恰如冷香丸，用冷的方法压制心中热毒。那薛宝钗初入贾府，就曾不避嫌疑地借宝玉的玉观看，又从贴身侍女莺儿口中说出自己的金锁与宝玉之玉上面的字迹是一对，“莫失莫忘，仙寿恒昌”“不离不弃，芳龄永继”，种种迹象说明宝钗心中并非没有念想，可她又一直冷静自持，并未让自己过分表露，亦并未像林黛玉那样感情用事，可说是她为人行事和冷香丸的这服药暗含的机锋妙合无间了。我们可以通过冷香丸看到薛宝钗这个人物的特点，也可以反过来了解只有薛宝钗最适合服用冷香丸。

宝钗初入贾府，样样出色，让黛玉感受到了威胁，不免有拈酸不忿的表现，而宝钗却能够浑然不觉，无形化解，两人的心理与表现颇为有趣。第八回中，宝玉探病宝钗，恰巧黛玉随后也至，宝黛二人遂留在薛姨妈处用饭。因宝玉说东府的鹅掌鸭信好，薛姨妈便忙取出自己这里的糟鹅掌鸭信款待宝玉。糟鹅掌鸭信是传统的江南美食，曹雪芹的爷爷曹寅也很爱吃此类食物，在他的诗作中有体现，可见曹雪芹在小说中的许多记述也是有着家族文化痕迹的。因鹅掌鸭信显然是极好的下酒菜，宝玉又要吃酒，而且还吃冷酒。薛姨妈既不想扫了宝玉兴头，又怕他吃坏身体，一时为难。这时宝钗就劝道："宝兄弟，亏你每日杂学旁收的，难道就不知道酒性最热，若热吃下去，发散的酒快；若冷吃下去，便凝结在内，以五脏去暖他，岂不受害？从此还不快不要吃那冷的了。"宝玉言听计从，马上让人去烫酒。宝钗讲的是正经道理，显见平日在饮食保养方面颇为用心，可知她容貌丰美是平日细心调理的结果。偏偏黛玉听了心中极不自在，借着批评自己的丫鬟，奚落宝玉："也亏你倒听他的话。我平日和你说的，全当耳旁风；怎么他说了你就依。"宝钗闻歌而知雅意，但知道这二人如此相处熟惯，也不理睬。

其实学识渊博的宝钗对饮食养生之道确实颇有见地，虽然她平时罕言寡语，但是每有言论都令人敬服。宝钗去看望生病的黛玉，这时二人之间的芥蒂已经消除，关系颇为亲密，宝钗曾劝黛玉："古人说'食谷者生'，你素日吃的竟不能添养精神气血，也不是好事。"还非常内行地告诉黛玉："昨儿我看你那药方上，人参肉桂觉得太多了。虽说益气补神，也不宜太热。依我说，先以平肝健胃为要，肝火一平，不能克土，胃气无病，饮食就可以养人了。每日早起拿上等燕窝一两，冰糖五钱，用银铫子熬出粥来，若吃惯了，比药还强，最是滋阴补气的。"这一篇分析实在有理有据，切中要害，润肺止咳的冰糖与滋阴补气的燕窝搭配正好适合肺病体虚的黛玉。黛玉因为有不足之症，从小就吃"人参养荣丸"这类的大补之药，其实虚不受补，这样的吃法对黛玉未必有好处，由此可见宝钗广博多知，养生有道，而她的保养之道以顺应自然、调和平衡为主，与自身性格的中正平和恰当契合。

四、刘姥姥打抽丰和茄鲞

刘姥姥是"千里之外，芥豆之微"拈出来的一个线索性人物，这一家其实是王家的远房亲戚，因为家计艰难所以主动到贾府求王夫人给些帮助。这个刘姥姥"虽是个村野人，却生来的有些见识，况且年纪老了，世情上经历过的”。也就是说，这位老太太虽然没有文化，但是情商极高，阅历丰富，放在现在可能是一位公关专家。王夫人陪房周瑞家的带刘姥姥见到了荣国府的管家奶奶王熙凤。骤然见识荣国府的奢华森严和王熙凤等人的雍容仪态，刘姥姥有些不知所措，言谈举止都显得局促笨拙，与王熙凤的倨傲态度形成了鲜明对比。不过刘姥姥最后还是得到了20两银子，算是达到了此行的目的。如果说一进荣国府的刘姥姥还有些狼狈，那么二进荣国府时，她已经从容镇定，充分发挥了自己的交际智慧，得到了贾家上下的喜爱。

二进荣国府的刘姥姥机缘巧合地得到了贾府老祖宗贾母的欢心，还特意在大观园中设宴招待她，正是在这场宴会上刘姥姥尝到了众多闻所未闻的极品美味，其中就包括茄鲞。茄鲞是《红楼梦》中最为广大读者所熟悉的一道名菜，这道菜把贾府生活的富贵精致通过以小见大的方式真切地表现出来。凤姐儿搛些茄鲞喂给刘姥姥，笑说：“你们天天吃茄子，也尝尝我们的茄子弄的可口不可口。”刘姥姥不相信：“别哄我了，茄子跑出来这个味儿来了，我们也不用种粮食，只种茄子……告诉我是什么法子弄的，我也弄着吃去。”凤姐儿笑道：“这也不难。你把才下来的茄子把皮籤了，只要净肉，切成碎钉子，用鸡油炸了，再用鸡脯子肉并香菌、新笋、蘑菇，五香腐干、各色干果子，俱切成钉子，用鸡汤煨了，将香油一收，外加糟油一拌，盛在瓷罐子里封严，要吃时拿出来，用炒的鸡爪一拌就是。”凤姐虽然说得轻描淡写，但那种高人一等的优越感和富贵骄矜之气已然溢于言表。这种食不厌精、脍不厌细的精致品位在明清士人中蔚然成风，清代李渔《闲情偶寄》专有“饮馔部”，备极食物之精。

刘姥姥听了，不住“摇头吐舌”，说道：“我的佛祖！倒得十来只鸡来配他，怪道这个味儿！”诚然，这种劳民伤财的富贵菜肴又怎能是衣食难保的平民百姓能够享受得起的？不只如此，在几天的生活中，刘姥姥深切见识了贵族人家的豪奢，各色豪华的器皿，奢靡的花费，一两银子一个的鸽子蛋，够庄稼人过一年的螃蟹宴等，都通过刘姥姥的眼睛反映出来，也从刘姥姥这一个侧面实实在在道出了民情艰辛。像刘姥姥之流的老百姓为了生活百计维艰，甚至不得不含羞忍耻开口告贷，从这一点出发，我们应该对刘姥姥的行为抱有充分的理解和同情，不管装乖卖巧还是装疯卖傻，她所作所为不过为了生存而已。

对于刘姥姥来说，陪着贾府太太小姐们宴饮取乐的几日就如南柯一梦，她所见所食都是生平仅见，但刘姥姥也展现了自己高超的社交才能，以贫贱老妪的身份，在锦绣堆中游玩享受了几天，不仅没遭受冷遇，还得了百余两银子和无数东西，如此隆重的礼遇和丰厚的实惠，绝不是一般打抽丰的人可以办到的。也许，贾家的奶奶小姐们只把刘姥姥当作闲极无聊时一个取笑逗乐的“女篾片”，其实，刘姥姥又何尝不是用自己的方式把这些富贵不通世事的闲人们玩弄了一番。

五、芳官的“猫儿食”与惠泉酒

芳官本来是贾家从姑苏买来的 12 个唱戏小戏子之一，预备元春省亲之用，后来被分到宝玉房中，因为样貌妩媚，性情机灵，深得宝玉喜爱，不过因为年纪尚小，仗着宝玉宠爱难免有些骄纵，行事作风高调嚣张。在宝玉房中的两场大闹将她的胆色足与心气高描绘得淋漓尽致。第一次因为洗头的事情和她干娘撕破脸大吵，得到了宝玉和屋里大丫鬟的回护，旗开得胜；第二次因为蔷薇硝事件和赵姨娘硬扛，结果赵姨娘被搞得狼狈不堪，竟也奈何不得芳官。不过芳官最后的结局很悲惨，她被撵到水月庵出家为尼，青灯古佛，孤寂清苦一生。

第六十三回，群芳开夜宴为宝玉庆生那晚，芳官打扮得与众不同，“头上眉额编着一圈小辫，总归至顶心，结一根鹅卵粗细的总辫，拖在脑后。右耳眼内只塞着米粒大小的一个小玉塞子，左耳上单带着一个白果大小的硬红镶金大坠子，越显的面如满月犹白，眼如秋水还清”。这样一位出色的小姑娘又怎能让人不多偏爱几分呢？

宝玉过生日的当天，芳官吃不惯面条，因为她是南方人，所以干脆就不去吃饭，叫厨房的柳嫂子给自己单独做了几样小菜。柳嫂子知道芳官得宠，一力奉承：“里面是一碗虾丸鸡皮汤，又是一碗酒酿清蒸鸭子，一碗腌的胭脂鹅脯，还有一碟四个奶油松瓤卷酥，并一大碗热腾腾碧荧荧蒸的绿畦香稻粳米饭。”要知道，身为大丫鬟的司棋，因为跟的主子不得势，想吃碗炖鸡蛋都被刁难不已，像芳官这样不入流的小丫鬟却借着主子的威势享尽了特权，可见贾府上下皆是“一个富贵心，两只体面眼”啊。

之后，娇惯的芳官看着厨房为她精心准备的吃食，竟然意兴阑珊地说“油腻腻的，谁吃这些东西”，只将汤泡饭吃了一碗，吃了一个卷酥。倒是宝玉闻着觉得饭菜味道比平常更好一些，勾起了食欲，吃了一个酥卷，又泡汤吃了米饭，十分香甜可口。两个人就这样吃完了一顿饭，袭人等知道后笑说：“我说你是猫儿食，闻见了香就好。隔锅饭儿香。”虽然只是芳官私下要的几个家常小菜，但因为芳官得宠，所以柳嫂子极力巴结，饭菜极为精巧别致，比起给各位主子小姐准备饭菜还要用心思，不但清香浓鲜滋味周备，荤素汤菜营养丰富，就连颜色也非常讲究，娇艳的胭脂鹅脯搭配碧荧荧的粳米饭，给人以视觉上的完美享受，难怪宝玉会忍不住来凑热闹，而芳官那种与主子完全一模一样的挑剔口气则把她骄纵慵懒的情态刻画得惟妙惟肖。

后来，芳官对宝玉要求：“若是晚上吃酒，不许教人管着我，我要尽力吃够了才罢。我先在家里，吃二三斤好惠泉酒呢！如今学了这劳什子，他们说怕坏嗓子，这几年也没闻见。乘今儿我是要开斋了。”宝玉自然满口答应。这个惠泉酒据《史记》《吴越春秋》等记载，作为吴文化发源地的无锡，酿酒历史至今已有2000多年。到了清代，惠泉酒曾作为贡品进献皇帝。1722年，康熙皇帝驾崩，雍正继位，曹家在江宁织造任上，一次就发运40坛惠泉酒进京。曹雪芹的爷爷曹寅的著作集《楝亭集》中也有提到惠泉酒的诗作，所以曹雪芹《红楼梦》中提到惠泉酒并不奇怪，而且也符合芳官是姑苏人的身份。

总之，《红楼梦》以描写日常生活为主，其中涉及各色菜肴、点心、羹汤甚至丸药。如文中所述，不管是主要人物如宝玉、黛玉、宝钗，还是次要人物刘姥姥、芳官，他们的生活都离不开一日三餐，小说中的人物们在充满食物香气的叙述里撑起一段故事，拾起一片回忆。

第四节　那些年，她们一起玩的游戏

据统计，《红楼梦》中广义上的游戏描写约有220处以上，胡文彬先生在《红楼梦与中国文化论稿》一书中，将其中游戏分成了12个大类，认为《红楼梦》中所涉及的游戏活动门类之多，花样之奇，犹如一部“中国传统游戏大全”①，可见这个小说中的游戏是数量多品种全的。

那为什么《红楼梦》中会有这么多的游戏描写呢？这当然和小说的题材有很大关系，我们都知道，《红楼梦》是一部世情小说，它是以描写上流社会的女性生活为主要内容的，描写的主要是内宅的女性，生活场景局限在贾府主要是荣国府，那这些女性的日常，就一定会有不少休闲娱乐的内容来填充，尤其是宝玉与诸姐妹搬入大观园中后，游戏更是成为他们日常不可或缺的一部分。“每日只与姊妹丫头们一处，或读书或写字，或弹琴下棋，作画吟诗，以至描鸾刺凤，斗草簪花，低吟悄唱，拆字猜枚，无所不至，倒也十分快乐。”

而且，这些游戏不是像词典里的词条一样罗列在那里，而是非常自然地融入小说的故事整体之中的。我想我给大家讲游戏也还是离不开这些故事。

---

① 胡文彬《红楼梦与中国文化论稿》，中国书店2005年版，第568页。

比如第七回宝黛二人第一次出场的家常场景就是黛玉在宝玉房中解九连环玩；再比如，元宵节的击鼓传花、猜灯谜，宝钗扑蝶、香菱斗草，等等。不少游戏场面在小说中是名场面一样的存在，也是很深刻的记忆点。我们下面一起欣赏下《红楼梦》中几个有趣的游戏，了解一些相关的文化民俗知识，更重要的是一起去感受一下，游戏是怎样在塑造人物和推动故事中发挥作用。

一、赶围棋：复杂的嫡庶关系

赶围棋与下围棋不同，是一种极简单的带有赌博性质的游戏。这个游戏规则非常简单，玩起来也比较有趣热闹，一般的丫鬟小厮也可以玩。这个游戏借助了围棋棋盘和棋子，外加一对骰子。赶围棋的玩法大约就是先掷骰子看点数，然后按照点数在棋盘上移动棋子，点数大，棋子走在前头，点数小，自然落后。这样你追我赶，先移动到头的为胜。两个骰子同时掷，最大 12 点，即“双陆”，最小 2 点，即“对幺”。

第二十回，正月里，写贾环到薛姨妈处，看到宝钗、香菱、莺儿三个赶围棋玩，贾环也要玩。因宝钗“素习看他亦如宝玉，并没他意”，即并未因为贾环为庶出就轻视他。那么从反面去想这句话的话，就会发现，贾府上下对待贾环的态度跟对待贾宝玉是不同的，他们都因为贾环的庶出身份而区别对待了他。所以宝钗的这个态度才特别值得拿出来说一说，也是给后面赶围棋的故事点了题。实际上这个故事揭开了贾府中嫡庶关系的一角。

贾环玩起来，一磊十个钱，先开始赢了心中欢喜，后来接连输了几盘就有些着急了。这一盘，贾环掷了七就赢，掷了六则莺儿只要掷三就赢，偏贾环就掷了一个五一个幺，又要输了。贾环输急了，就要赖说自己掷赢了，就要拿钱，与莺儿争执起来。宝钗连忙呵斥了莺儿。莺儿心里委屈，就说：“一个作爷的，还赖我们这几个钱，连我也不放在眼里。前儿我和宝二爷顽，他输了那些，也没着急。下剩的钱，还是几个小丫头子们一抢，他一笑就罢了。”这番话是完全说到了贾环的心病上，就哭闹起来：“我拿什么比宝玉呢。你们怕他，都和他好，都欺负我不是太太养的。”

这里又牵扯到了嫡庶问题上。嫡庶问题是古代宗法制度中非常重要也非常严格的部分，也是对个人命运影响巨大的因素，嫡出继承家产，享受家族资源。当然不可讳言，古代还是有不少庶出而飞黄腾达的人物，但是从大趋势来说，出身还是对一个人的发展有很大的限制。比如，清代有一位高官叫尹继善，官至文华殿大学士兼翰林院掌院学士，真正的封疆大吏。他就是庶出，所以虽然他比他的嫡出哥哥优秀太多，官也做得大得多，他的父亲尹泰还是要打压他，尹继善都已经是两江总督了，他的母亲徐氏还在青衣小扇地伺候老爷，尹继善为母亲请封诰命，雍正皇帝都应允，尹泰却勃然大怒，认为他用皇帝来压自己，仗责尹继善，甚至把他官帽上的孔雀翎都打掉了。徐氏也是被迫长跪请罪，后来还是雍正非常宠信尹继善，就派人传旨，压制着尹泰，终究还是给了徐氏诰命。可见，庶出的身份在当时的家庭社会是多么受压制，承受了很多委屈不公。

莺儿这个丫鬟是宝钗身边的大丫鬟，宝钗对贾府人事是时时处处留心的，莺儿能接触到主子身边的核心事务也自然对贾府里的人事关系了然于心。在小说前面的情节中，宝钗的金锁需要玉来配也是她当着宝钗的面亲口说给宝玉听的，可见这个丫鬟并不是一般的小丫鬟可比的，她说话也不是乱说的，她知道很多事情。所以，虽然宝钗有涵养，对贾环礼节周到，但莺儿这个丫鬟却做不到，因为可以看出，她肯定听到了不少信息，和贾府的很多人一样，她根本看不起贾环，所以她一个丫鬟也敢直白地反映出贾府上下对贾环这个庶子的轻视。当然，从另一个角度讲，贾环的看法也是站不住脚的，起码那些小丫鬟小女孩喜欢贾宝玉并不仅仅因为怕贾宝玉，并不是因为贾宝玉的身份，还是贾宝玉本人的性格可爱。这次赶围棋游戏中，贾环的行事为人也确实格调低下，不招人待见，玩游戏跟小丫鬟都要耍赖。他在贾家的待遇跟他本人的为人有着非常大的关系。

这个故事到这里并没有结束，后续又继续写了几个重要人物对贾环的教训，先是宝玉认为贾环糊涂，游戏原为取乐，“既不能取乐，就往别处去再寻乐顽去”，命贾环离去。宝钗以一贯庶弟畏惧嫡兄弟规则出发，为贾环辩解，谁知其实贾环并不怕宝玉也不尊敬这个兄长，只是畏惧着家长们的威力才不敢将这份不敬不服表现出来。赵姨娘知道事情后就指桑骂槐地痛骂，说贾环“上高台盘去了”“去讨没意思”。其实这是赵姨娘心中有愤懑，长期处于妾侍压抑的地位，对上位者的不满，借着这个由头发泄出来。这个话说得很难听，结果这话又被王熙凤听到，王熙凤跟王夫人是一派的，马上弹压了赵姨娘，从主仆的角度说，占了大义，名正言顺，又教训贾环“亏你还是爷，输了一二百钱就这样”。“你明儿再这么下流狐媚子，我先打了你，打发人告诉学里，皮不揭了你的！”对贾环又打又拉，又要压制住他，又要笼络，因为贾环无论如何也是男孩，在贾家也还有一定的容身之地，也要一定的体面。至此这个故事才算彻底落幕。这个故事其实是以贾环这个不讨喜的庶子为中心的，里面众人的表现信息量非常丰富，深刻地揭露了贾府的嫡庶关系的紧张和激烈的内部斗争。

二、斗牌：笑里含酸的母子关系

《红楼梦》经常写到女性，尤其年长女性闲暇时斗牌取乐，贾母尤好此道。小说里多次提到贾母和年长体面的仆妇，或者薛姨妈王夫人等人一起玩牌。那当时斗牌是什么形式呢？应该是一种纸牌，称为叶子牌或马吊。据邓云乡在《红楼梦风俗谭》中介绍，这种牌型细长，寸许阔，三寸长，背面类似现代纸牌有统一花纹，正面分：“索子”从一索到九索，“万子”从一万到九万，“万贯”也是从一到九，“十万贯”，则二十万贯直至百万、千万、万万贯，还有“文钱”，因图形为一圈圈，俗称“饼”。另还有“空汤”“枝花”二枚为最大。纸牌的最初创造者为谁已不可考，但在清代京城已十分流行。此牌玩法较为复杂，也许类似现代的麻将，也有博彩的成分在其中。

第四十七回，贾母斗牌是贾母日常游戏的一个场景，又有着独特的事件背景和展开方式。在这个小情节之前是贾赦看中了贾母身边的大丫鬟鸳鸯，筹划着向贾母讨要。这是个非常不明智的想法，首先，鸳鸯的地位很特殊，贾母非常依赖这个丫鬟，用王熙凤的话讲就是贾母离了鸳鸯都没法吃饭；再有，从孝道的角度来看，作为儿子，有人能够照顾年迈的母亲，竟然要夺走，这是非常不可取的。贾赦也知道这个事情不能直截了当跟贾母提，就先让邢夫人去做鸳鸯的工作。邢夫人这个人物也非常尴尬，有不少人读来非常疑心，邢夫人不是贾赦的原配夫人，因为贾琏和迎春都不是邢夫人亲生的，而且邢夫人出身小门小户，娘家很寒酸，这样的人怎么配做贾府嫡长子贾赦的夫人呢？不过小说里并没有明言邢夫人为继室，所以我们在这里还是不作无谓的猜测。可是这个邢夫人在贾赦面前很没地位身份，贾赦让他去游说鸳鸯，她竟然就真的去，一点不敢违拗。劝说之后不成，贾赦后来甚至让鸳鸯的哥嫂来逼迫，因为鸳鸯是家生子，她的亲人全都是贾家的奴才，实际上是在用她的身家性命去威胁鸳鸯。没想到的是，鸳鸯的性格出奇的刚烈，抵死不从，干脆找了个大家都在贾母跟前凑趣的机会，告状到贾母面前，直接将这件事公开化了，当着贾母等夫人小姐的面扬言要剪了头发做尼姑。贾母为此事非常不快，气得浑身乱战，邢夫人不在身边，就连带王夫人挨了责备。没出嫁的女孩因为这个话题很尴尬，也都走了，只有探春有点胆量，为王夫人解释，算是替王夫人解开了尴尬。这个时候邢夫人来了，挨了劈头一顿训斥。

在这个时间节点上，贾母是很不开心的，她又想要打牌，实际上也是为了排遣一下郁闷的心情，也是要缓和一下自己大发雷霆搞僵的气氛，除了王夫人、王熙凤和探春，又请来了薛姨妈，还特意叫了鸳鸯一起玩，这场牌局主要是为了给贾母顺气，特意抬举鸳鸯则是风波之后的安抚。

正是这样的前因，使得凤姐使出浑身解数逗贾母开心。她和鸳鸯配合给贾母喂牌，输了又故作小气，不肯给钱，各种撒娇耍赖：“指着贾母素日放钱的一个木匣子笑道：‘姨妈瞧瞧，那个里头不知顽了我多少去了。这一吊钱顽不了半个时辰，那里头的钱就招手儿叫他了。只等把这一吊也叫进去了，牌也不用斗了，老祖宗的气也平了，又有正经事差我办去了。’话说未完，引的贾母众人笑个不住。偏有平儿怕钱不够，又送了一吊来。凤姐儿道：‘不用放在我跟前，也放在老太太的那一处罢。一齐叫进去倒省事，不用做两次，叫箱子里的钱费事。’贾母笑的手里的牌撒了一桌子，推着鸳鸯，叫：‘快撕他的嘴！’”王熙凤将语言的魅力发挥到了极致，同一个梗回环往复，不断翻出新意，像一个高级的脱口秀段子手，驱散了贾母心头的不快。

而后续我们才发现，邢夫人一直侍候在贾母身边，只是一直被冷落在一旁，看着自己的妯娌、自己的儿媳妇陪贾母说笑，其乐融融，她就是个局外人，又不得不陪在旁边，贾母对她的漠视就是最大的惩罚。而贾琏被父亲贾赦差过来寻邢夫人，也挨了贾母一顿训。贾赦为此装病很久不敢来见贾母。这个故事中贾赦一直没有现身，但是其实贾母与贾赦的关系才是最值得玩味的，因为一直有人怀疑贾赦不是贾母亲生，从小说一开始住所介绍就让人很疑惑，二老爷贾政住在正内室，而袭了爵位的大老爷贾赦住所却是花园隔断出来的。贾赦也曾在公开场合故意大赞庶出的贾环，也曾经在玩笑中讽刺贾母偏心。周汝昌先生曾推测说贾赦和贾政都非贾母亲生，是过继来的，也有人怀疑贾赦是庶出，但是这些说法都让人觉得疑影重重，但小说没有一次落到实处的描写。而且贾母也曾经解释过对两个儿子的态度，她承认确实是偏疼小儿子一些。再者我们看贾赦这种好色强横的品性，贾母不喜欢他也是情有可原的，所以我们也只是有一些怀疑，起码这对母子的关系并不好，甚至可以说心结还是很深的，可见，大家族母慈子孝的表象之下，也是各有心思，即使母亲儿子也难以交心。大家族的内里丑恶不堪，子孙后辈不肖不堪，这个大家族确实是后继乏人，前途渺茫。

三、放风筝：黛玉的忧愁自苦

放风筝在中国也有悠久的历史，风筝最初是竹子材质的，蔡伦改进造纸术后，坊间才出现了纸做的风筝。古代的风筝曾经有测量、传信等实用的功用。在五代时期因为用丝条或者竹笛作为响器，风吹声鸣，因此而得名“风筝”，唐以后逐渐发展成一种游戏的玩具。后世的风筝发展出各类品种，甚至还形成了以放风筝进行竞赛的活动。一般晴朗的春日是最适合放风筝的，这个游戏我们较为常见且熟悉，因为直到现在我们还有放风筝的习惯。

在《红楼梦》第七十回，小说后半部分了，写了一次放风筝的活动，这次放风筝活动的一个主要目的是给黛玉放晦气。旧时迷信，放风筝时故意剪断扯线，让风筝飞走，认为可以放走坏运气。先是别人的风筝落到了窗外，引起黛玉等人也要放风筝，“把咱们的拿出来，咱们也放晦气”，一时众人都拿来各式各样的风筝放起在半空中。

紫鹃笑道：“这一回的劲大，姑娘来放罢。”黛玉听说，用手帕垫着手，顿了一顿，果然风紧力大……黛玉笑道：“这一放虽有趣，只是不忍。”李纨道：“放风筝图的是这一乐，所以又说放晦气，你更该多放些，把你的病根儿都带了去就好了。”紫鹃笑道：“我们姑娘越发小气了。那一年不放几个子，今忽然又心疼了。顾念不放，等我放。”“这一去把病根儿可都带了去了。”

从小说字里行间的内容来看，林黛玉的身体不好，自会吃饭就开始吃药，因为父母早丧、心思敏感常常自伤身世，失眠流泪都是她的常态，后期演变成咳疾，最后应该是死于肺结核之类的疾病，所以她的短暂的生命经常笼罩在疾病的困扰和忧伤的情绪之中。我们不看太远的地方，只在第七十回，这一回写到的黛玉的精神和身体状态都比较衰弱。这一回其实主要写了两次诗社，“林黛玉重建桃花社 史湘云偶填柳絮词”，我们知道，《红楼梦》是非常善于用诗词来预示人物命运、渲染人物性格的，那这一回中的诗词作用主要还在刻画人物性格上，《桃花行》的主角显然是林黛玉自己。

桃花行

桃花帘外东风软，桃花帘内晨妆懒。帘外桃花帘内人，人与桃花隔不远。
东风有意揭帘栊，花欲窥人帘不卷。桃花帘外开仍旧，帘中人比桃花瘦。
花解怜人花也愁，隔帘消息风吹透。风透湘帘花满庭，庭前春色倍伤情。
闲苔院落门空掩，斜日栏杆人自凭。凭栏人向东风泣，茜裙偷傍桃花立。
桃花桃叶乱纷纷，花绽新红叶凝碧。雾裹烟封一万株，烘楼照壁红模糊。
天机烧破鸳鸯锦，春酣欲醒移珊枕。侍女金盆进水来，香泉影蘸胭脂冷。
胭脂鲜艳何相类，花之颜色人之泪。若将人泪比桃花，泪自长流花自媚。
泪眼观花泪易干，泪干春尽花憔悴。憔悴花遮憔悴人，花飞人倦易黄昏。
一声杜宇春归尽，寂寞帘栊空月痕！

宝玉看完竟然滚下泪来，宝琴逗他此诗是自己所作，宝玉一语点破：“妹妹虽有此才，是断不肯作的。比不得林妹妹曾经离丧，作此哀音。”

唐多令

粉堕百花洲，香残燕子楼。一团团逐对成球。飘泊亦如人命薄，空缱绻，说风流。

草木也知愁，韶华竟白头！叹今生，谁舍谁收？嫁与东风春不管，凭尔去，忍淹留。

这首柳絮词虽然不如薛宝钗的《临江仙》“好风频借力，送我上青云”出名，但亦获评“缠绵悲戚”，浓浓的生命没有依托、人生没有的着落的深深的忧患意识。

可见黛玉的悲戚情绪是贯穿在骨血之中的，而她的性格与孱弱的身体互为因果，互相催动，令人担忧。这里特别写黛玉放风筝放晦气，大家又都让她先放，尤其是李纨的一番话、紫鹃的体贴，其实透露了家中上下人等对黛玉健康一致的深深忧虑，也透露着小说后半部逐渐走向悲剧的萧索气氛的一种渗透。

四、斗草：香菱的温情时光

《红楼梦》第六十二回描写了一段斗草活动，评点家王伯沆在此内容下有一段文字评点："申公《诗说》曰：'芣苢，儿童斗草嬉戏之歌谣也。'据此则周时已有之。"意思就是说，在《诗经》里有《芣苢》这首诗，其实就是描述了当时儿童斗草的情形。斗草的发源早在周时，是古人春游时的一项游戏，是一种以植物花草为比赛对象的游戏，或斗草的多寡、韧性，或斗草的名称对答。南朝宗懔《荆楚岁时记》中记载："五月五日，四民并踏百草，又有斗百草之戏。"可见，当时的斗草是在端午时节进行的一种民间游戏，而且也不只是儿童，而是大家都会参与这个游戏。

谈到《红楼梦》中的斗草情节，有学者就联系到了一些与斗草有关的文学艺术作品，比如明代吴兆所写的《秦淮斗草篇》：

乐游苑内花初开，结绮楼前春早来。春色染山还染水，春光衔柳又衔梅。

此时芳草萋萋长，秦淮女儿多闲想。闲想玉闺间，罗衣正试单。

芳飙入户吹帷动，巧鸟当窗搅梦残。因娇丽日长安道，相戏相耍斗芳草。

芳草匝初齐，茸茸没马蹄。芳草远如暮，望望迷人步。

将绿将黄不辨名，和烟和雾那知数。凤凰台上旧时基，燕雀湖边当日路。

结伴踏春春可怜，花气衣香浑作烟。谁分迟迟独落后，谁能采采不争前。

袅袅桑间路，佳期何暇顾。悠悠淮水湄，远道不遑思。

空生谢客西堂梦，徒怨湘娥南浦离。未鸣鹈鴂先愁歇，乍啭仓庚正及时。

正及时，先愁歇。

密取畏人窥，疾行防藓滑。入深翠湿衣，缘高香袭袜。

搴若将何为？束刍欲待谁？茜红犹胜颊，荑白却惭肌。

薜荔裁衣安可被，菖蒲结带岂堪垂。盈匊盈襜罗众芳，蛾飞蝶绕满衣裳。

兰皋藉作争衡地，蕙畹翻为角敌场。

分行花队逐，对垒叶旗张。花花非一色，叶叶两相当。

君有麻与枲，妾有葛与藟。君有萧与艾，妾有兰与芷。

君有合欢枝，妾有相思子。君有拔心生，妾有断肠死。

赢归若个中，输落阿谁里。

相向无言转自愁，芳坰过客忽疑秋。别本辞柯何倚托，倾青委绿满郊丘。

虽残已受妍心惜，纵贱曾经纤手摘。芍药多情且自留，蘼芜有恨从教掷。

人生宠爱几能终，人心安得采时同。萦愁结念寻归径，接佩连裾趁晚风。

情知朽腐随泥滓，会化流萤入幕中。

由此篇描写可以了解到斗草在明代的秦淮即南京一带非常流行，而且时间并不局限于农历五月初五，而是在春天都可以进行的游戏，大家以各种花草相对相斗，方法比较文雅；再有，从诗中众多的闺阁字眼可以看出，斗草是当时青年女性积极参与的一种游戏，也从诗中可以看出，这个游戏玩的形式，是用植物的名称进行对战，春花春草与少女萌动的心情往往能联系起来，这首诗和斗草这个游戏明显带有这样的色彩。我们要注意到斗草在那个时代开始具有这样的一种感情意味。

也有描绘斗草情形的名画，可以让我们更具体直观地看到斗草是什么样子的。比如明代陈洪绶的《斗草仕女图》是他晚年创作的，现藏于辽宁省博物馆，描绘了五个仕女斗草的情形，五人玩的是猜花名的游戏，一女子手举一枝花，其余四女各自思考，姿态各异。清代著名画家金廷标的《群婴斗草图》也是以斗草为题材的绘画作品中最引人关注的一幅。这幅画是金廷标工笔细描的代表作之一，为清宫旧藏，深得乾隆帝厚爱，曾为画题诗，该画落印时间为端午前。儿童以叶柄相勾相拽，考验叶柄的韧性，不断者为胜，断者为输。

其实，古人斗草有文斗武斗之分。武斗以斗草图中儿童游戏的样式为主，文斗则近于秦淮斗草篇，一般参与者以青少年尤其少女为多，各人把自己手里的花草拿出来，一人报一种花草名，另一个拿出对答另一种花草，如此循环，看谁报得最多。《红楼梦》中的斗草显然是后者。

《红楼梦》中这段斗草活动的主角是香菱，我们都知道，香菱是书中第一个出现的薄命之人。甄家一家的小悲喜带出了贾府一脉的大荣枯，而香菱贯穿了前后两个故事，她的命运也随着后续的故事有了新的展开。香菱由小康之家千娇万宠的女孩儿沦为薛家的混世魔王薛蟠的小妾，地位低下，行动不能自主，而她期待的无非就是宝钗能带她入大观园游玩停留些时日。

宝玉过生日，大观园上上下下一片庆祝气氛，大家都各自玩耍，香菱也出现在了欢乐的人群中。几个女孩子斗草的情形，正是文斗的形式。“外面小螺和香菱、芳官、蕊官、藕官、豆官等四五个满园玩了一回，大家采了些花草来兜着，坐在花草堆里斗草。这一个说：‘我有观音柳。’那一个说：‘我有罗汉松。’那一个又说：‘我有君子竹。’这一个又说：‘我有美人蕉。’这个又说：‘我有星星翠。’那个又说：‘我有月月红。’这个又说：‘我有《牡丹亭》上的牡丹花。’那个又说：‘我有《琵琶记》里的枇杷果。’豆官便说：‘我有姐妹花。’众人没了，香菱便说：‘我有夫妻蕙。’豆官说：‘从没听见有个夫妻蕙。’香菱道：‘一箭一花为兰，一箭数花为蕙。凡蕙有两枝，上下结花者为兄弟蕙，有并头结花者为夫妻蕙。我这枝并头道，怎么不是。’”

豆官说不过就要赖和香菱嬉闹起来，不小心，香菱刚做的石榴红裙子被污水弄脏了，众女孩一哄而散，留下香菱瞧着滴水都裙子为难。正巧，宝玉刚才看到女孩子们斗草，也寻了花草来凑热闹。看到香菱这样狼狈就问缘故。香菱便说：“我有一枝夫妻蕙，他们不知道，反说我诌，因此闹起来，把我的新裙子也脏了。”宝玉笑道：“你有夫妻蕙，我这里倒有一枝并蒂菱。”其实宝玉这样说是不太恰当的，因为香菱是薛蟠的小妾，按礼法来说，他是应该避嫌的，他却毫不避讳地说出并蒂菱这种意思很暧昧的话。可也就是宝玉，我们并不觉得这个话有什么其他的意思，我们知道宝玉对这些女孩子是发自内心的爱护珍惜，并没有什么邪念。

香菱这时已经不在乎斗草，唯独发愁自己的裙子。香菱道：“这是前儿琴姑娘带了来的。姑娘做了一条，我做了一条，今儿才上身。”宝玉跌脚叹道：“若你们家，一日糟蹋这一百件也不值什么。只是头一件既系琴姑娘带来的，你和宝姐姐每人才一件，他的尚好，你的先脏了，岂不辜负他的心。二则姨妈老人家嘴碎，饶这么样，我才听见常说你们不知过日子，只会糟蹋东西，不知惜福呢。这叫姨妈看见了，又说一个不清。”

宝玉的一番体贴正是说到了香菱的心坎上，随后宝玉更帮助香菱想办法，想起袭人刚做了条类似的裙子，就让袭人给香菱先穿了。宝玉心中的想法是：“可惜这么一个人，没父母，连自己本姓都忘了，被人拐出来，偏又卖与了这个霸王。”贾宝玉对于香菱的不幸，甚至是香菱自己都不愿意细想的坎坷，都让他一句话说出来了。宝玉将夫妻蕙与并蒂菱用树枝儿抠了一个坑，先抓些落花来铺垫了，将花埋了。香菱看到了这一幕，她觉得怪肉麻的，却又回头叮嘱宝玉不要把裙子的事情告诉薛蟠。宝玉怎么会做那样的事情呢？也许香菱自己也只知道，她内心的某些情绪是被唤醒了的，因为她从小的遭遇那么可怕，很多情绪和感受是被深深埋藏的，不愿意多想，否则她可能难以生存下去。只不过难得被如此温柔对待，想再停留一刻吧。

因为如前面提到的，香菱这个人物身世可怜，即便到了薛家，她在物质上没有太多忧虑了，但她的低下身份也让她毫无自由，首先一点就是在感情生活上没有选择的余地，只能委身薛蟠为妾，而且从字里行间来看，就是薛蟠这个人也是喜新厌旧，对香菱并不好，所以，这场斗草以及由斗草引来的与宝玉的一点点交集，这种被呵护被珍惜的感觉很陌生，她会觉得怪肉麻的。但是我相信在她内心深处更多的是某种感触和苏醒，因为她也是一个极聪明灵秀的女孩子。回到我们之前说到的，斗草这个游戏其中蕴含的文学意味，其中女孩子对青春对爱情的思索，可以说这场午后的斗草游戏以及后续的小插曲就是香菱冷漠的人生中一段难得的温情时光。

五、灯谜：热中写冷的谶语

谜语起源于春秋战国时期，经历了先秦的隐语、汉魏六朝离合以及隋唐谜语等几个发展阶段。《世说新语》有记载，杨修和曹操见曹娥碑，题有："黄绢幼妇，外孙齑臼"，杨修猜出为"绝妙好辞"，被后世推为"文义谜之宗"。刘勰《文心雕龙》中给谜下了定义："谜也者，回互其辞，使昏迷也。"至南宋时形成灯谜，《武林旧事》载："以绢灯剪写诗词，时寓讥笑，及画人物，藏头隐语，及旧京诨语，戏弄行人。"明清时灯谜已经非常流行，《燕京杂记》云："初二至十六开琉璃厂，上元设灯谜，猜中以物酬之，俗谓之'打灯虎'。谜语甚典博。上自经文，下及词曲，非学问渊深者弗中。"灯谜按谜题种类可以分为历史、文学、艺术、科技、体育、化学、物理和医学等，破解方法也有。可难可易，可雅可俗，灯谜中融入了丰富的文化知识。

《红楼梦》第二十二回有"听曲文宝玉悟禅机 制灯谜贾政悲谶语"一回，专门细写猜灯谜。元妃送来一盏四角平头白纱灯，让大家制灯谜。灯谜送入宫中，元春让太监传话出来说："三爷说的这个不通，娘娘也没猜，叫我带回问三爷是个什么。"众人听了，都来看他作的什么，写道："大哥有角只八个，二哥有角只两根。大哥只在床上坐，二哥爱在房上蹲。”众人看了，大发一笑。贾环只得告诉太监：“一个枕头，一个兽头。”

这里个别提出贾环先来一说，他是个卑劣猥琐的人物，才学也不高，所以作者为他写的诗也非常拙劣，并不是作者写不出好诗，而是为了配合人物形象。而这种为人物特制诗词的功夫并不比自己写几首好诗来得容易，要逼真地模仿不同的口气，变换不同的性格修养，甚至还要故意把诗写得毛病百出，其实是对作者创作能力、写作技巧等各个方面的综合实力的一大考验。

而其余众人的谜语则寓意更深，对小说的结局以及人物自身的命运都有预示。

因贾政在座，众人拘谨且长坐无聊，于是贾母提议猜谜。贾母的谜面为“猴子身轻站树梢。——打一果名。”贾政猜中为荔枝。脂批“所谓‘树倒猢狲散’是也”。

贾政说一个谜给贾母猜：“身自端方，体自坚硬。虽不能言，有言必应。——打一用物。”宝玉告诉贾母谜底是砚台。有言必应，砚台谐音“验”，寓意贾母等人所作谜语皆能应验。

又看贾家众姊妹所作谜语。元春灯谜为：“能使妖魔胆尽摧，身如束帛气如雷。一声震得人方恐，回首相看已化灰。”贾政道：“这是炮竹嘎。”前两句写元春声势煊赫，后两句喻其昙花一现，是元春得宠与短寿的一生写照。

迎春灯谜为：“天运人功理不穷，有功无运也难逢。因何镇日纷纷乱，只为阴阳数不同。”贾政道：“是算盘。”迎春灯谜也是对其一生遭际的隐喻，命运不由自主，任人拨弄，恰如同算盘珠，而最终遇人不淑，婚姻不幸。

探春灯谜为：“阶下儿童仰面时，清明妆点最堪宜。游丝一断浑无力，莫向东风怨别离。”贾政道：“这是风筝。”断线的风筝与探春远嫁的结局如出一辙，而且从其他伏线可知探春远嫁的季节也正在清明期间。

惜春灯谜为：“前身色相总无成，不听菱歌听佛经。莫道此生沉黑海，性中自有大光明。”贾政道：“这是佛前海灯嘎。”这里暗示了惜春出家为尼的归宿。惜春的结局其实在她的判词里就可以看得很清楚，“可怜绣户侯门女，独卧青灯古佛旁”，这里是再次回环重复地暗示和加强读者印象。

又看宝钗所作：“朝罢谁携两袖烟，琴边衾里总无缘。晓筹不用鸡人报，五夜无烦侍女添。焦首朝朝还暮暮，煎心日日复年年。光阴荏苒须当惜，风雨阴晴任变迁。”宝钗的这个灯谜谜底是更香，实际是对她日后与宝玉成婚但终究没有缘分，只能年年岁岁苦守空房、凄凉寡居的表现。

在看完众人和宝钗的灯谜后，有两段贾政的心理描写，贾政心内沉思道：“娘娘所作爆竹，此乃一响而散之物。迎春所作算盘，是打动乱如麻。探春所作风筝，乃飘飘浮荡之物。惜春所作海灯，一发清净孤独。今乃上元佳节，如何皆作此不祥之物为戏耶？”

贾政看完，心内自忖道：“此物还倒有限。只是小小之人作此词句，更觉不祥，皆非永远福寿之辈。”因此大有悲戚之状，因而将适才的精神减去十分之八九，只吹头沉思。……回至房中只是思索，翻来覆去竟难成寐，不由伤悲感慨，不在话下。我们其实很少看到贾政有细腻的心理活动，其实这里更像是作者借着贾政之口说出了这些灯谜的含义。

可见，作者写下灯谜为人物命运作传是有意识的，还特意拉来贾政代替读者一一阅读，揭开其中真正的谜底，而且此时贾府正处在烈火烹油、鲜花着锦的热闹之中，元春册封贵妃后元宵节归省刚过去不久，在这样的大好形势下，插入这样的一段看似轻松实则沉重的猜灯谜情节，又让贾家的主事人贾政深深体味，辗转反侧，其中很有意味。而在写作手法上正是于热中写冷。其实，整个这一回都是热中写冷，先是宝钗在很热闹的听戏过程中，给宝玉念了一首《寄生草》，其中“赤条条来去无牵挂”等句充满着弃世的悲观情绪，也为这节日聚会的热闹场景插入了冷清的意境。这是曹雪芹惯于采用的一种写作技巧，其实也是世情小说中比较传统的一种写作技巧或手法，在

《金瓶梅》评点中张竹坡有一个非常贴切的说法叫作“冷热金针”。金针典故出在《桂苑丛谈·史遗》，说采娘七夕祭织女，织女送她一根金针，从此她的刺绣更为精巧。金针原指刺绣技巧，后来就指某种技术的诀窍，在古代诗文中多是指写作技巧，元好问有诗“鸳鸯绣了从教看，莫把金针度与人”。而张竹坡这里的“冷热金针”即是指此，特意点出“冷热金针”，指冷热的气氛如同一条金针带出的线，在热中透出冷意的写法，能痛砭炎凉世态，发人深省。《红楼梦》的这一回将“冷热金针”的意图贯穿始终，听曲文时如此，等到猜灯谜时亦如此，而且在贾政个人的这个部分将这种冷的情绪上升到极致，让读者很清晰地通过灯谜读出了人物命运的悲剧性走向。

六、酒令：烈火烹油的热闹

酒令作为宴会中的即兴娱乐活动流传于世，但酒令最初的起源本意实为防止酗酒而设令官，与后世功用正好相反。“酒令”一词最早见于《后汉书·贾逵传》“逵作酒令，学者宗之”。魏晋时期，酒令已经发展成一种群体性游戏，种类丰富，比如曲水流殇、投壶等。唐代唐玄宗发明了击鼓传花，并且普遍与歌舞结合。唐人皇甫松《醉乡日月》记载，酒令还有“骰子令”“玫令”“上酒令”等多种。至明清两代，酒令发展更为丰富，举凡花鸟虫鱼诗文戏曲等都能入酒令。酒令分类标准众多，可以可分成文字令、游戏令、赌赛令三种，也有分成古令、雅令、通令、筹令、武令五大类的。

而在《红楼梦》中的酒令种类也非常多，几乎凡宴饮必定有酒令，《红楼梦》第六十二回，宝玉说：“雅坐无趣，须行令才好。”有史湘云喜欢的豁拳，贾母两宴大观园时行的牙牌令，元宵时玩的击鼓传梅，还有“酒令的祖宗”射覆，当然《红楼梦》中最多的还是各种文字令，既适合了闺阁女孩斯文的特点，也比较适合表现诗礼之家的风雅气氛。而且在小说中，酒令既是必不可少的助兴游戏，也在刻画人物、推动故事发展、预示人物命运等众多方面发挥了作用。在众多酒令情节中，我选了三个各有特色的片段，与大家一起欣赏。

（一）女儿令

《红楼梦》第二十八回，写了贾宝玉、冯紫英、蒋玉菡、薛蟠等人行“女儿令”。“女儿令”是宝玉特意限定创制的，就是“要说悲、愁、喜、乐四字，都要说出女儿来，还要注明这四字的原故。说完了，饮门杯。酒面要唱一个新鲜时样曲子；酒底要席上生风一样东西，或古诗，旧对，四书五经成语”。门杯是酒席上行酒令的人都要饮的一杯酒，区别于罚酒。酒令里未饮先说的部分叫作酒面，饮完之后行的令叫酒底。

贾宝玉的令是：“女儿悲，青春已大守春闺。女儿愁，悔叫夫婿觅封侯。女儿喜，对镜晨妆颜色美。女儿乐，秋千架上春衫薄。”他唱的曲子是：“滴不尽相思血泪抛红豆，开不完春柳春花满画楼，睡不稳纱窗风雨黄昏后，忘不了新愁与旧愁，咽不下玉粒金莼噎满喉，照不见菱花镜里形容瘦。展不开的眉头，捱不明的更漏。呀！恰便似遮不住的青山隐隐，流不断的绿水悠悠。”也有人认为这个《红豆曲》是《红楼梦》的主题。由红豆相思的意象带出了《红楼梦》“大旨谈情”的爱情主题。也有人说，其实这首红豆曲是有倾诉对象的，是贾宝玉专门写给意中人林黛玉的曲子，也有学者干脆认为此红豆曲更像是代女儿自诉，代林黛玉自诉相思之苦，更把“滴不尽相思血泪”与黛玉的“眼泪还债”的木石前盟联系了起来。总之，这里虽然是男性聚会玩乐行令的场合，宝玉所行酒令却无关玩乐，而是深深扣住小说的爱情线索。

另外三人的酒令也非常符合各自的身份和文化水平，比如薛蟠：别人行令他乱说“不好该罚”，因为“他说的我通不懂，怎么不该罚！”轮到他，就说出了“女儿悲，嫁了个男人是乌龟。女儿愁，绣房撺出了大马猴”等粗俗不通至极的语句。

蒋玉菡的令也非常符合他旦角的身份，但是最后结束的诗词也就是酒底却很有蹊跷，他说“花气袭人知昼暖”，前面小说里就提到过，袭人的名字是贾宝玉给起的，因为袭人姓花，贾宝玉因此想到了陆游的这首诗，袭人因此得名。蒋玉菡忽然提到袭人的名字，这是作者的一个精心设计的伏笔，将这两个现在毫无关联的人联系在了一起。之后宝玉与蒋玉菡还交换了汗巾，而后来这条汗巾又到了袭人手中。种种暗示，袭人最后的归宿是蒋玉菡。

（二）牙牌令

这是贾母在大观园宴请刘姥姥时行的令。这个令也有一定规制，鸳鸯道：“如今我说骨牌副儿，从老太太起，顺领说下去，至刘姥姥止。比如我说一副儿，将这三张牌拆开，先说头一张，次说第二张，再说第三张。说完了，合成这一副儿的名字。无论诗词歌赋，成语俗话，比上一句，都要叶韵，错了的罚一杯。”

鸳鸯道：“左边是张天。”贾母道：“头上有青天。”众人道好。鸳鸯道：“当中是个五与六。”贾母道：“六桥梅花香彻骨。”鸳鸯道：“剩得一张六与幺。”贾母道：“一轮红日出云霄。”鸳鸯道：“凑成便是个蓬头鬼。”贾母道：“这鬼抱住钟馗腿。”说完大家笑着喝彩。

鸳鸯笑道：“左边四四是个人。”刘姥姥听了，想了半日，说道：“是个庄稼人罢。”众人哄堂笑了。……鸳鸯道：“中国三四绿配红。”刘姥姥道：“大火烧了毛毛虫。”众人笑道：“这是有道。还说你的本色。”鸳鸯道：“右边幺四真好看。”刘姥姥道：“一个萝卜一头蒜。”众人又笑了。鸳鸯笑道：“凑成便是一枝花。”刘姥姥两只手比着说道：“花儿落了结个大倭瓜。”众人大笑起来。

贾母和刘姥姥两位老人的令是重点，描写得非常精彩。从中可以看出两个人的身份。贾母是有身份见过世面的贵妇，行的令对不见得学识多么渊博但也用语得体，且诙谐又不失身份，恰到好处。刘姥姥则显示出一份讨好的心机，但知情识趣，又有一分机智，借着庄稼人的身份借题发挥，哄大家开心又不尴尬。

还有一点细节，就是黛玉行令是说了“良辰美景奈何天”，“纱窗也没有红娘报”，这是《牡丹亭》《西厢记》中的两句，宝钗当时看了她一眼，黛玉并没察觉。后续，宝钗找到黛玉，私下追问黛玉看这两本书的事情，因为其实在当时这两本书是谈男女爱情的，就连宝玉都只能偷着看，何况黛玉这样的闺阁女子。宝钗因此规劝黛玉，不要看杂书移了性情。一番话说得黛玉垂头吃茶，心中暗伏，也是从这次开始，黛玉真正发自内心接纳了宝钗，不再像以前怀疑宝钗伪装贤良，对身边的人尤其是宝玉有私心。

（三）占花名

宝玉过生日是《红楼梦》中继贾母两宴大观园后又一次宴饮高潮，酒席活动频繁，所以酒令活动也出现得相对集中。晚上，大观园中众人又聚到了一起，并提议玩占花名，一种人多玩起来才有趣的助兴游戏。规则和道具是什么样的呢？小说里略有介绍。晴雯拿了一个竹雕的签筒来，里面装着象牙花名签子，摇了一摇，放在当中。又取过骰子来，盛在盒内，摇了一摇，揭开一看，里面是五点，数至宝钗。

宝钗便笑道：“我先抓，不知抓出个什么来。”说着，将筒摇了一摇，伸手掣出一根。大家一看，只见签上画着一支牡丹，题着“艳冠群芳”四字。下面又有镌点小字，一句唐诗道是：“任是无情也动人。”又注着：“在席共贺一杯，此为群芳之冠，随意命人不拘诗词雅谑，道一则以侑酒。”众人看了，都笑说：“巧的很，你也原配牡丹花。”说着，大家共贺了一杯。宝钗掷了十六点，数到探春。探春的签很有意思，她抽到就羞恼了，原来她抽到的是杏花“瑶池仙品”，诗云：“日边红杏倚云栽。”注云：“得此签者，必得贵婿，大家恭贺一杯，共同饮一杯。”接下来轮到了李纨，李纨看到自己的签就认为这个游戏“有些意思”，原来她抽到了梅花，写着“霜晓寒姿”，诗云：“竹篱茅舍自甘心。”湘云的签恰好是海棠花，题曰：“香梦沉酣”，“只恐夜深花睡去”。然后是麝月，她抽到一枝荼蘼花，“韶华胜极”，“开到荼蘼花事了”。

麝月不明白含义问宝玉，宝玉愁眉。香菱得的花是一根“并蒂花”，“联春绕瑞”，“连理枝头花正开”。终于是黛玉，她抽到芙蓉“风露清愁”，“莫怨东风当自嗟”。最后该袭人，她得一枝桃花，题曰“武陵别景”，“桃红又是一年春”。

这个片段大家应该比较熟悉，像后来的很多小说尤其网络小说甚至会抄袭这段，比如《甄嬛传》中就有一段非常类似的情节，因为这真是一个展示人物特点、预示人物命运非常好用的方式。占花名，就是一种以花喻人的游戏。薛宝钗得了牡丹，“任是无情也动人”诗出自罗隐的《牡丹花》，牡丹是百花之王，“珍重芳资昼掩门”的尊贵矜持，也符合她“待人接物，不疏不亲，不远不近”的特点。但是也指向了薛宝钗的另一个特点，就是她其实也并非完全富贵吉祥的，她的爱好非常寡淡，众人参观宝钗闺房时发现这个少女的房间竟然“雪洞一般”毫无装饰的冷清。贾母当时就认为这样的癖好不适合年轻小姑娘，而宝钗的一生也确实艳冠群芳而又孤单寂寞，最后的结局是独守空闺。探春的杏花与“得贵婿”的批语正应和了第五回的判词和元宵节的灯谜。宝玉在太虚环境看到探春的图册是“海边大船上一个美人掩面哭泣”，这次占花名正是探春被迫远嫁的再次写照。李纨的老梅则完全是她青春守寡、深处锦绣、心情枯槁的形象。李纨这一签还有个细节，就是她这一签只要她自饮一杯，没有任何有趣的游戏或惩罚，李纨说“我只自吃一杯，不问你们的废与兴”，这也正是她的处世风格，明哲自保。史湘云得海棠花，所谓“香梦沉酣”“只恐夜深花睡去”，就像林黛玉戏谑的那样，正好与白日里“憨湘云醉卧芍药裀”一幕相合，也非常贴近“英豪阔达宽宏量”的性格。麝月得了荼靡花，还说“开到荼靡花事了”，宝玉不愿给她解签也是觉得这句话意思不好。我们知道麝月是怡红院非常低调的一个丫鬟，不争不抢，但是这里却在暗示，最后跟着宝玉直到有始有终的正是麝月，月满则亏，水满则溢，贾家的荣华富贵终有覆灭之日，大观园中的各色女孩也都会风流云散，一切的热闹都将消散，而麝月是收束这份繁华热闹的人。香菱，我们都还有印象，前面说斗草，香菱说她有夫妻蕙，宝玉说我有并蒂菱，其实这里香菱所得应该也是“并蒂菱”，一方面与香菱的名字吻合，另一方面，也是对她命运的隐喻，至于这个隐喻，一直都有两方面的猜测，一种是认为暗示了香菱最终被扶正，有着做正头夫人的命；另一种则相反，认为并蒂菱只是反讽，认为香菱“平生遭际实堪伤”。“连理枝头花正好”出自宋代女词人朱淑真的《落花》，此句下句是“妒花风雨苦相催”，实际昭示着香菱被摧折的命运。我个人认为后一种解释更合理。黛玉得芙蓉，则毫无意外，正应和了黛玉袅娜摇曳的身姿形象，“风露清愁”也和她的气质非常搭配。同样，“莫怨东风当自嗟”是宋代欧阳修《明妃曲》中一句，前面一句为“红颜胜人多薄命”，也是对“木秀于林，风必摧之”的黛玉的最终总结。袭人所得桃花，一般都认为是对她轻薄形象的一种联系，因为袭人是宝玉的侍女并已经被收房了，但最后却嫁给了戏子蒋玉菡，所以说她是“桃红又是一年春”。袭人这一签极为热闹，杏花陪一盏，坐中同庚者陪一盏，同辰者陪一盏，同姓者陪一盏。于是在座大部分人都一起饮酒，场面欢乐。而正在这时，薛姨妈派人来接黛玉，众人随之散场，又是一场盛极而衰，热极转冷。

总的来看，《红楼梦》中的游戏都自然地融入了小说的故事之中，与人物情节休戚相关，有些游戏故事中体现了复杂的人物关系，有些展现了独特的人物特质，有些则具有预示人物命运或展现故事主线的功能。

第三章　脂批对《红楼梦》的艺术化阐释

第一节　脂批的独特性和理论水准

脂批作为《红楼梦》评点的一种却一直单列单论，独立于数十种《红楼梦》评点之外，它的独特之处在于，一方面脂砚斋等人的评点工作贯穿小说创作的始终，而且这些批语与小说抄本一起在读者的亲友中流传，甚至可能通过批语对作者的创作产生影响。一方面脂批评点者们与小说作者关系亲密或者就是亲属，对小说作者非常熟悉，因此对创作背景、素材、作者意图等有很多独到的见解。

一、评点者的身份

虽然带脂批的抄本没有刊刻，流传范围很小，问世后的影响远没有之后涌现的在刻本上的《红楼梦》评点诸如王希廉评点、张新之评点那样巨大，但是脂批的价值在近现代乃至当代的红学研究中一直备受推崇。冯其庸先生认为："脂砚斋不仅仅是因为他参与过《石头记》的写作和修改而显得重要，更重要的是他是《石头记》最早的评论者，而且他最知作者的底里。"[①] 这句话道出了脂批与其他小说评点的不同之处，即评点者与作者之间亲近的关系而带来的化学效应。评点者与作者具有如此特殊的关系，在批语中保留了如

---

① 冯其庸《石头记脂本研究》，人民文学出版社 1998 年版，第 14 页。本节所引用冯其庸言论均出自《石头记脂本研究》，此后不注。

此丰富珍贵的历史信息，而且作品与评点文字都达到如此规模，这样的成就在中国小说评点的历史中确实难觅对手：“一芹一脂”的佳话堪称绝唱。

《红楼梦》抄本批语后的署名有不少种，包括脂砚、畸笏、梅溪、松斋等，“所谓‘脂砚斋评本’，它的内容相当地复杂，文字并非都出脂砚斋手”[①]，由此可见，其实脂批并不专指脂砚斋一人的批语，而是一个评点者群体的评语集合，在内容、观点、立场、口气等方面存在个体性差别，但因为这些评语都共处于早期抄本中而且评点者之间也确实有着千丝万缕的微妙关系，种种特殊的因素促成了这些批语集合能够达成默契的融合，因此，一般来说，研究者还是将脂批作为一个整体来看待。

关于脂批的评点者，有很多种说法：胡适先生认为“脂砚斋是同雪芹很亲近的，同雪芹弟兄都很相熟。我并且疑心他是雪芹同族的亲属”，“他大概是雪芹的嫡堂弟兄或从堂弟兄，——也许是曹颙或曹頫的儿子。松斋似是他的表字，脂砚斋是他的别号”[②]。在《跋乾隆庚辰本〈脂砚斋重评石头记〉抄本》一文中，胡适又改变观点认为：“我相信脂砚斋即是那位爱吃胭脂的宝玉，即是曹雪芹自己。”[③] 俞平伯认为：“脂砚斋虽至今不能断定为何人，但‘脂评’里有部分的批注，看它的情形口吻，大概是作者自己做的”，但是，又指出脂批中有小说作者的手笔并不等于脂砚斋就是作者本人，“甚至有些地方，可以看出他不是曹雪芹”。至于其他署名批者，俞平伯也谈到，梅溪“可能是雪芹的弟弟棠村”，畸笏叟“可能是老辈，比雪芹行辈要尊”。周汝昌认为对《红楼梦》屡次进行评点的主要人物实际上只有脂砚斋一个人，“畸笏”只是脂砚斋壬午年后起用的又一号而已，“此人既称‘脂砚斋’，当然是‘用

---

① 俞平伯《脂砚斋红楼梦辑评·引言》，中华书局 1960 年版，第 1 页。本节所引用俞平伯言论均出自《脂砚斋红楼梦辑评》，此后不注。

② 张国星《胡适、鲁迅、王国维解读〈红楼梦〉》，辽海出版社 2001 年版，第 74 页。

③ 张国星《胡适、鲁迅、王国维解读〈红楼梦〉》，辽海出版社 2001 年版，第 104 页。

胭脂研汁写字’的意思，单看此一斋名取义，已不难明白：以胭脂而和之于笔砚，分明是个女子的别号”，因此又有了一种猜测，“我疑心这位脂砚，莫非即是书中之湘云的艺术原型吧”①，脂砚与雪芹即为现实中的夫妻。吴世昌对这个问题的观点是“脂砚呼曹寅长女（书中‘元春’）为‘先姊’，而雪芹为曹寅之孙，则脂砚是雪芹的叔辈”，宝玉即以少年时代的脂砚为模特，而且进一步推论“脂砚斋是曹宣第四子，名硕，字竹礀”②。

这些观点都非常具有代表性，后来的研究者所提出的观点大多没有跳出几位前辈划定的圈子，但是众说纷纭的说法都不能算作最终的定论，对于脂砚斋等评点者的身份至今不能得出确切的认识。也许在这一领域，只有更有价值更确切的新材料的出现才能带动重大学术突破的产生。尽管如此，根据现有的资料和研究成果，研究者还是基本认同脂砚斋等评点者与小说作者的关系比较亲密，他们拥有相同或相似的生活圈子，对于作者以及小说创作的情况都有相当程度的了解，甚至对小说的创作也产生过举足轻重的影响。正如孙逊在《红楼梦脂评初探》中所说：“从评者与作者的亲密关系、两人在创作《红楼梦》过程中的密切合作来看，它也应该作为文学创作的一段佳话载入我国文学发展的史册。”③也就是说，这些评点者与小说作者和小说创作的特殊关系得到了普遍的认可和重视。

二、脂批独特的批评视角

正因为脂批评点者群体的特殊性，所以使其具有了中国小说评点产生以来所不具备的特殊功能，即实现了小说作者与评点者的即时互动，而且在小

---

① 周汝昌《红楼梦新证》（下），人民文学出版社，1976年4月，第853～868页。本节所引用周汝昌言论均出自《红楼梦新证》，此后不注。

② 吴世昌《红楼梦探源外编》，上海古籍出版社1980年版，第12～17页。本节所引用吴世昌言论均出自《红楼梦探源外编》，此后不注。

③ 孙逊《红楼梦脂评初探》，上海古籍出版社1981年版，第296页。

说创作中留下了痕迹。最为鲜明的即是一再被提及的“秦可卿淫丧天香楼”的情节改动。对于秦可卿，作者在开始描绘其形象时就比较含蓄，但又透露着复杂的感情，这一点在脂批中早有显示。第八回，介绍秦可卿的出身家世时，说她是秦业由养生堂抱来的孤儿，生得“形容袅娜，性格风流”，《红楼梦》中，利用介绍人物出身地位暗中透露褒贬是较常见的手法，如在写黛玉、李纨等时都运用过此手法，这里特意为秦氏立一小传，而且其中言辞闪烁，显然有特殊用意。甲戌本评语道：“出名秦氏，究竟不知系出何氏，所谓寓褒贬别善恶是也。秉刀斧之笔，具菩萨之心，亦甚难矣。如此写出，可见来历亦甚苦矣。又知作者是欲天下人共来哭此情字。”而且针对“性格风流”四字又有评语“四字便有隐意。春秋字法”。

这种引而不发的褒贬暗示了这个人物的品行败坏，也许作者也曾经打算大张旗鼓出力一写，不过后来他又改变初衷并对这个人物形象进行修改，删去了直书她丑行的文字，改为病死，只留下个别含混的删改痕迹。脂批细致地指出了秦可卿形象删改前后小说文字的变化，以及删改过程中留下的蛛丝马迹和作者的隐曲暗示，对整个创作调整的过程似乎了如指掌。删改文字主要集中在第十三回，秦可卿死讯一出，合家“无不纳罕，都有些疑心”，甲戌本眉批指出“九个字写尽天香楼事，是不写之写”。贾珍在丧礼上悲痛太过，“哭的泪人一般”，安排丧事要“尽我所有罢了”，等等，甲戌本批语道：“可笑，如丧考妣，此作者刺心笔也”，“‘尽我所有’为媳妇，是非礼之谈，父母又将何以代之。故前此有恶奴酒后狂言，及今复见此语，含而不露，吾不能为贾珍隐讳”。再有，提到“另设一坛于天香楼上”，甲戌本有夹批“删却，是未删之笔”，还写了秦氏丫鬟瑞珠触柱而亡，甲戌夹批也认为“补天香楼未删之文”。甲戌本还有一条批语专门解释了此回删除文字的篇幅分量，“此回只十页，因删去天香楼一节，少却四五页也”，可见作者为了调整秦可卿的结局颇费周章，主要删除了对人物形象损害较大的一大段内容，改变了这个人物的预先设定。甲戌本回末总评特意解释了改变秦可卿形象设计的缘由，“‘秦可卿淫丧天香楼’，作者用史笔也。老朽因有魂托凤姐贾家后事二件，嫡是安富尊荣坐享人能想得到处，其事虽未漏，其言其意则令人悲切感服，故赦之。因命芹溪删去”。此处评点者以老朽自居，似乎为雪芹长辈，对作者的创作拥有较高的发言权。至于作者是否真的是在评点者的嘱咐之下删改了秦可卿的结局依然不能只从脂批的一条批语就妄下定论，但从脂批内容和小说文本最后的面貌可见，评点者对秦可卿人物设计和修改的过程是非常了解的，指出了作者对这个人物一贯的复杂态度，以及在文本中遗留下来的删改痕迹和含混表达。

除了秦可卿这比较显明的一例外，对于其他人物的命运安排，脂批中也有不少明示暗示，显示出评点者对小说创作过程的关注和了解。比如第十九回，宝玉去探望归家的袭人，袭人殷勤招待，已卯本批语：“补明宝玉自幼何等娇贵。以此一句，留与下部后数十回‘寒冬噎酸虀，雪夜围破毡’等处对看，可为后生过分之戒。”第二十一回，宝玉因与袭人怄气而心灰意懒，“便权当他们死了，毫无牵挂，反能怡然自悦”，庚辰本评语道：“此意虽好，但袭卿辈不应如此弃也。宝玉之情，今古无人可比固矣。然宝玉有情极之毒，亦世人莫忍为者，看至后半部，则洞明矣。此是宝玉三大病也。宝玉看此世人莫忍为之毒，故后文方能‘悬崖撒手’一回。若他人得宝钗之妻，麝月之婢，岂能其弃而为僧哉。”从批语中可见，曾经锦衣玉食的宝玉后来的生活陷入了极度困顿，并最终抛下宝钗、麝月，出家而去。

关于黛玉的结局，则是以死亡为终结，有两条批语谈到了黛玉死后的凄凉情境，第二十六回，写潇湘馆的环境“凤尾森森，龙吟细细”，甲戌本评语有“与后文‘落叶萧潇，寒烟漠漠’一对，可伤可叹”。第七十九回，迎春出嫁后，宝玉在紫菱洲徘徊思念，庚辰本此处批道“先为对景悼颦儿作引”。

脂批也谈到史湘云的归宿，第二十六回，写及冯紫英文字，有庚辰本批语“写倪二紫英湘莲玉菡侠文，皆各得传真写照之笔”，又说“惜卫若兰射圃文字迷失无稿”，将卫若兰这个人物特别提出，想来小说中曾有文字为他出力一写，应该也是一位如冯紫英、柳湘莲一般具有英风侠气的少年公子。第三十一回回目名为“因麒麟伏白首双星”，写及史湘云拾到了贾宝玉由张道士处得来的金麒麟，庚辰本回末总评云：“后数十回若兰在射圃所佩之麒麟，正此麒麟也。提纲伏于此回中，所谓草蛇灰线在千里之外。”似乎没来得及展现风采的卫若兰正是湘云的有缘人，而二人的姻缘则从金麒麟身上引出，不过脂批的说法较为模糊，由此也引起了不少争议，此问题不是本书讨论重点，在此不赘述。

至于袭人，则可以确定她嫁给了蒋玉菡，而且贾家势败后，袭人夫妻还奉养了宝玉、宝钗。第二十八回，宝玉将蒋玉菡所赠的大红汗巾子系在了袭人腰间，此回回末总评道：“‘茜香罗’‘红麝串’写于一回，棋官虽系优人，后回与袭人供奉玉兄宝卿得同终始者，非泛泛之文也。”第二十回，庚辰本批语“袭人正文标目曰：花袭人有始有终”。还提到了麝月是后来接替袭人之位，始终追随宝玉的人，第二十回，麝月独自在房中，宝玉为她篦头，“二人在镜内相视”，情形亲密，有批语评道：“全是袭人口气，所以后来代任”，“上一段儿女口舌，却为麝月一人。有袭人出嫁之后，宝玉宝钗身边还有一人，虽不及袭人周到，亦可微嫌小敝等患，方不负宝钗之为人也。故袭人出嫁后云‘好歹留着麝月’一语，宝玉便依从此话。可见袭人虽出嫁去实未去也”。

另外还有像茜雪、小红这样在前80回并没太多出场机会但在后文却有精彩表现的次要人物，脂批特别提到了她们是后文贾家遭祸时起到重要作用的人物。第二十回，李嬷嬷吃醉了酒，絮叨起“茜雪出去”等事，庚辰本夹批“茜雪至‘狱神庙’方呈正文”。第二十六回，小红与佳蕙为各自的命运而感叹，庚辰本有批语云“‘狱神庙’回有茜雪红玉一大回文字，惜迷失无稿”。

除了对小说创作过程的影响和预示外，评点者还强调作者的经历对于小说创作的影响，认为作者将自己的亲身经历融入了小说的故事情节之中，并时时提醒读者，评点者与作者拥有相近的身份背景，对作者的生活素材非常熟悉。如：第三回写贾母用膳时气氛排场，王府本夹批评道：“作者非身履其境过，不能如此细密完足。”第八回，詹光、单聘仁这两个贾政身边的清客对宝玉一路巴结讨好，甲戌本有夹批：“一路用淡三色烘染，行云流水之法，写出贵公子家常不迹不离气致。经历过者则喜其写真，未经者恐不免嫌繁。”第十四回，写秦可卿丧仪隆重繁复，庚辰本有回末总批云：“此回将大家丧事详细剔尽，如见其气概，如闻其声音，丝毫不错，作者不负大家后裔。”还有更为明显的评语，如第二十三回，金钏拉住宝玉问他吃不吃自己嘴上的胭脂，庚辰本夹批道：“有是事，有是人。”第二十八回在评价宝玉与凤姐的个别话语时都有“真有是事”或“有是语，有是事”这样的批语。第十六回贾琏、凤姐与赵嬷嬷谈甄家接驾情形，庚辰本其后也有夹批：“真有是事，经过见过。”第三十三回，写贾政激怒，欲痛责宝玉，王府本夹批云：“一激再激，实文实事。”

评点者还在小说文本中找到了很多牵涉自家旧事的人物和情节，批语中承载了独特的家族记忆与情感。第十三回，凤姐在协理宁国府时切中要害地分析了宁府的五桩弊端，有批语直指这些问题都是自己家族的旧病。“旧族后辈受此五病者颇多，余家更甚，三十年前事见书于三十年后，今余想恸血泪盈”，“读五件事未完，余不禁失声大哭，三十年前作书人在何处耶”。第八回，贾母初见秦钟，特别赠送礼物，“与了一个荷包并一个金魁星，取‘文星和合’之意”，甲戌本的眉批评道：“作者今尚记金魁星之事乎？抚今思昔，肠断心摧。”第十三回，秦可卿托梦给凤姐细说家事，提到“树倒猢狲散”这句俗语，甲戌本的评语有“‘树倒猢狲散’之语今犹在耳，曲指三十五年矣。伤哉，宁不恸杀”。第三回，对于描写宝玉容貌的文字“色如春晓之花”，甲戌本有夹批“‘少年色嫩不坚劳’，以及‘非夭即贫’之语，余犹在心，今阅至此放声一哭”。第二十八回，宝玉与薛蟠等人行令取乐，“我先喝一大海，发一新令，有不遵者，连罚十大海”，庚辰本眉批有“大海饮酒，西堂产九台灵芝日也。

批书至此，宁不悲乎”；甲戌本也有夹批“谁曾经过，叹叹。西堂故事”。第七十四回，因经济拮据，凤姐与贾母的大丫鬟鸳鸯商量着将贾母的私人财物拿去典当，平儿几句话就道出其中要害：“这也无妨。鸳鸯借东西，看的是奶奶，并不为的是二爷。一则鸳鸯虽应名是他私情，其实他是回过老太太的。老太太因怕孙男弟女多，这个也借，那个也要，到跟前撒个娇儿，和谁要去，因此只装不知道。”庚辰本的批语评道：“奇文神文，岂世人想得出者。前文云‘一箱子’若是拿出，贾母其睡梦中之人矣。盖此等事作者曾经，批者曾经，实系一写往事，非特造出，故弄新笔。”第七十五回，贾府中秋夜宴，大家击鼓传花轮到宝玉，宝玉因贾政在座，踌躇再三，“说笑话倘或不发笑，又说没口才，连一笑话不能说，何况别的，这有不是。若说好了，又说正经的不会，只惯油嘴贫舌，更有不是。不如不说的好”，庚辰本批语“实写旧日往事”。

这些批语好像都在不厌其烦地告知读者，作者刻画人物与讲述故事的源头在哪里。评点者们还经常现身说法，从自己的经历中寻找与作品情节的相同点，为作品中的人、事、物寻找现实依据，甚至俨然欲以小说人物的原型自居。第二十五回，因宝玉脸被烫伤引来马道婆一番神乎其神的怪论，只为赚骗“祖宗老菩萨”贾母多出一些香火银子，甲戌本的夹批就声明这样招摇撞骗的人物言论在现实生活中评点者与作者都曾经历过：“一段无理无伦信口开河的浑话，却句句都是耳闻目睹者，并非杜撰而有。作者与余实实经过。”第八回，众下人吹捧宝玉的字画：“众人都笑说：‘前儿在一处看见二爷写的斗方儿，字法越发好了，多早晚儿赏我们几张贴贴。’”甲戌本有眉批认为评点者早年曾受过类似哄骗，“余亦受过此骗，今阅至此赧然一笑。此时有三十年前向余作此语之人在侧，观其形已皓首驼腰矣，乃使彼亦细听此数语，彼则潸然泣下，余亦为之败兴”。第十七回，宝玉到刚竣工的大观园游玩，因听说贾政马上就到，因此慌忙躲闪，“带着奶娘小厮们，一溜烟就出园来”，庚辰本有一条眉批“不肖子弟来看形容。余初看之，不觉怒焉，盖谓作者形容余幼年往事”，这里评点者更是毫不客气地把宝玉此刻情态的原型归结到自己身上。第二十回，贾环与莺儿赶围棋输了钱却耍赖，莺儿不免埋怨“一个作爷的，还赖我们这几个钱，连我也不放在眼里。前儿我和宝二爷顽，他输了那些，也没着急……”，庚辰本夹批“倒卷帘法。实写幼时往事，可伤”。第二十八回，宝玉与王夫人母子二人言语随意亲热，宝玉对王夫人说：“太太倒不糊涂，都是叫‘金刚’‘菩萨’支使糊涂了。”甲戌本夹批“是语甚对，余幼时可闻之语合符，哀哉伤哉”。

由此，评点者认为《红楼梦》“系自愧而成”，所以经常代作者发言，阐发忏悔之情。如第一回提到“乐极悲生，人非物换，究竟是到头一梦，万境归空”，甲戌本夹批认为“四句乃一部之总纲”，这种对《红楼梦》主旨的把握与众不同但仔细揣摩又不无道理。尤其论及“古今不肖无双”的宝玉时，情绪更盛。如：第一回，对于“无材补天，幻形入世”的顽石，甲戌本夹批认为“八字便是作者一生惭恨”；第三回，王夫人对黛玉首次说起宝玉，说“我有一个孽根祸胎”，甲戌夹批“四字是血泪盈面，不得已、无奈何而下。四字是作者痛哭”。再有，对于宝玉，评点者虽然大部分时候充满激赏之情，但偶尔对其“不肖”之举还是颇有牢骚，如第二十一回，宝玉因袭人不满其与湘云、黛玉亲密厮混而怄气，不过，一晚时间又把事情抛诸脑后，庚辰本就其间宝玉的性格表现有批语云：“宝玉恶劝，此是第一大病也”，“宝玉重情不重礼，此是第二大病也”，“更好，可见玉卿的是天真烂漫之人也。近之所谓呆公子，又曰老好人，又曰无心道人是也”。从这几条批语可以看出评点者对宝玉的明显不满和对他行为的不理解。还有第三十六回，王夫人让凤姐从自己的月钱中拿出二两一吊钱给袭人，抬举笼络袭人，全都是为了保全宝玉，王府夹批有“写慈母苦心”，“苦心，作子弟的读此等文章，能不堕泪”，王夫人的这种行为未必算得上光明正大，但评点者在这里完全从王夫人作为母亲的角度考虑问题，极度提升王夫人的道德高度，还是围绕“父母痴心，子孙不肖”这个命题。

再比如，第三回，林黛玉初进荣国府，到贾政处拜见，写王夫人房中摆设“正房炕上横设一张炕桌，桌上磊着书籍茶具”，这一处环境描写并没有特殊的寓意，一般的评点者都不会在这种地方触发情感，而甲戌本却有一条夹批“伤心笔，堕泪笔”，这显然是评点者联系到了个人的家世经历，因此触景生情。相近的批语还有：第五回，《红楼梦》十二支曲《聪明累》中有“家富人宁终有个家亡人散各奔腾”一句，甲戌本的一条眉批对此表达了强烈的认同：“过来人睹此宁不放声一哭”；第二十一回，宝玉因与袭人等怄气，故意抬举小丫鬟四儿，小说评价四儿是个“聪敏乖巧”的丫头，此处庚辰本有批语大发感慨：“又是一个有害无益者。作者一生为此所误，批者一生亦为此所误，于开卷凡见如此人，世人故为喜，余反抱恨。盖四字误人甚矣，被误者深感此批”；第二十三回，贾政叫宝玉过去说话，宝玉大为恐惧，“好似打了个焦雷，登时扫去兴头，脸上转了颜色”，庚辰本批道：“多大力量写此句，余亦惊骇，况宝玉乎。回思十二三时亦曾有是病来，想时不再至，不禁泪下。”这些批语都带有浓郁的身世之感与记忆伤痛，是评点者在阅读小说的过程中遇到熟悉的情境心有所感而产生的情感激荡，体现出评点者的身世经历与小说所描写情境的贴近。

脂批的某些批语显然是评点者对小说作者以及作者的创作有一定程度的熟悉和了解后结合小说情节文字而自然而然产生的体悟，评点者时时以作者的知音自居，以自己能影响作者创作为傲，也自信了解作者创作的意图和思路，形成了“一芹一脂”、评点者与作者密切互动的独特样态。

三、脂批与《红楼梦》文本的呼应

脂批不仅因为评点者与作者的特殊关系而变得独特，单就其理论水准来看，脂批在同类评点中依然具有竞争力。事实胜于雄辩，笔者由脂批中撷取几个简单的实例来说明问题。

从小说的结构来说，小说谋篇布局中笔墨的繁与省，是衡量作者叙述功力的重要标准，也是中国传统小说评点中较为关注的一个问题，金圣叹在总结《水浒传》文法时也说“有极不省法”“有极省法”。脂批也有很多批语谈及，而且看重布局意图中所表现出的技巧成分。小说的第四回实际上是过渡性的一个章节，其内容与小说描写的主要人物、主要场景关系疏远，但这一回承担的任务并不简单，需要交代即将出场的薛家人物以及不少背景资料，这些内容琐细烦冗又必不可少，在流畅讲故事的同时既要兼顾传达信息，还要让故事自然地与后文衔接，并且还要和整部小说的笔调协调。脂批深刻体会作者的用心，突出分析本回在简省文笔中附加大量信息的特点，称之为“省中实”。四大家族的来龙去脉以及英莲的遭遇等繁复的内容，最终都借门子之口告诉了读者，以求得条理清晰、线索分明。王府本批语云“作者要容貌势力，要说情，要语幻，又要说小人之居心，豪强之脱大，了结前文旧案，铺设后文根基，点明英莲，收绪宝钗等等诸色：只借先之沙弥，今日门子之口层层绪来。真是大悲菩萨，千手千眼一时转动，毫无遗露。可见具大光明者，故无难事，诚然”[①]。贾雨村听了门子详述薛蟠、冯渊、英莲三人之间的纠葛后，评定薛蟠肯定是“姬妾众多，淫佚无度”，而冯渊与英莲却“正是梦幻情缘，恰遇一对薄命儿女”，实际简单介绍了薛蟠、冯渊、英莲三人的姻缘纠缠故事，也概括了薛蟠的素日行径以及英莲不可避免的悲剧命运。甲戌本批语“使雨村一评，方补足上半回之题目。所谓此书有繁处愈繁，省中愈省；

---

① 本节脂批引自《脂砚斋重评石头记甲戌本》，曹雪芹著，北京图书馆出版社 2004 年版；《脂砚斋重评石头记》（己卯本）曹雪芹著，上海古籍出版社 1981 年版；《脂砚斋重评石头记》（庚辰本）曹雪芹著，文学古籍刊行社 1955 年版；《蒙古王府本石头记》，曹雪芹著，书目文献出版社 1987 年版；《戚蓼生序石头记》，曹雪芹著，文学古籍刊行社 1988 年版；《甲辰本红楼梦》，曹雪芹著，书目文献出版社 1989 年版；《红楼梦》（梦稿本）曹雪芹著，中华书局 1987 年版；《石头记》（列藏本）曹雪芹著，中华书局 1986 年版。此后不注。

又有不怕繁中繁，只要繁中虚；不畏省中省，只要省中实。此则省中实也”。此回上半回题目为“薄命女偏逢薄命郎”，随后，作者借贾雨村胡乱判断了薛蟠打死冯渊的命案引出了对薛家的介绍，不仅确定了薛家母子三人的性格基调，而且也写了薛家人随后的去向，“便带了母妹竟自起身长行去了”，这样正式引出了小说的主要人物薛宝钗，也使故事向后发展并迅速与小说故事描述的主要场景——贾府衔接起来。甲戌本批语认为“盖宝钗一家不得不细写者。若另起头绪，则文字死板，故仍只借雨村一人穿插出阿呆兄人命一事，且又带叙出英莲一向之行踪，并以后之归结，……”。

在人物塑造的讨论上，脂批建立在以人物塑造为中心的中国小说传统理论思路之上。脂批承袭了前人评点的传统，其对情理观的总结堪称经典。只要看对重点人物的鉴赏评论文字，依然可以感受到脂批对人物理解的深入和丰富。己卯本批语：

按此书中写一宝玉，其宝玉之为人，是我辈于书中见而知有此人，实未目曾亲睹者。又写宝玉之发言，每每令人不解；宝玉之生性，件件令人可笑；不独于世上亲见这样的人不曾，即阅今古所有之小说传奇作中，亦未见这样的文字。于颦儿处更为作甚，其囫囵不解之作实可解，可解之中又说不出理路。合目思之，却如真见一宝玉，真闻此言者，移之第二人万不可，亦不成文字矣。

王府本批语：

若知宝玉真性情者当留心此回。其与袭人何等留连，其于画美人事何等古怪，其遇茗烟事何等怜惜，其于黛玉何等保护。再袭人之痴忠，画人之惹事，茗烟之屈奉，黛玉之痴情，千态万状，笔力劲尖，有水到渠生之象，无微不至。真画出一个上乘智慧之人，入于魔而不悟，甘心堕落。且影出诸魔之神通，亦非泛泛，有势不能轻登彼岸之形。凡我众生掩卷自思，或于身心少有补益。

从叙事的方式或者文法角度来说，脂批非常注重总结《红楼梦》叙事的独特方式。比如，对于某些故事段落的截断方式，脂批认为，利用“石头”的受限视角可以产生意想不到的距离落差和简洁效果。秦钟与智能的私情被宝玉撞见，宝玉玩笑说要晚上“再细细的算账”，但最终如何“算账”，小说却以“未曾记得，此系疑案，不敢纂创”一笔带过，甲戌本批语认为“忽又作如此评断，似自相矛盾，却是最妙之文。若不如此隐去，则又有何妙文可写哉。这方是世人意料不到之大奇笔。若通部中万万件细微之事具备，石头记真亦太觉死板。故特用二三件隐事，借石之未见真切，淡淡隐去，越觉得云烟渺茫之中，无限丘壑在焉”。又如，在故事主体与次要内容的关系处理方面，脂批认为小说情节在平衡中追求虚实正闲的呼应和转换。小说第五回开头没有接续上回描写刚到的薛家母子反而回头描写宝玉、黛玉的日常相处模式，甲戌眉批云：“不叙宝钗，反仍叙黛玉。盖前回只不过欲出宝钗，非实写之文耳；此回若仍绪写，则将二玉高搁矣，故急转笔仍归至黛玉，使荣府正文方不至于冷落也。”随后又接叙宝钗加入后三人之间的纠葛，甲戌本又有批语云：“因写黛玉实是写宝钗，非真有意去写黛玉，几乎又被作者瞒过。”再有，对于情节组织安排的评价，脂批则看到其中独特的节奏把握。从“西厢记妙词通戏语”到“魇魔法姊弟逢五鬼”这一段情节，内容紧凑又紧张，甲戌本批语：“自黛玉看书起分三段写来，真无容针之空。如夏日乌云四起，疾闪长雷不绝，不知雨落何时。忽然霹雳一声，倾盆大注，何快如之，何乐如之，其令人宁不叫绝。”第六十回，贾府下人间由蔷薇硝、玫瑰露、茯苓霜等几件东西引发了一场场的纷争，冲突此起彼伏，高潮迭起。有正本回前批：“前回叙蔷薇硝嘎然便住，至此回方结过蔷薇案。接笔转出玫瑰露，引起茯苓霜，又嘎然便住。著彼如苍鹰搏兔，青狮戏球，不肯下一死爪，绝世妙文。”

有正本回末批又云：“以硝出粉是正笔，以霜陪露是衬笔。前必用茉莉粉才能勾起争端，后不用茯苓霜亦必败露马脚。须知有此一衬，文势方不径直，方不寂寞。宝光四映，奇彩缤纷。”

从发散性思考方面来看，脂批颇有不少涉笔成趣的评语点缀，虽然并不是关系重大的理论分析，却非常具有启发性。第四十一回，刘姥姥误闯入宝玉的卧室还在床上酣睡，搞得满屋“酒屁臭气”，幸亏袭人及时赶来，并且息事宁人地将这件事遮掩过去了，宝玉终究浑然不觉。庚辰本回前总批“岂似玉兄日享洪福，竟至无以复加而不自知。故老妪眠其床，卧其席，酒屁熏其屋，却被人遮过，则仍用其床其席其屋。亦作者特为转眼不知身后事写来作戒，纨绔公子可不慎哉”。再如，贾母因极有兴头才到宁府看戏，不过到晌午也就回去歇息了，甲戌本批语对这种笔法非常欣赏，“叙事有法，若只管写看戏，便是一无见世面之暴发贫婆矣。写随便二字，兴高则往，兴败则回，方是世代封君正传。且高兴二字，又可生出多少文章来”。

更有不少的批语语言优美，富于想象力和音乐美感。比如，鸳鸯因为被贾赦逼婚而躲入大观园中，也因此与平儿、袭人这两位相好的姐妹深入畅谈。庚辰本批语：“随笔带出妙景。正愁园中草木黄落，不想看此一句，便恍如置身于千霞万锦，绛雪红霜之中矣”，“余按此一算，亦是十二钗，真镜中花，水中月，云中豹，林中之鸟，穴中之鼠，无数可考，无人可指，有迹可追，有形可据，九曲八折，远响近影，迷离烟灼，纵横隐现，千奇百怪，眩目移神，现千手千眼大游戏法也”。

第二节　脂批关于人物真实性的讨论

曹雪芹在《红楼梦》开篇处用不短的篇幅阐述了写作缘起和创作理念，

其中说道："历来野史，皆蹈一辙，莫如我这不借此套者，反倒新奇别致，不过只取其事体情理罢了，又何必拘拘于朝代年纪哉。"在小说的第五十四回，作者又明确将只取"事体情理"的创作观念与"历来野史"的旧套对立起来，借贾母之口对所谓才子佳人小说中的陈腐旧套不合"事体情理"之处进行了一针见血的针砭："这些书都是一个套子，左不过是些佳人才子，最没趣儿。把人家女儿说的那样坏，还说是佳人，编的连影儿也没有了。开口都是书香门第，父亲不是尚书就是宰相，生一个小姐必是爱如珍宝。这小姐必是通文知礼，无所不晓，竟是个绝代佳人。只一见了一个清俊的男人，不管是亲是友，便想起终身大事来，父母也忘了，书礼也忘了，鬼不成鬼，贼不成贼，那一点儿是佳人？……你们白想想，那些人都管什么的，可是前言不答后语？"小说作者颇具理论素养的论述与以往的小说评点家的观点形成了呼应，显示了其不凡的眼界和创作追求，更可贵的是，作者勇敢地把历来野史与才子佳人小说的陈旧套路作为进攻的靶子，在自己的创作实践中力图突破所谓"旧套"的羁绊，高调地追求一条与众不同的道路，作者这方面的努力在《红楼梦》的人物塑造中体现得淋漓尽致，这为后来的批评家提供了厚实的文本基础。脂批追随了前辈评点家和小说作者的脚步，对此问题进行了深度探讨。

一、"不近情之妙作，一齐抹倒"

脂批非常重视曹雪芹第五十四回对"陈腐旧套"的批判，将它看作作者的创作宣言，王府本有回末总评认为："会读者须另具卓识，单着眼史太君一夕话，将普天下不尽理之奇文，不近情之妙作，一齐抹倒。是作者借他人酒杯，消自己块垒。"同时，脂批作者也认可并延续了曹雪芹那种批判态度和锐意进取的执着，大力支持和赞美《红楼梦》中打破不合情理旧套的精彩笔墨，可以说，着力将《红楼梦》的人物描写与以往的陈腐旧套两相对照，进行比较分析，是脂批的一大特色，也是其评价人物形象塑造的一大出发点。

小说开场即讲述了贾雨村与娇杏的一段姻缘，在这个故事中，从对两个人物的总体形象定位到形貌和心理描写都与一般的风月笔墨或才子佳人套路大相径庭，就此问题也相应地产生了一系列脂批。困顿落魄的穷书生贾雨村在甄士隐家偶然看到一个丫鬟，“生得仪容不俗，眉目清明，虽无十分姿色，却亦有动人之处”，此处甲戌本有眉批为“这便是真正情理之文。可笑近之小说中满纸羞花闭月等字。这是雨村目中，又不与后之人相似”。而丫鬟娇杏眼中看到的雨村“生得腰圆背厚，面阔口方，更兼剑眉星眼，直鼻权腮”，这也与一般小说对于奸雄或小人的脸谱化设计截然不同，脂批特别点出“最可笑世之小说中，凡写奸人则用鼠耳鹰腮等语”。娇杏并没有由这次偶遇萌发什么特别的情愫，只是觉得雨村品貌不俗，不免回头多看了两次，甲戌本眉批道：“这方是女儿心中意中正文。又最恨近之小说满纸红拂紫烟。”不过，困窘之中的雨村却自作多情地认定这个丫鬟看中了自己，大有引为知己之心，甲戌本在此也有批语嘲讽道：“今古穷酸皆会替女妇心中取中自己。”二人故事最后的结局还算圆满，雨村花银子把娇杏娶回家做妾，一年后，“命运两济”的娇杏先生子，后被扶正做了正牌夫人。总的看来，这是个世俗得相当彻底的普通故事，男女双方甚至都谈不上有爱情，但就是这样一个有点干巴巴、让期待浪漫的读者大失所望的“爱情”故事却具有历来才子佳人小说中绝少能体味到的贴近生活的真实感，整个故事大有别开生面之气魄，因此，甲戌本有夹批总结这段故事的脱俗之处：“托言当日丫头回顾，故有今日，亦不过偶然侥幸耳，非真实得风尘中英杰也。非近日小说中满纸红拂紫烟之可比。”

脂批不仅一再强调《红楼梦》的人物塑造与以往庸俗旧套的不同，也看到了由这种不同而带来的人物刻画方面的种种具体改变。比如在探讨女性人物的外貌描写时，脂批特别点出《红楼梦》写女儿风姿不加浓墨重彩，只在字里行间轻轻点染，越是出色的才情容貌越不肯大肆表白，“我批此书竟得一秘诀以告诸公：凡历史中所云才貌双全佳人者，细细通审之，只得一个粗知笔墨之女子耳。此书凡云知书识字者，便是上等才女，不信时只看他通部行为及诗词诙谐皆可知。妙在此书从不肯自下评注，云此人系何等人，只借书中人闲评一二语，故不得有未密之缝被看书者指出，真狡猾之笔耳”。林黛玉与薛宝钗是小说中难分伯仲的闺英闱秀，被评为如“双峰对峙，二水分流”，但却很少见到大力渲染她们花容月貌的文字，反而只是淡淡带过，毫无夸饰。《红楼梦》第二回首次提及林黛玉，只用“聪明清秀”四字来形容，甲戌本批语认为：“看他写黛玉只用此四字，可笑近来小说中满纸天下无二，古今无双等字。”又评道：“如此叙法方是至情至理之妙文。最可笑者，近小说中，满纸班昭蔡琰文君道韫。”第四回，宝钗初见，写她也不过是“生得肌骨莹润，举止娴雅”，甲戌本夹批评价道：“写宝钗只如此，更妙。”更有甚者，《红楼梦》中描写美人经常反其道而行，刻意打造有缺点的美人，令人耳目一新。比如以美貌而引人侧目的俏丫鬟晴雯在第七十四回被王夫人形容为“水蛇腰、削肩膀”，庚辰本有批语为“凡写美人偏用俗笔反笔，与他书不同也”。再如香菱，虽然幼年坎坷毕竟也是一个苦心学诗、兰心蕙质的女孩，竟得到诸如“傻丫头”或者“呆头呆脑”之类的评价，庚辰本批云：“此‘傻’字加于香菱，则有多少丰神跳于纸上，其娇憨之态，可想而知”，又云“‘呆头呆脑的’，有趣之至。最恨野史有一百个女子皆曰聪敏伶俐，究竟看来他行为也只平平。今以呆字为香菱定评，何等妩媚之至也。”

关于这个问题，第四十三回谈尤氏的一条脂批阐述得更加清楚，“尤氏亦可谓有才矣。论有德比阿凤高十倍，惜乎不能谏夫治家，所谓人各有当也。此方是至理至情。最恨近之野史中，恶则无往不恶，美则无一不美，何不近情理之如是耶”。从如此种种与以往不同的人物描写手法和技巧中可以见出作者对旧套的突破与变革，当然，《红楼梦》真正要反对与突破的陈腐旧套绝不仅止于“恶则无往不恶，美则无一不美”一种，归根结底，要反对和改变的是才子佳人小说之类沿袭下来的“不近情理”的陈旧传统，脂批也看到了这一点，特别提到《红楼梦》人物塑造的成功正在于“至情至理”。

关于“情理”的讨论在小说评点中早有涉及，李贽在《水浒传》第九十七回批语中指出：“水浒传文字不好处，只在说梦、说怪、说阵处，其妙处都在人情物理上。”①张竹坡更是将合乎“情理”作为小说创作的一条基本原则，在他的《批评第一奇书〈金瓶梅〉读法》中曾有一段精彩论述：“做文章，不过是‘情理’二字。今做此一篇百回长文，亦只是‘情理’二字。于一个人心中，讨出一个人的情理，则一个人的传得矣。虽前后夹杂众人的话，而此一人开口，是此一人的情理；非其开口便是情理，由于讨出这一人的情理方开口耳。是故写十百人皆如写一人，而遂洋洋乎有此一百回大书也。”②中国古典小说的创作实践也证明，成功的作品往往要遵循既定的常情常理，即使如《西游记》这样的以写神写幻见长的神魔小说亦如此，钱钟书曾谈道：“《西游记》第六回齐天大圣与二郎神斗法，各摇身善变，大圣变鱼游水中，二郎变鱼鹰，大圣急遁而变他物；夫幻形变状，事理所无也，而既为鱼矣，则畏鱼鹰之啄，又常事常理也。”③

具体到脂批来看，合乎情理一直是其所强调的要点，在人物描写的诸多环节都有提及，可以看作脂批评价人物塑造的一项主要标准，比如在人物的应对辞令方面就多有体现。第三回，林黛玉去拜见贾赦，贾赦并没有出来相见，但一番说辞婉转贴切，分寸拿捏得恰到好处：“老爷说了：‘连日身上不好，见了姑娘彼此倒伤心，暂且不忍相见。劝姑娘不要伤心想家，跟着老太太和舅母，即同家里一样。姊妹们虽拙，大家一处伴着，亦可以解些烦闷。

① 施耐庵著、李贽评《李卓吾先生批评忠义水浒传》，中华书局1966年版。本书所引李贽批语均出自此书，此后不注。又，据钱希言《戏瑕》、周亮工《因树屋书影》以及今人考证，明容与堂刻100回本《李卓吾先生批评忠义水浒传》中的评点是叶昼假托李贽之名所作。

② 兰陵笑笑生著、张竹坡批评《张竹坡批评金瓶梅·批评第一奇书〈金瓶梅〉读法》，齐鲁书社1991年版。本节所引张竹坡批语均出自此书，此后不注。

③《钱钟书论学文选》卷四，花城出版社1990年版，第119页。

或有委屈之处，只管说得，不要外道才是。’”甲戌本有夹批云：“若一见时，不独死板，且亦大失情理，亦不能有此等妙文矣。”王府本也有批语：“作者绣口锦心，见有见的亲切，不见有不见的亲切，直说横讲，一毫不爽”，“亦在情理之内”。第三十九回，贾母极恰当地称呼刘姥姥为“老亲家”，己卯本批语赞道：“神妙之极。看官至此必愁贾母以何相称，谁知公然曰老亲家，何等现成，何等大方，何等有情理。若去作者心中编出，余断断不信。何也？盖编得出者，断不能有这等情理。”

还有，人物的心理活动揭示人物深层性格内涵和行为逻辑的重要依据，脂批也谈到了这方面的情理问题。第六回，写刘姥姥寻门路求到周瑞家的这里，书中写周瑞家的心理活动“心中难却其意；二则也要显弄自己的体面”，甲戌本眉批“‘也要显弄’句为后文作地步也，陪房本心本意实事”，王府本夹批“实有此等情理”。再有，刘姥姥初见平儿，见她“遍身绫罗，插金带银，花容玉貌的，便当是凤姐儿了”，王府本夹批评“的真，有是情理”。第三十三回，金钏含羞赌气自尽，宝玉因此心中“五内摧伤”，贾政命他会客，他也精神不振，“一心总为金钏感伤，恨不得此时也身亡命殒”。王府本有夹批“真有此情，真有此理”。

再如，脂批还注意到了人物命名这类细节的合情合理，第四回，说李纨名字的由来“只以纺绩井臼为要，因取名为李纨，字宫裁”，甲戌本有夹批评道：“一洗小说窠臼俱尽，且命名字，亦不见红香翠玉恶俗。”第七回，提到贾府四位小姐侍女的名字分别为抱琴、司棋、侍书、入画，甲戌本批语认为：“妙名。贾府四钗之环，暗以琴棋书画四字列名，省力之甚，醒目之甚，却是俗中不俗处。”

另外，《红楼梦》中的诗词歌赋往往体现人物各具特色的性格气质与才华文采，是人物刻画不可缺少的一部分，因此并非一味卖弄才华，也要受到事件地点人物等条件的限制。如第十八回，宝钗、黛玉奉元妃旨意各作一首诗，不过因为应制奉圣之作，所以与诗社所作又不同，而且也没有体现二人的真实水平，这样反而符合人物的身份性格，也与场合气氛非常贴合，已卯本有批语评价道："末二首是应制诗。余谓宝林此作未见长，何也，盖后文别有惊人之句也。在宝卿有生不屑为此，在黛卿实不足一为。"

即使是作为烘托人物的环境也同样严格遵照常情常态，第三回写黛玉到王夫人房中，看到其中陈设布置"因见挨炕一溜三张椅子上，也搭着半旧的弹墨椅袱"，对于"半旧的"三字的使用，甲戌本有脂批云："三字有神，此处则一色旧的，可知前正室中亦非家常之用度也。"第十七回写稻香村一处景色："倏尔青山斜阻。转过山怀中，隐隐露出一带黄泥筑就矮墙，墙头皆用稻茎掩护。有几百株杏花，如喷火蒸霞一般。里面数楹茅屋。……各色树稚新条，随其曲折，编就两溜青篱。篱外山坡之下，有一土井，旁有桔槔辘轳之属。下面分畦列亩，佳蔬菜花，漫然无际"，己卯本有批语："阅至此，又笑别部小说中一万个花园中，皆是牡丹亭、芍药园，雕澜画栋、琼榭朱楼，略不差别。"

可见，脂批吸收了前辈评点和小说作者的理论思路，将反对陈腐旧套作为其人物批评的一个基本立足点，并由此出发，寻找获得突破的关键所在，从而有的放矢地建立了新的人物塑造标准，即"至情至理"。

二、"事之所无，理之必有"

从根本上说，脂批所强调的人物描写合乎情理实际表现了对人物真实性的认识。《红楼梦》第二回，甲戌本有眉批评价"兰台寺大夫"这个杜撰的官职，认为"官制半遵古名亦好。余最喜此等半有半无，半古半今，事之所无，理之必有，极玄极幻，荒唐不经之处"。这条批语虽然针对的只是小说中的官制问题，实际体现的观念也可以适用于评价《红楼梦》对人物塑造的追求，即人物描写不拘泥于社会生活某一点上的真实，允许虚构的存在，但这种虚构又要具有内在的合理性，即从具体的真实上升为想象的真实、艺术的真实。

这一点与乔治·卢卡契的论述不谋而合，他在《艺术与客观真理》中说道："艺术反映现实的客观性在于正确反映总体性，因此一个细节在艺术上的准确性与这个细节是否对应于现实中的相同细节没有关系。……为了能够用艺术的必然性把偶然性控制于合适的语境中。必然性必须要隐身于偶然性并必须表现为细节本身的内在动机。"①

关于此问题，其他小说评点中也有类似论述，如李贽的《水浒传》第一回回评曾有"水浒传事节都是假的，说来却似逼真，所以为妙"。第十回回评也有"《水浒传》文字，原是假的。只为他描写得真情出，所以便可与天地相终始。即此回中李小二夫妻情事，咄咄如画。若到后来混天阵处都假了，费尽苦心，亦不好看"。天目山樵于《儒林外史新评》中谈到，"然描写世事，实情实理，不必确指其人，而遗貌取神"②。

不过，脂批对此问题的讨论更为细腻和彻底，不仅只谈人物的塑造，也涉及小说的其他各方面内容，比如脂批注意到了小说中那些虚构的但又极符合日常生活常理的时令典故等等，第二十七回，写大观园众女儿流行饯花，"尚古风俗：凡交芒种节的这日，都要设摆各色礼物，祭饯花神，言芒种一过，便是夏日了，众花皆卸，花神退位，须要饯行。然闺中更兴这件风俗，所以大观园中之人都早起来了。那些女孩子们，或用花瓣柳枝编成轿马的，或用绫锦纱罗叠成干旄旌幢的，都用彩线系了"。这些风俗仪式，无论尚古，还是当下，虽然都未必是真实情况，但是写得头头是道，符合生活的逻辑，因此庚辰本夹批云："无论事之有无，看去有理。"

当然，具体到人物形象的塑造上来，脂批的点评也具有层次感和深入性。脂批中所谈到的"事之所无，理之必有"之"理"不仅简单指社会生活的常情常理，也指向了人物性格、情感等的逻辑理路，而且相比较而言，脂批认

① 拉曼·塞尔登《文学批评理论——从柏拉图到现在》，北京大学出版社2006年版，第58页。
② 郭绍虞《中国历代文论选》第三册，上海古籍出版社1980年版，第456页。

为表现人物内在情感的真实要重于表现外部生活逻辑的合理。脂批中有一些精彩评语，着重点都落在赞美情节设置能够展现人物性格轨迹，表达真实情感上面。比如第十八回，描写黛玉与宝玉因荷包小事发生口角的一段故事。宝玉从大观园回来“身边佩物一件无存”，都被小厮们抢走，黛玉听说，走来问宝玉道：“我给的那个荷包也给他们了？你明儿再想我的东西，可不能够了！”然后，黛玉赌气将正给宝玉做的一个香袋儿剪破了。宝玉“忙把衣领解了，从里面红袄襟上将黛玉所给的那荷包解下来”，说：“你瞧瞧，这是什么！我那一回把你的东西给人了？”“林黛玉见他如此珍重，带在里面，可知是怕人拿去之意，因此又自悔莽撞，未见皂白，就剪了香袋。因此又愧又气，低头一言不发。”这段故事，真实反映了小儿女之间情窦初开、缺乏默契、事事计较的特有风貌，己卯本有评语道：“按理论之，则是‘天下本无事，庸人自扰之’。若以儿女子之情论之，则事必有之事，必有之理，又系今古小说中不能写到写得，谈情者亦不能说出讲出，情痴之至文也。”再如，第二十六回，黛玉在闺房一时忘情，说出了一句《西厢记》的唱词“每日家情思睡昏昏”，大有为情烦恼之态。随后，宝玉也在有意无意之间对着黛玉的贴身侍女紫鹃说出“好丫头，‘若共你多情小姐同鸳帐，怎舍得叠被铺床？’”的戏文，言下之意，自比张生，黛玉便是莺莺，两个人在忘情之间脱口而出的话语恰恰泄露了他们心中隐藏的感情秘密与青春焦虑，甲戌本夹批在此处评道“用情忘情，神化之文”。

遵循“事之所无，理之必有”的要求塑造出来的人物能够达到出神入化的艺术效果，也在事实上推进了脂批中人物塑造理论的深化。第十九回己卯本有一段对宝玉性格形象的评价：“按此书中写一宝玉，其宝玉为人，是我辈于书中见而知有此人，实未目曾亲睹者。又写宝玉之发言，每每令人不解；宝玉之生性，件件令人可笑；不独于世上亲见这样的人不曾，即阅今古所有之小说传奇中，亦未见这样的文字。于颦儿处更为甚，其囫囵不解之实可解，可解之中又说不出理路。合目思之，却如真见一宝玉，真闻此言者，移之第二人万不可，亦不成文字矣。”这段鞭辟入里的阐释与别林斯基所提出的“熟悉的陌生人”理论有异曲同工之妙。

再有，脂批频频指出《红楼梦》在人物塑造方面达到了逼真的艺术效果，认为“形容一事，一事逼真，石头是第一能手矣”，而类似“如闻如见”“如闻其声，如见其人”“声口毕肖”这种表达对人物塑造真实贴切的赞美类评语更是屡见不鲜。这种“如闻如见”的艺术效果正是在合乎“事体情理”的基础上达到的，这些“事体情理”都并非表层的某种具体特征，而是内在的具有规律性的本质特征。正如柯勒律治在《论韵文或艺术》中所说：“艺术家必须模仿事物内在的东西，即通过形式、形象以及象征向我们言说的东西，那就是自然精神，正如我们无意识地模仿自己热爱的人们，只有这样，艺术家才可能在客体中创造真正自然的东西，最终创造真正人性的东西。把形式结合在一起的思想本身不可能是形式。它高于形式，是形式的本质，个别中的普遍或个别性本身，是内在力量的一瞥和展示。”①

《红楼梦》在塑造人物时，非常注重人物的出身、举止、性格乃至姓名与其社会身份之间的和谐关系，比如，贾雨村初次登场，交代他的出身“也是诗书仕宦之族，因他生于末世，父母祖宗根基已尽，人口衰丧，只剩得他一身一口”，王府本夹批认为“形容落破诗书子弟，逼真”。而写林如海出身，“原来这林如海之祖，曾袭过列侯，今到如海，业经五世。起初时，只封袭三世，因当今隆恩盛德，远迈前代，额外加恩，至如海之父，又袭了一代；至如海，便从科第出身。虽系钟鼎之家，却亦是书香之族”，这些介绍则是为黛玉出身书香门第作表白，甲戌本夹批云“总是暗写黛玉”，“总为黛玉极力一写”。而李纨的出身在第四回也有一段补充性的介绍，说她“亦系金陵名宦之

① 拉曼·塞尔登《文学批评理论——从柏拉图到现在》，北京大学出版社2006年版，第21页。

女，父名李守中，曾为国子监祭酒，族中男女无有不诵诗读书者。至李守中承继以来，便说‘女子无才便有德’，故生了李氏时，便不十分令其读书，只不过将些《女四书》《列女传》《贤媛集》等三四种书，使他认得几个字，记得前朝这几个贤女便罢了，却只以纺绩井臼为要，因取名为李纨，字宫裁”。这些文字都为李纨青春守寡的命运以及槁木死灰一般的心性提供了充分的背景依据，王府本夹批评论“此中不得不有如此人。天地覆载，何物不有，而才子手中，亦何物不有”。再如，第六回提到凤姐心腹通房大丫头名唤平儿，甲戌本在此有评语“名字真极，文雅则假”。又如，第三十二回，湘云与袭人叙旧，二人感情融洽，态度亲热，但又主仆秩序井然，没有任何超越界线的过分之语，王府本夹批认为“大家风范，情景逼真”。

脂批还指出，通过人物之间的互动，往往能展现彼此的关系和相互情感。第三回，黛玉初见贾母，“方欲拜见时，早被他外祖母一把搂入怀中，心肝儿肉叫着大哭起来。当下地下侍立之人，无不掩面涕泣，黛玉也哭个不住”。王府本此处批语道“写尽天下疼女儿的神理”，“此一段文字是天性中流出”，又道“逼真”，另外，甲戌本还有批语评道“几千斤力量写此一笔”。可见，此处写出了老年丧女的贾母见到外孙女时真切的悲伤心痛，以及黛玉等人的伤感情绪，虽然文字简短，但是情感真挚动人。第四回，薛蟠打死人命后，与母亲、妹妹进京投奔亲友，因不欲受舅舅、姨娘管教，他极力劝说母亲收拾自家房舍居住，薛姨妈却为了拘束儿子、亲近姊妹，执意要与自家姊妹相聚，“薛蟠见母亲如此说，情知扭不过，只得吩咐人夫一路奔荣国府来”。这一段故事写出了母子二人互相了解、言语间毫无隔阂的状态，甲戌本此处批语“寡母孤儿一段，写得毕肖毕真”，王府本夹批也说“情理如真”。第三十五回，宝钗因宝玉挨打而疑心薛蟠，因此惹得薛蟠一番吵闹，第二天，薛蟠醒悟过来忙给宝钗道歉，“左一个揖，右一个揖”，宝钗不由得破涕为笑，薛蟠动情地说：“如今父亲没了，我不能多孝顺妈多疼妹妹，反教娘生气妹妹烦恼，真连个畜生也不如了。”兄妹二人一番对话情意真切，尤其薛蟠表现了少见的细腻感情与骨肉良知，逼真呈现了母子兄妹之间血浓于水的真挚情意。王府本夹批“亲生兄妹，形景逼真贴切”。

当然，对于小说中形形色色的人物，作者主要还是从外貌、语言、动作、情态等方面对其进行刻画，从中抓住人物特质，脂批中有很多评语谈到了《红楼梦》这方面的成绩。比如，凤姐初见刘姥姥的一番动作情态，逼真地表现了她娇贵托大的姿态与不可一世的气势：“也不接茶，也不抬头，只管拨手炉内的灰，慢慢问道：‘怎么还不请进来？’”甲戌本夹批评道“神情宛肖”，“此等笔墨，真可谓追魂摄魄”。第十二回，贾瑞因迷恋凤姐而致病入膏肓，偏有跛足道人口称专治冤业之症，贾瑞“直着声叫喊说：‘快请进那位菩萨来救我！’一面叫，一面在枕上叩首”。这番描写真切表现了病势沉重者的畏死之态与贾瑞本人特有的猥琐可怜相，己卯本批语云“如闻其声，吾不忍听也”，“如见其形，吾不忍看也”。第二十三回，写贾政叫宝玉过去，宝玉去时“一步挪不了三寸，蹭到这边来”，回去时却是“一溜烟去了”，袭人担心询问时，宝玉也只是轻描淡写回答“没有什么，不过怕我进园去淘气，吩咐吩咐”。庚辰本夹批“就说大话，毕肖之至”，说明这段描写透露了宝玉作为一个少年难免带有的单纯顽劣气质。第二十八回，黛玉因昨日在怡红院吃了闭门羹而责问宝玉，宝玉道：“实在没有见你去。就是宝姐姐坐了一坐，就出来了。”又说：“等我回去问了是谁，教训教训他们就好了。”这些话则是宝玉面对女孩尤其是黛玉一贯的服软赔小心的特有姿态，所谓“一点刚性也没有”，因此，庚辰本有夹批“玉兄口气毕真”。

对于一些次要的甚至是具有符号特征的人物，小说主要侧重抓住其类型化的特征着力描写。如第六回，写贾府门口的家仆形象，“只见几个挺胸叠肚指手画脚的人，坐在大板凳上，说东谈西呢”。王府本此处夹批云“世家奴仆，个个皆然，形容逼真”。第八回，宝玉遇到两位贾政门下清客相公，他们

“便都笑着赶上来，一个抱住腰，一个携着手，都道：‘我的菩萨哥儿，我说作了好梦呢，好容易得遇见了你。’”甲戌本夹批“没理没伦，口气毕肖”。第十回，写秦可卿病重，请张先生为之诊病，张先生通过脉息描述了病人的症状，随身服侍的婆子连连称是，赞扬大夫的医术高明，“何尝不是这样呢。真正先生说的如神，倒不用我们告诉了”。这位张先生由此而笑，王府本有夹批“说是了，不觉笑，描出神情跳跃，如见其人”。第三十三回，贾政因宝玉“游荡优伶”“淫逼母婢”而要加以严惩，宝玉急于寻人报信，偏巧此时经过的老姆姆年老耳聋，一味不得要领，只说：“有什么不了的事？老早的完了。太太又赏了衣服，又赏了银子，怎么不了事的！”王府本夹批写道“写老婆子爱说无要紧的说，真如见其人，如闻其声”。

总之，脂批通过对“情理”问题的进一步讨论，提出了“事之所无，理之必有”的观点，实际推进了对真实性问题的认识高度，并认为《红楼梦》的人物塑造达到了逼真的艺术效果。

三、“非把世态熟于胸中者，不能有如此妙文”

作家的人生经历对作品具有深远的影响，从作品中时时能投射出作者自己人生经验的影子，因此一部小说以及其中人物形象塑造的成功与作者的人生阅历和体悟有着密不可分的关系。也就是说，作者的个人阅历和思想深度为人物塑造提供了基础保障和发展空间。古今中外的作家和理论家都曾强调作者经历对创作的重要性，如狄更斯在《谈〈大卫·考柏菲尔〉的创作》一文中指出：“……我所要说的是：这些结论有一部分建立在我自己的亲身经验上；假如我在这传记中写下的东西，有什么表明我是一个具有周密观察力的孩子，或是一个对童年生活具有强健记忆力的成人，我没有疑问地主张这两种特性地所有权。”① 冈察洛夫曾说过：“我只能写我体验过的东西，我思考过

①《西方古典作家谈文学创作》，北京大学中文系1979年版，第610页。

和感觉过的东西，我爱过的东西，我清楚地看见过和知道的东西，总而言之，我写我自己的生活与之长在一起的东西。”[①] 臧懋循在《元曲选序二》中也说过：“宇内贵贱妍媸幽明离合之故，奚啻千百其状，而填词者必须人习其方言，事肖其本色，境无旁溢，语无外假，此则关目紧凑之难。”[②]

具体到《红楼梦》的创作上，曹雪芹丰富曲折的人生经历为塑造“至情至理”的人物形象提供了丰厚的素材上、情感上、思想上的基础。曹雪芹经历了曹家由盛而衰的家族剧变，在由繁华跌入困顿的过程中，他经受了痛苦的身心折磨，这种心灵创伤伴随了其曲折坎坷的一生。而小说中，作者对于贾氏家族后继无人的悲剧，对其子孙的不肖无能不止一次地提及，其中不乏作者自己的身世之感，悲伤之情痛彻心扉。由于脂批作者与小说作者特殊的亲密关系以及对创作过程的了解，对于作者经历在作品尤其是人物塑造中的渗透感悟较敏锐。如第二回，冷子兴演说荣国府，说到贾府的近况，曾有一番评价：“如今生齿日繁，事务日盛，主仆上下，安富尊荣者尽多，运筹谋画者无一；其日用排场费用，又不能将就省俭，如今外面的架子虽未甚倒，内囊却也尽上来了。这还是小事。更有一件大事：谁知这样钟鸣鼎食之家，翰墨诗书之族，如今的儿孙，竟一代不如一代了！”甲戌本眉批：“文是极好之文，理是必有之理，话则极痛极悲之话。”第五回，借宁荣二公之灵说：“吾家自国朝定鼎以来，功名奕世，富贵传流，虽历百年，奈运终数尽，不可挽回者。故遗之子孙虽多，竟无可以继业。”甲戌本夹批云：“这是作者真正一把眼泪。”由此可见，子孙无能、后继无人的家族悲剧一直萦绕在作者心头，化作了创作中的情感冲动和写作对象。

不只在作品的情感基调中渗透了作者个人的感情色彩，更为主要的是小说故事情节中时时可以寻觅到作者生活经历的影子，就连小说中人物的排场

---

① 《西方古典作家谈文学创作》，北京大学中文系1979年版，第439页。

② 郭绍虞《中国历代文论选》第三册，上海古籍出版社1980年版，第167页。

做派、言谈举止等环节也经常可见作者生活经历的痕迹，对此脂批一再指出，认为作者能把贵族大家的生活描写得如此真实可信，与其自身的亲身经历有着莫大关系。如第三回写贾母用膳时的气氛排场：“贾珠之妻李氏捧饭，熙凤安箸，王夫人进羹。贾母正面榻上独坐……黛玉方告了座，坐了。贾母命王夫人坐了。迎春姊妹三个告了座方上来。迎春便坐右手第一，探春在左第二，惜春右第二。旁边丫鬟执着拂尘、漱盂、巾帕。李、凤二人立于案旁布让。外间伺候之媳妇丫鬟虽多，却连一声咳嗽不闻。寂然饭毕，各有丫鬟用小茶盘捧上茶来。”王府本夹批评道：“作者非身履其境过，不能如此细密完足。”第八回，詹光、单聘仁对宝玉的一路巴结讨好，甲戌本有夹批：“一路用淡三色烘染，行云流水之法，写出贵公子家常不迹不离气致。经历过者则喜其写真，未经者恐不免嫌繁。”第十四回，写秦可卿丧仪隆重繁复，庚辰本有回末总批：“此回将大家丧事详细剔尽，如见其气概，如闻其声音，丝毫不错，作者不负大家后裔。”

当然，将自身经历与身世之感直接转换为塑造人物的素材只是较低的层次，更重要的是，作者能由自己的经历升发出丰富情感和深刻思想，通过合理的艺术虚构和艺术想象将精美的艺术形象呈现在读者面前，因为“一件艺术作品最深刻的本质总会是创作者思想的本质。正是因为那种智慧很出色，小说、绘画、雕像才会分享美与真实的实质”①。具体到《红楼梦》的人物塑造上来，作者丰富的阅历、深刻的人生感悟以及对人性的细腻把握，为角色创作提供了坚实的基础和无限的发展空间。

脂批频频指出作者对世态人情把握准确到位，体现着深厚的人生阅历。比如第一回，贾雨村到甄士隐家中拜访，“方谈得三五句话，忽家人飞报：‘严老爷来拜。’士隐慌忙的起身谢罪道：‘恕诳驾之罪，略坐，弟即来陪。’

① 拉曼·塞尔登《文学批评理论——从柏拉图到现在》，北京大学出版社2006年版，第516页。

雨村忙起身亦让道：‘老先生请便。晚生乃常造之客，稍候何妨。’”二人的应对进退将场面应酬的固有情态、人情冷暖展露无遗，此处王府本夹批道：“世态人情，如闻其声。”第二回，封肃被贾雨村叫去问话，回来欢天喜地，说道：“原来本府新升的太爷姓贾名化，本贯胡州人氏，曾与女婿旧日相交。方才在咱们门前过去，因见姣杏那丫头买线，所以他只当女婿移住于此。我一一将原故回明，那太爷倒伤感叹息了一回；又问外孙女儿，我说看灯丢了。太爷说：‘不妨，我自使番役务必探访回来。’说了一回话，临走倒送了我二两银子。”封肃翻云覆雨地表现精准勾勒了炎凉世态之下的势利嘴脸，王府本夹批云：“世态精神，叠露于数语间。”第七回，尤氏婆媳请凤姐过府小聚，凤姐到后，开玩笑地只说有事要走，地下几个姬妾先就笑说：“二奶奶今儿不来就罢，既来了就依不得二奶奶了。”王府本夹批道：“非把世态熟于胸中者，不能有如此妙文。”再有，第三十五回，宝玉请来莺儿为自己打络子，这时丫鬟们的饭来了。“宝玉道：‘你们吃饭去，快吃了来罢。’袭人笑道：‘有客在这里，我们怎好去的！’”这段描写既体现了大家礼数，也见出袭人等丫鬟虽身份低微但也世事通达，人情历练，王府本夹批道：“人情物理，一丝不乱。”

不仅如此，作者丰富的人生阅历也使他具备了驾驭丰富细腻人物形象的能力，正如张竹坡所言：“入世最深，方能为众角色摹神也。”脂批点出《红楼梦》人物性格描写的众多妙不可言之处，认为许多细节深具意味，值得读者再三揣摩。如第八回，写宝玉自宁府见过秦钟回来，就向贾母要求让秦钟做自己的伴读，“又着实的称赞秦钟的人品行事，最使人怜爱”，凤姐又在一旁帮着说“过日他还来拜老祖宗”等语，说得贾母高兴起来。王府本夹批：“‘怜爱’二字写出宝玉真神，若是别个，断不肯透露。凤姐帮话，是为秦氏用意，曲尽人情。”可见两个人为一件小事，却各有自己的心思。还是第八回，宝钗与宝玉互看宝玉与金锁，写宝钗先是细看，口内念道“莫失莫忘，仙寿恒昌”，甲戌本夹批云“于心中沉音，神理”。然后在莺儿点出金锁与宝玉是一对时，宝钗又适时打断："便嗔着他不去倒茶，一面又问宝玉从那里来。"这一切都发生在似有若无之间，宝钗既挑动了这个暧昧话题又主动岔开，既见出女儿不可言说的心事，又表现了千金小姐的尊贵矜持，还有宝钗一贯的大方持重，真是意味无尽，甲戌本评语道："请诸公掩卷合目想其神理，想其坐立之势，想宝钗面上口中，真妙。"第十八回，元妃归省，元妃"一手搀贾母，一手搀王夫人，三个人满心里皆有许多话，只是俱说不出，只管呜咽对泣"，在大观园鲜花着锦的盛景中，三人的无语对泣达到了无声胜有声的效果，将人世间的种种"美中不足，好事多磨"、骨肉离散的辛酸凄凉、人物面对命运的无奈都沉静有力地表达出来，己卯本评语称"石头记得力擅长，全是此等地方"。庚辰本眉批还特意点一笔强调作者阅历的重要性："非经历过，如何写得出。"第四十三回，贾母为凤姐做生日要学小家子凑份子，贾府上下老小都有份，"众人谁不凑这趣儿？再也有和凤姐儿好的，有情愿这样的；有畏惧凤姐儿的，巴不得来奉承的"，就连时时向隅的赵、周两位姨娘也出了银子，凤姐又特意表示自己替李纨出一份，整件事情表面看来亲善友敬、一团和气，不过，奉命操持的尤氏发现凤姐并没有出钱，分明是在弄鬼，笑道："不看你素日孝敬我，我才是不依你呢。"然后，尤氏又把平儿、两位姨娘的银子还给了她们。这段描写虽然琐细松散，看似漫不经心，却把其中凤姐的乖滑狡黠、尤氏的精明得体以及众人的畏惧趋奉等多种心态性格通过这件事情集中而精准地表现出来，可谓世态人情之下的众生相。王府本夹批云："处处是世情作趣，处处是随笔埋伏"，"请看世情，可笑可笑"。由此可见，脂批从作者创作的角度讨论了作者的人生阅历和思想积淀的重要性，认为作者的人生经历是成功塑造"至情至理"人物形象不可缺少的必要条件。

通过对脂批相关内容的集中梳理和分类整理，可以理出脂批对于人物形象真实性问题讨论的基本脉络和理论发展思路。脂批首先从反对多数才子佳人小说中普遍存在的不合情理的庸俗旧套出发，通过对《红楼梦》人物形象的检视，发掘其不同以往的突破所在，提出了以“至情至理”为根本原则的人物塑造标准。同时，脂批在对“情理”的认识方面提出了“事之所无，理之必有”的观点，实际上已经将问题上升到对人物形象真实性的讨论，展示了既有层次又有侧重点的艺术真实观念，并且认为《红楼梦》的人物形象达到了如见如闻的逼真效果。不仅如此，脂批还特别重视作者的人生经验对人物形象塑造的影响，从创作论的角度去考虑人物的真实与作者经历以及社会现实之间的关系。经过这样的分析，笔者已经为脂批的真实性讨论在脂批系统内找到了定位。可以说，在《红楼梦》文本的坚实基础之上，脂批对于人物形象真实性的讨论已经发展到全面深入的阶段，不仅批语数量庞大，内容丰富，而且具有相当自觉统一的方向性，彼此之间互相呼应，形成一种内在的理论观念，统摄了脂批人物批评的全局。

第三节　脂批对《红楼梦》中画意画境的阐释

一、文本中鲜明的画家笔意

曹雪芹“工诗善画”已然是学界达成共识的一个观点，虽然曹雪芹的画作依然难寻踪迹，但透过《红楼梦》我们还是可以一窥曹雪芹的绘画才华。《红楼梦》的文字充满诗情画意，此言不虚，小说的行文结构、人物描写甚至遣词用句都时时流露出画家笔意。

首先，《红楼梦》中的人物外貌描写独具特色，强调了形神兼备，又注意了繁简调和。对于主要人物出场，作者不吝惜笔墨，浓墨重彩为之尽力一写。凤姐出场的文字是这样的：

这个人打扮与众姑娘不同：彩绣辉煌，恍若神妃仙子。头上戴着金丝八宝攒珠髻，绾着朝阳五凤挂珠钗；项上带着赤金盘螭璎珞圈；裙边系着豆绿宫绦，双衡比目玫瑰佩；身上穿着缕金百蝶穿花大红洋缎窄裉袄，外罩五彩刻丝石青银鼠褂；下着翡翠撒花洋绉裙。一双丹凤三角眼，两弯柳叶吊梢眉，身量苗条，体格风骚。粉面含春威不露，丹唇未启笑先闻。

随后的贾宝玉出场亦不遑多让：

头上戴着束发嵌宝紫金冠，齐眉勒着二龙抢珠金抹额；穿一件二色金百蝶穿花大红箭袖，束着五彩丝攒花结长穗宫绦，外罩石青起花八团倭缎排穗褂；登着青缎粉底小朝靴。面若中秋之月，色如春晓之花，鬓如刀裁，眉如墨画，面如桃瓣，目若秋波。虽怒时而若笑，即瞋视而有情。项上金螭璎珞，又有一根五色丝绦，系着一块美玉。

以此两段为例，这样的细致外貌刻画宛如工笔人物画，细致入微地展现人物的外在形貌衣着等，可谓纤毫毕现，让读者能够迅速在脑海中呈现出逼真的人物形象。

而更多的时候，小说中的人物外貌都是略一点染，不及其余，追求表现人物的神韵气质。比如，描写身为皇商家千金小姐的宝钗，仅仅是“头上挽着漆黑油光的鬟儿，蜜合色棉袄，玫瑰紫二色金银鼠比肩褂，葱黄绫棉裙，一色半新不旧，看去不觉奢华”。宝钗是闺阁淑女的典范，从不以衣饰夸耀人前，朴素大方的穿着和以暖色为基调的色彩搭配正好符合她那温婉内敛的性格和天然去雕饰的姿态。“目下无尘”的林黛玉在银装素裹的雪天，“换上挖云红香羊皮小靴，罩了一件大红羽纱白狐狸的鹤氅，束一条青金闪绿双环四合如意绦，头上罩了雪帽”。这身冬装在一片白雪皑皑之中，给人一种清冷之感，显示了黛玉弱不禁风的体格特点，更衬托出她空灵飘逸的诗意气质。小家碧玉尤三姐又完全是另一种风采，当贾琏偷娶了尤二姐后，贾珍、贾琏又来喝酒调戏尤三姐，三姐深刻地感受到了他们哥俩拿着自己姐俩全当粉头取乐的不堪事实，于是“这尤三姐松松挽着头发，大红袄子半掩半开，露着葱绿抹胸，一痕雪脯。底下绿裤红鞋，一对金莲或翘或并，没半刻斯文。两个坠子却似打秋千一般……”，把贾珍、贾琏耍得团团转。松松的发髻、半掩的衣衫、俗艳的大红大绿逼真地描画出一个泼辣豪放、妖媚轻狂的三姐，也把这个弱女子在两个大男人面前表现出的勇气和智慧刻画得淋漓尽致。

而凤姐初会尤二姐时，也有一段对凤姐服饰的描写，“只见头上皆是素白银器，身上月白缎袄，青缎披风，白绫素裙”。小说第三回已经为凤姐作了一段先声夺人的精彩服饰描写，这里再写服饰的重点已经不在树立人物的直观形象，而是借以透露出凤姐的隐秘心思。凤姐一身缟素的出现其实就是对贾琏国孝家孝中娶亲的无言指责，也昭示着尤二姐身份的不合礼法，当然，除了向尤二姐施压外，一贯华丽逼人的凤姐改做素淡装扮，也是给自己的贤良形象做一个注脚，为接下来骗赚尤二姐进贾府做好外表上的伪装。

第六十三回“寿怡红群芳开夜宴”时，娇俏的芳官大出风头，她“只穿着一件玉色红青酡绒三色缎子斗的水田小夹袄，束着一条柳绿汉巾，底下是水红撒花夹裤，也散着裤腿。头上眉额编着一圈小辫，总归至顶心，结一根鹅卵粗细的总辫，拖在脑后。右耳眼内只塞着米粒大小的一个小玉塞子，左耳上单带一个白果大小的硬红镶金大坠子”。这身打扮非常出色，从颜色搭配到款式选择、饰品佩戴都独具匠心，把芳官青春靓丽、充满活力的特点都表现出来了。而且还让她散发出一种妖媚娇艳的魅力，相信这在当时应该算得上前卫时尚的装扮了，即使从现代的眼光来看，芳官装扮的某些元素依然非常大胆新颖。相较之下，孤高寡合的妙玉则是经常“身上穿一件月白素绸袄儿，外罩一件水田青缎镶边长背心，拴着秋香色的丝绦，腰下系一条淡墨画的白绫裙，手执麈尾念珠”，这样的装扮既体现了出家人朴素的本色，又别具一格，自有一种高雅秀丽、高洁自赏的女儿情态。可见，这种简单但更常见的外貌描写，类似于一种剪影式的呈现，抓住人物的某一点特征突出描写，比繁复的工笔更实用也更简便。

再来看下小说中的景物描写，《红楼梦》中最具代表性的景观非大观园莫属。大观园是小说中专为元妃归省而修建的省亲别墅，也是为众多女孩子创造的一处远离世俗打扰的伊甸乐园，号称“天上人间诸景备”。这座园林是小说主人公的主要活动场所，贾母还曾经起意让擅长绘画的惜春绘制大观园图，不仅只画建筑屋舍，也要把各色人物都画在其中，名曰《大观园行乐图》。而这幅图也是让惜春颇费神思，甚至要跟诗社姐妹请假一年专心作画。从前80回的描述中可知，惜春一直在绘制大观园图，有时也会与姐妹们品鉴讲评已完成的部分，但停停画画总未完工。而通过80回后的零星描写我们知道，大观园图是完成了的，但只是一笔带过使读者难以揣想。说起来，小说中的大观园图虽未完成，后世以大观园为蓝本的画作却层出不穷，比如清代孙温绘制的《红楼梦》图就生动再现了《红楼梦》尤其是大观园的各个场景，且人物活动细致入微，从而弥补了大家心中的遗憾，也充分说明了大观园描写所具有的强烈画面感。

大观园中的代表性景观极具巧思与特色。怡红院“四面墙壁玲珑剔透，琴剑瓶炉皆贴在墙上，锦笼纱罩，金彩珠光，连地上踩的砖，皆是碧绿凿花”。潇湘馆“两边翠竹夹路，土地下苍苔布满”。蘅芜院貌似无味得很，进入才发现别有洞天，“只见许多异草；或有牵藤的，或有引蔓的，或垂山巅，或穿石隙……”。秋爽斋“三间屋子并不曾隔断。当地放着一张花梨大理石大案。案上磊着各种名人发帖，并数十方宝砚，各色笔筒，笔海内插满的一囊水晶球儿的白菊。西墙上当中挂着一大幅米襄阳《烟雨图》，左右挂着一副对联，乃是颜鲁公墨迹，其词云：烟霞闲骨骼 泉石野生涯”。稻香村“一带黄泥筑就矮墙，墙头皆用稻茎掩护。有几百株杏花，如喷火蒸霞一般……下面分畦列亩，佳蔬菜花，漫然无际”。

再有，甚至有些场景的描写都充满了艺术性画面感，令人不由兴起展卷作画的兴致。就以大观园的四时景观为例，春天“柳垂金线，桃吐丹霞，山石之后，一株大杏树，花已全落，叶稠阴翠”，夏日“赤日当空，树阴合地，满耳蝉声，静无人语”，秋天“两边翠竹夹路，土地下苍苔布满”，“两滩上衰草残菱，更助秋情”，冬天“回头一望，并无二色，远远的是青松翠竹……如装在玻璃盒内一般，……十数株红梅如胭脂一般，映着雪色，分外显得精神”，这些场景简直就是用文字绘制的精美图画。

也正因为如此，很多人都认为这座描写逼真的园林是有生活原型的，不过大家对大观园的生活原型到底在哪里却存在着比较大的分歧。有人认为大观园的原型就是随园，清人明义写有“随园旧址即红楼，粉腻脂香梦未休”的诗句。袁枚在他的《随园诗话》中写道：“其子雪芹撰《红楼梦》一部，备记风月繁华之盛。中有所谓大观园者，即余之随园也。”这个随园在清上元县，即今天南京市内，据胡适考证，此园原名隋园，在袁枚之前归织造隋赫德所有，很可能是曹家旧园。但是，很多人对袁枚的提法并不买账，连袁枚的孙子袁祖志都毫不避讳地说所谓“随园说”是“吾祖谰言”。位于北京什刹海的恭亲王府也是支持率颇高的一处大观园原型的所在地，据考，此处归恭亲王奕䜣所有，而更早则是和珅之府邸。

也有很大一部分人认为大观园就在《红楼梦》中，小说中的大观园是作者根据情节结构的需要，以当时的各色名园为素材，创造出的独一无二的艺术形象，它不同于任何一个现实世界的具体的园林，它比现实中的任何园林都更加理想化，更加完美。王利器先生明确地说，大观园“还不过是作者直抒胸中丘壑，幻作纸上园林，一如陶渊明之创作桃花源罢了。因之，要说它在北京，也不在北京；要说它在南京，也不在南京。假如有好心的好事之徒，像刘子骥寻桃花源一样去找大观园，我敢断言，任你南找北找，结果还是

‘两处茫茫皆不见’！然则大观园在哪里？曰：就在《红楼梦》里！”

另外，小说中的著名场景有不少是以充满画面感的形式呈现在读考面前的，而后也被转化为画作。第五十回，大雪之后，众人聚会后从芦雪庵走出，“一看四面粉妆银砌，忽见宝琴披着凫靥裘站在山坡上遥等，身后一个丫鬟抱着一瓶红梅”。此情此景，贾母等人情不自禁地说“就像老太太屋里挂的仇十洲画的《双艳图》”，这个情景从构图到人物都符合中国画的审美要求，难怪一再成为画家笔下的作品。

最后，小说中也渗透了一些直接涉及绘画的内容，稍稍透露了小说作者本人对绘画实际操作的能力。比如惜春的善画，比如薛宝钗那段具有非常接地气的画事演说：

我有一句公道话，你们听听。藕丫头虽会画，不过是几笔写意。如今画这园子，非离了肚子里头有几幅丘壑的才能成画。这园子却是象画儿一般，山石树木，楼阁房屋，远近疏密，也不多，也不少，恰恰的是这样。你就照样儿往纸上一画，是必不能讨好的。这要看纸的地步远近，该多该少，分主分宾，该添的要添，该减的要减，该藏的要藏，该露的要露。这一起了稿子，再端详斟酌，方成一幅图样。第二件，这些楼台房舍，是必要用界划的。一点不留神，栏杆也歪了，柱子也塌了，门窗也倒竖过来，阶矶也离了缝，甚至于桌子挤到墙里去，花盆放在帘子上来，岂不倒成了一张笑‘话’儿了。第三，要插人物，也要有疏密，有高低。衣折裙带，手指足步，最是要紧；一笔不细，不是肿了手就是跏了腿，染脸撕发倒是小事。依我看来竟难的很。如今一年的假也太多，一月的假也太少，竟给他半年的假，再派了宝兄弟帮着他。并不是为宝兄弟知道教着他画，那就更误了事；为的是有不知道的，或难安插的，宝兄弟好拿出去问问那会画的相公，就容易了。

二、小说作家能力和评点者特长的完美契合

从小说作者角度来看，“曹雪芹，是中国文学史上最伟大也是最复杂的作家”。历来有关曹雪芹的资料都介绍他“工诗善画”，但有关曹雪芹能诗善画的确凿证据至今难以寻觅，只有他好友的诗句可以作为最直接的佐证。敦敏有《题芹圃画石》诗，敦敏的《赠芹圃》中有“寻诗人去留僧舍，卖画钱来付酒家”之句。张宜泉《题芹溪居士》诗前有小注“姓曹名霑，字梦阮，号芹溪居士，其人工诗善画”，其诗云“门前山川供绘画，堂前花鸟入吟讴。羹调未羡青莲宠，苑召难忘立本羞”。由此看来，曹雪芹的绘画水平应该颇为不俗，而且既然曾卖画度日，那么应该有不少画作流散民间。可惜，虽然关于雪芹画作的传闻不绝于耳，但其真迹终究难觅踪迹。

虽然至今难睹曹雪芹画作真容，但他在著作《红楼梦》中体现出了令人赞叹的美术修养则是不争的事实。不论是《燃藜图》《烟雨图》等涉笔成趣的点缀，还是《海棠春睡图》《双艳图》这样别有意味的道具，抑或是宝钗那段技惊四座的论画妙语都是作者丰富绘画知识的自然流露。

从批评者方面来看，可以肯定，脂批作者对中国画和绘画理论都有相当程度的造诣，在随文而走、有感而发的评点过程中经常透露出脂批作者对绘画的爱好。比如，第七回，作者以春秋笔法暗写凤姐白昼宣淫，用笔隐晦，只写了贾琏的笑声与丫鬟舀水等有限几笔，而这一切又都是从来送宫花的周瑞家的眼中写出，甲戌本据此有眉批为：“余素所藏仇十洲《幽窗听莺暗春图》，其心思笔墨已是无双，今见阿凤一传，则觉画工太板。”仇十洲即仇英，是与沈周、文徵明、唐寅并称的明代著名画家，他的画法主要师承赵伯驹和南宋“院体”画，擅长人物画，尤工仕女，存世作品有《汉宫春晓图》《玉洞仙源图》等。脂批中所提到的《幽窗听莺暗春图》并未存世亦未见记载，有人疑其为春宫，而且《红楼梦》中也确实提到过唐寅所画春宫，可见

收藏著名画家的春宫作品也并非没有可能，不过这终究是猜测没有实据，而且笔者认为评点者在这里提到仇英的画，更多地还是从技法的灵活方面来与小说情节比较，而不是在描绘题材上寻求相似。由此批语中亦可感觉到，评点者在绘画方面有着自己独到的心得体会，并非一般人云亦云之辈。再如，第二十三回写到了黛玉葬花的情景，林黛玉“肩上担着花锄，锄上挂着花囊，手内拿着花帚”，随风而逝的落红与美人无限的哀愁定格为文学史上堪称经典的优美图景，后来“黛玉葬花”也成为中国画中的题材。不过最早考虑将这个场景入画的人可能还要算是脂批的评点者，有庚辰本眉批云：“此图欲画之心久矣，誓不遇仙笔不写，恐袭（亵）我颦卿故也。己卯冬。丁亥春间偶识一浙省（新）发，其白描美人，真神品人物，甚合余意，奈彼因宦缘所缠无暇，且不能久留都下，未几南行矣。余至今耿耿，怅然之至。恨与阿颦结一笔墨缘之难若此。”从评点者对画家的高度要求以及画作难成的遗憾中透露着他对林黛玉这个人物形象的重视，以及将之付诸笔墨的强烈愿望。正是作家的作品蕴含着无限画家笔意，批评家也以画家的心胸去体会，才能在沟通与阐释的过程中，达成评语与小说的默契。

脂批认为《红楼梦》很多地方“纯用画家笔写”，多次明确指出人物描写中鲜明的画家笔意，既强调了《红楼梦》人物描写的强烈画面感，也通过具象化的批语提供出别开生面的想象空间。

对于黛玉这个人物的形貌，评点者就多次借助绘画题材进行诠释。《红楼梦》第三回宝黛初见，宝玉眼中的黛玉“两弯似蹙非蹙罥烟眉，一双似喜非喜含情目。态生两靥之愁，娇袭一身之病”，甲戌眉批道：“又从宝玉目中细写一黛玉，直画一美人图。”再有，第二十七回写出林黛玉平日愁绪满怀的常态，“无事闷坐，不是愁眉，便是长叹”，有庚辰本批语“画美人之秘诀”；紧接着小说描写了黛玉长夜伤怀的具体动作，“倚着床栏杆，两手抱着膝，眼睛含着泪”，庚辰本接前文评道：“前批得画美人秘诀，今竟画出金闺夜坐图来了。”评点者认为小说中对林黛玉神情姿态的描绘抓住了仕女画的精髓，而《金闺夜坐图》之类大概出于评点者杜撰，只是再一次强调了《红楼梦》人物创作的一大特色——逼真而优美的绘画效果。第二十三回，黛玉“肩上担着花锄，锄上挂着花囊，手内拿着花帚”，以独特的造型出现在读者面前，庚辰本批道“一幅采芝图，非葬花图也”，王府本也有批语“写出扫花仙女”。《采芝图》是中国画的题材之一，一般作《神农采芝图》，山西应县佛宫寺有辽代彩绘《采芝图》，但主角都为男性，与“黛玉葬花”的情景不合，笔者认为此处评点者所指似应为《麻姑采芝图》一类。麻姑的神话故事最早见于葛洪的《神仙传》，在神话故事中，麻姑是一位“年十八九许”的“好女子”，“于顶中作髻，余发垂至腰，其衣有文章，而非锦绮，光彩耀目，不可名状”①。民间传说，在三月三王母娘娘寿辰之日，麻姑于绛珠河畔采灵芝仙草酿酒为王母娘娘上寿，由于意象吉祥喜庆，“麻姑献寿”演变成颇受欢迎的戏曲和绘画题材。评点者以仙女题材的绘画作品来形容黛玉，主要强调她超凡脱俗的仪态和气质。

由于主要是针对人物形象进行考察，所以评点者所引用的基本为人物画的常见题材，其中透露了评点者个人的审美偏好和对人物形象尤其是黛玉形象的解读，可以看出评点者基本将黛玉定位为仕女画中具有仙女特质的古典美女。评点者正是以一幅幅糅合了真实与想象的图画来比附《红楼梦》中境界各异的人物画面，在传达对于人物塑造画面感特质感受的同时，也完成了对于《红楼梦》人物的自我想象与绘制。

《红楼梦》的第三回，荣国府的大部分人物都一一登场，他们出场的顺序都是经过精心安排的，在凤姐、宝玉两个最主要的人物出场之前，先描写邢、王二位夫人，贾氏三春等其他贾家成员。王府本批语为“欲画天尊，先画纵

---

① 李昉等编《太平广记》卷六十，中华书局 1961 年版，第 369 页。

神，如此，其天尊自当另有一番高山世外的景象”。莫高窟在唐代以后流行的尊像画是佛教世界中的尊神们的画像，四大天王也是其中的重要角色。画像的形式一般都是以天王为中心，身边围绕着眷属、夜叉、罗刹将等。脂批在这里提到天尊与纵神，已经不是在强调画面感，而是借用尊像画的固定格式进行比喻。天尊是主要人物，纵神代表次要人物，以此说明小说人物描写的主次变化。之后的批语还有类似借用。第四十一回，妙玉请黛玉等人品茶，黛玉没有尝出泡茶之水的来历，招来妙玉的鄙薄，竟直说：“你这么个人，竟是大俗人，连水也尝不出来。”而一向清高的黛玉亦不敢造次，“知他（妙玉）天性怪僻，不好多话，亦不好多坐，吃完茶，便约着宝钗走了出来”。这段描写中，黛玉俨然成为妙玉的陪衬，一向以孤僻著称的黛玉与妙玉相比，竟有小巫见大巫之感。王府本因此非常形象地评价说：“妙手，层层叠起，竟能以他人所画之天王作纵神矣。”其后的回后评解释得更为明白一些：“刘姥姥之憨从利，妙玉之怪图石，宝玉之奇，黛玉之妖，亦自敛迹。是何等画工，能将他人之天王，作我卫护之纵神。文技至此，可为至美。”也就是说，在这一回中，刘姥姥、妙玉二人的性格特点得到了极致张扬，本为小说主人公的宝玉、黛玉反而退避三舍，由“天王”变成了陪衬的“纵神”。

在第三回对凤姐的外貌描写，“一双丹凤三角眼，两弯柳叶吊梢眉”，王府本夹批为“非如此眼，非如此眉，不得为熙凤，作者读过麻衣相法”，这段描写实际涉及了中国历史悠久的相术文化。相术萌芽于春秋，绵延发展，宋元时期发展鼎盛，社会上层对相术发生浓厚兴趣，还涌现了大量相书，其中以《麻衣相法》为代表，将相术推向了系统化的道路。降及明清，相术逐渐式微，虽然《四库全书》依然收有不少相书，但作为市井末流的相术已为知识分子所鄙薄。《红楼梦》的作者似乎对僧道婆之流的旁门左道也并无好感，还对马道婆等人物极尽批判讽刺，而且小说内容中没有对相术之类的正面描写，但脂批却认为凤姐的外貌描写带有相术文化的色彩。这段描写主要围绕凤姐的眉眼展开。传统相法认为眉“为两目之华盖，一面之表仪，且为目之英华，主贤愚之辩”，眼则是“天地之大，托日月以为光，日月为玩物之监，眼目为人身之日月”[①]，可见，眉眼在人的整体面相中具有重要意义，而至于凤姐独特的眉眼是吉是凶，笔者在之前的人物外貌描写中已经解说过，凤姐的眉眼糅合了吉相与凶相，在美貌之中透露着不祥。如果从文化传承的角度看，脂批这样解读凤姐的外貌描写并没有贬低或违背小说作者的用意，因为相术文化历经了长时间的锤炼，如果抛开其中的迷信障眼法，其通过外貌气质对人的内在性格和发展倾向的推想和归类也是有着一定生活经验在其中的，比如气色确实能透露人的某些身体状况，动作情态也能将人的性格投射一二。而且相术文化对于中国的社会文化存在着潜移默化的影响，这种影响在中国文化的艺术门类中依然可以看到和感受到。比如人物画还是讲究“尊卑贵贱，咸有区别”[②]，《金瓶梅》中的吴神仙相面情节也是以命相之辞预示几位主要人物的命运。就连在《红楼梦》中，人物的面貌气质也可以在相术中找到依据，以黛玉、宝钗两位主人公来看，以“似蹙非蹙罥烟眉”而得字“颦颦”的黛玉就是命薄之相，《月波洞中记》所载“眉促而愁者，孤独”[③]，而喜怒不形于色的宝钗则显然属于厚重有福的类型，《太清神鉴》中认为这样的人“质宏则气宽，神安则气静，得失不足以动其气，喜怒不足以惊其神，则于德为有容，于量为有度，是谓厚重有福之相也”[④]。这样的比照可能不够严谨，但是多少可以说明，作者虽然并没有翻着相书去创造人物，但是在文化大环境的耳濡目染下，某些已经成为社会共识的东西还是会不自觉地影响到他对人物的审美观念。

---

① 刘波、张文《面相体相手相》，海南出版社 1993 年版，第 10 页。

②《宣和画谱》，湖南美术出版社 1999 年版，第 156 页。

③《四库术数类丛书》，上海古籍出版社 1991 年版，第 706 页。

④ 刘波、张文《面相体相手相》，海南出版社 1993 年版，第 170 页。

三、传统绘画理论术语的引入

在小说评点中引入绘画术语并非脂批作者的创见，在以前的诗文评点或小说评点中沿用已久。毛氏父子在评点《三国演义》中有一段文字：“《三国》一书，有近山浓抹、远树轻描之妙。画家之法，于山与树之近者，则浓之重之，于山与树之远者，则轻之淡之。不然，林麓迢遥，峰岚层叠，岂非于尺幅之中一一而详绘之乎？作文亦犹是已。如皇甫嵩破黄巾，只在朱隽一边打听得来；袁绍杀公孙瓒，只在曹操一边打听得来……只一句两句，正不知包却几许事情，省却几许笔墨。”这段话将作文方法与绘画方法的讨论互相联通起来，使小说评点具象化，非常具有想象力。不过，仔细考察下来，在小说评点中真正广泛使用绘画术语和画论内容的还是脂批，而这种现象之所以能出现在脂批中，则要从作者、文本和评点者两个层次来讨论。

除了这种以绘画题材中的熟悉内容比附小说人物的批语外，评点者也将绘画的技法直接借用来形容人物描写的方法。这部分绘画术语在以前的小说评点中非常少见，基本源于脂批对中国画论的独特发挥，或者即使前人提过类似说法，也并不突出，直到延及脂批才得以发挥出重要作用。这些绘画术语被直接借用过来，由绘画领域所代表的含义衍生出文学批评中的特殊含义。

第八回，在宝玉与詹光、善聘仁两位清客相遇叙谈一小段有甲戌夹批：“一路用淡三色烘染，行云流水之法，写出贵公子家常不迹不离气致。经历过者则喜其写真，未经者恐不免嫌繁。”再有，第二十一回，湘云见到宝玉束发红绦上四颗珍珠曾丢掉一颗，问起根由，黛玉插了一句话：“也不知是真丢了，也不知是给了人镶什么戴去了！”庚辰本夹批为“纯用画家烘染法”。烘染是指为了突出画面主体形象而对物象周边空间进行大面积渲染，宋代李成撰《山水诀》有“烘染过度则不接，辟绰繁细则失神”[①]。而淡色烘染等术语主

---

① 冯其庸、李希凡《红楼梦大辞典》，文化艺术出版社 1990 年版，第 992 页。

要侧重用墨的浓淡，所谓“墨色之中分为六彩。何谓六彩？黑、白、干、湿、浓、淡是也”[①]。淡在其中占有重要地位，清人邵梅臣在其著作《画耕偶录》中说：“昔人妙论曰：‘万物之毒，皆主于浓，解浓之法曰淡。’淡之一字，真绘素家一粒金丹。然所谓淡者，为层层烘染，由一道至二道，由二道至三至四，淡中仍有浓，有阴阳，有向背，有精神，有趣味。”脂批使用此术语正是抓住了烘染的衬托渲染效果与淡染那种看似平淡实则蕴含无穷变化的特点，泛指简单而含义微妙的行文笔触。前一条脂批指出用淡然的笔调写出了宝玉在面对清客夸张得有些肉麻的巴结时显露的贵公子气度，后一段脂批则指出，虽然尖刻的语言依然是黛玉的口气，但是也衬托出宝玉平常的习惯做派。

再有第七回，周瑞家的奉命为各位小姐送绢花，房间内外的人员分布错落有致，几个小丫头在抱厦内听呼唤，大丫鬟司棋、侍书正掀帘子出来，迎春、探春在内房窗下围棋，惜春则在另一边屋里与智能儿游戏，甲戌本批语：“用画家三五聚散法写来，方不死板。”第三十八回，螃蟹宴后，大观园众人三三两两，或赏花，或钓鱼，意态各不同，己卯本有评道：“看他各人各式，亦如画家有孤耸独出，有攒三聚五，疏疏密密，直是一幅百美图。”“三五聚散”或“攒三聚五”都是绘画术语，清初汪之元《天下有山堂画艺》有“苔宜攒三聚五，不即不离，过多则石不显，必须恰好，不多不少之间”[②]，这里是指人物群体描写的时候，分布错落得恰到好处。

《红楼梦》第二十四回，写到贾芸往舅舅卜世仁家借银不成，反遭排揎，卜世仁艳羡地对贾芸说：“……前日我出城去，撞见了你们三房里的老四，骑着大叫驴，带着五辆车，有四五十和尚道士，往家庙去了……”在此庚辰本有批道：“妙极。写小人口角羡慕之言加一倍。毕肖，却又是背面傅粉法。”“背面傅粉”就是绘画中的“陪垫法”，指的是在绢或者纸的背面先打上粉

① 唐岱《绘事发微》，山东画报出版社 2004 年版。

② 冯其庸、李希凡《红楼梦大辞典》，文化艺术出版社 1990 年版，第 994 页。

底，然后再作画，从而起到衬托正面画作的效果。脂批此处借用实际指衬托之意，以叙说他人之巴结得意，衬卜世仁之势利嘴脸。早在金圣叹评点《水浒传》时就已经使用了类似的术语来表示衬托，尤其是反衬，《读第五才子书法》中“有背面铺粉法，如要衬宋江奸诈，不觉写李逵直率；要衬石秀尖利，不觉写杨雄糊涂”。就连《红楼梦》第三十八回，林黛玉评赏史湘云的菊花诗时也说：“据我看来，头一句好的是‘圃冷斜阳忆旧游’，这句背面傅粉。”可见，“背面傅粉”已经不再局限于绘画领域，而是在当时的艺术批评中使用较为普遍的评点用语。这些绘画术语在脂批使用之前已经被引入了文学评点主要是小说评点的语言之中，有了其在小说评点中特定的有别于画论术语的内涵，脂批在运用这些术语进行评点时更多地体现了对文学评点传统的传承发展，而非直接对中国画论的吸收借鉴。

再如“白描”，本是中国传统绘画的基本技法，指纯用墨线勾勒以表现物象，它来源于古代的白画，“世以水墨画为白描，古谓之白画”[①]，后来是北宋的李公麟将其发展成一种独立的绘画样式，李公麟也被后世赞为白描圣手。清人松年在《颐园论画》中把中国画白描传神的特点概括为：“中国作画，专讲笔墨勾勒，全体以气运成，形态既肖，神自满足。”把这一绘画术语引入文学评论善加利用的是张竹坡，他认为“读《金瓶梅》当看其白描处”，“描写伯爵处，纯是白描追魂摄影之笔”，“金莲妒口，又白描入骨也”。“白描入化也”，简笔勾勒把人物刻画得“俨然纸上活跳出来，如闻其声，如见其形”。在张竹坡的阐释下，“白描”的含义变得宽泛，指用简练的笔墨，摒弃繁复技巧，刻画鲜明生动的人物场景等。脂批对“白描”的运用则明显传承了张评的精髓。《红楼梦》第六回写凤姐用餐场面，只简单叙述几句已把贵族之家的规矩制度与富丽豪奢彰显出来，此处有王府夹批云“白描入神”。第二十四

① 方薰《山静居画论》，中华书局 1985 年版。

回，宝玉吃茶，小红倒茶一段文字简洁清丽，生动传神，庚辰眉批道：“怡红细事俱用带笔白描，是大章法也。”

画论语言内蕴丰富的特点在脂批的运用中得到了深刻体现，也反过来说明了将画语引入小说评点的适应度和可行性。前文已经列举了许多内涵丰富的绘画术语，虽然基本都不超过十个字，但任何一条的来龙去脉都可以挥洒成一篇长文。不仅如此，就连脂批中简单的以打比方的方式带出的画论典故也是内容丰富、牵涉颇广的。比如第五十二回回末总评有“中一段写黛玉与宝玉满怀愁绪，有口难言，说不出一种凄凉，真是吴道子画顶上圆光”。关于“吴道子画顶上圆光”这一典故，沈括《梦溪笔谈》有记载：“《名画录》：‘吴道子尝画佛留其圆光，当大会中对万众举手一挥，圆中运规，观者莫不惊呼。’画家为之自有法，但以肩倚壁，尽臂挥之，自然中规。其笔画之粗细，则以一指拒壁以为准，自然均匀，此无足奇，道子妙处不在于此，徒惊俗眼耳。”《名画录》指的是朱景玄的《唐朝名画录》，此书引《两京耆旧传》：“吴生画兴善寺中门内神圆光时，长安市肆老幼士庶竞至，观者如堵，其圆光立笔挥扫，势如风旋，人皆谓之神助。”张彦远的《历代名画记》也曾记载吴道子“弯弧挺刃，植柱构梁，势若风旋，不假界笔直尺”。可见这个典故意在赞叹吴道子绘画技艺的炉火纯青，而脂批此处借来是用以喻指小说作者描写手法的纯熟自然，如此批评的妙处在于短短几字即点出一段画史佳话，背后含义明白了然，在含义隽永之余还省掉了批评者冗长的解释笔墨。

四、形神论的两端——“逼真”与“如画”

脂批中尤其关于人物塑造的批语集中体现了形神论的影响，但大多比较简单，意思浅显，内容雷同，多是表达对作者写人叙事的赞叹。像“第一笔，阿凤三魂六魄已被作者拘定了，后文焉得不活挑（跳）纸上”，“追魂摄魄。石头记传神摸（摹）影，全在此等地方，他书中不得有此见识”，“此等搜身夺魄至神至妙处，只在囫囵不解中得”，“白描入神”，“描神”，“传神”等等这样直接把表现人物之“神”作为最高评价标准的评语颇为不少。还有更多的批语使用了“画”“画出”“如画”“活画”之类的字眼来赞美小说文字之传神，这些批语使用范围非常广泛，既有评心理描写的“画出心事”，评动作描写的“画出宝玉的俯首挨壁之形像来”，评语言的“画尽阉官口吻”，评外貌的“八字画出才收泪之一女儿，是好形容，且是宝玉眼中意中”，评身份的“画出内家风范”，也有评环境的“情景如画”，评性格的“豪爽情形如画”，凡此种种，不一而足。其实“如画”这个批评术语虽然简单，但也有着不简单的意义指向和演变历史，朱自清曾专文论述过“如画”与“逼真”的问题。“如画”虽然带有写实的成分，但更强调境界，与“逼真”的内涵并不完全相同。进入文学批评领域，“如画”与“逼真”还有“神似”等词的区别基本消失了，尤其在人物描写中更是如此，都是“艺术模仿自然一类”①。

第四节　脂批中诗词曲文的介入和作用

《红楼梦》被称为诗性小说，小说作者对于诗词戏曲文化内蕴的把握与化用已经达到了化工的境界，文本中诗情画意的片段俯拾皆是。宝黛共读西厢，“落红成阵”，词藻警人；湘云醉眠芍药裀，蜂围蝶绕，香梦沉酣；凹晶馆即景联诗，寒塘鹤影，凄清寂寞。凡此种种，无论是将戏曲片段巧妙嵌入小说情节，还是将诗词意境化入人物与环境描写，无论是显性引用还是隐性化用，都具有打动人心的力量。而受到感染的不只是书中的痴儿女、书外的众读者，就连评点者们也为之心动不已，连带着笔下的评论文字也在有意无意间变得充满感性与诗情。甚至，评点者或自己创作，或摘录前人佳句，直接将诗词

①《朱自清古典文学论集·论逼真与如画》，上海古籍出版社1981年版，第115～124页。

曲文嵌入批语之中，充分发挥了诗文语言宽泛而多义的特点，或补充阐释正文内容，或升发提炼论者观点，既与小说正文的意境相映成趣，又丰富了批语内涵的阐释空间。

自附有脂批的《红楼梦》抄本被发现以来，脂批就逐渐得到了研究者的重视，不少研究者在脂批者身份问题和脂批的辑录方面做了大量的考证和资料整理工作。胡适①、俞平伯②、周汝昌③、吴世昌④等大家都就此问题发表过有价值的意见。现阶段，虽然脂批者的身份依然不能确定，但基本可以确定的是，他们与小说作者关系非常亲密，拥有相似或相同的生活圈子，因此得以在作者创作过程中进行评点，了解小说创作过程甚至对创作有一定的影响力，这一点在中国的小说评点中独树一帜。而在脂批资料整理方面，除了附有批语的各种抄本影印本均已出版外，还先后出现了俞平伯的《脂砚斋红楼梦辑评》、陈庆浩的《石头记脂砚斋评语辑校》、冯其庸的《脂砚斋重评石头记汇校》等脂批辑录本，另外浦安迪的《红楼梦批语偏全》也筛选了一部分《红楼梦》早期抄本的批语。这些资料性工作都为脂批的艺术性研究打下了坚实的基础。在脂批艺术性研究方面，孙逊的《红楼梦脂评初探》，冯其庸的《石头记脂本研究》，吴世昌的《红楼梦探源》，赵冈、陈钟毅的《红楼梦新探》，潘重规的《红楼梦辨》，刘继保的《红楼梦评点研究》以及拙著《红楼梦评点中的人物批评》等专著都或多或少涉及这方面内容。论及脂批的单篇文章则数量甚夥，仅中国知网可见就有300余篇。但细分至本书专门讨论的脂批中直接引入诗词曲文的部分时，以往相关文章多集中于考证诗句出处，至于其文学批评功能则几乎无人综合性论述之。本书即以脂批中直接嵌入诗词曲文

① 张国星《胡适、鲁迅、王国维解读〈红楼梦〉》，辽海出版社2001年版，第74、104页。
② 俞平伯《脂砚斋红楼梦辑评》，中华书局1960年版，引言。
③ 周汝昌《红楼梦新证》（下），人民文学出版社1976年版，第853～868页。
④ 吴世昌《红楼梦探源外编》，上海古籍出版社1980年版，第12～17页。

的批语为主要研究对象，从人物、情节、笔法三个方面进行考察，以下逐一展开讨论。

一、评人物

具体到人物评论方面，脂批中直接引用诗词作评的颇多，有些诗句属于信手拈来，形象感强，旨在符合特定语境；有些诗句则匠心独运，追求与人物神韵的内在契合，并最终有效提升了评点文字的审美格调。这些批语在点评人物容貌气质和动作情态方面尤为精当，充分发挥了诗词描摹与抒情兼善的特性。

在人物外貌描写方面。第三回是小说主要人物集中出场的章节，对小说主要人物都有描写，也写到了贾家三春，其中对探春对外貌描写是“第二位削肩细腰，长挑身材，鸭蛋脸面，俊眼修眉，顾盼神飞，文彩精华，见之忘俗”，此处，甲戌夹批特意点出“洛神赋中云‘肩若削成’是也”。《洛神赋》中描写洛神形象的文字堪称传世经典，“翩若惊鸿，婉若游龙”一段外貌描写尤为精彩，“肩若削成，腰如约素。延颈秀项，皓质呈露。芳泽无加，铅华弗御。云髻峨峨，修眉联娟。丹唇外朗，皓齿内鲜，明眸善睐，靥辅承权”。宛然是将顾盼神飞的三姑娘具体化了。此条批语将描写探春的笔触与《洛神赋》内容相联系，是对这段外貌描写文字水平的赞美，也自然让读者联想到《洛神赋》中神女美好的姿态，巧妙地为探春的形象增色。

在人物的动作情态描写上。第十六回，贾政生辰之日忽然被召进宫，一家人不知吉凶，惶惶不安，尤其贾母担心更甚，“心神不定，在大堂廊下伫立”，庚辰本夹批认为“慈母爱子写尽，回廊下伫立，与‘日暮倚庐仍怅望’对景，余掩卷而泣”，后又有批语明确指出所引诗句的作者，“‘日暮倚庐仍怅望’，南汉先生句也”①。这句批语，是以诗句中一个剪影式的形象渲染升华

① 关于南汉先生的线索资料详见胡师文彬先生的文章《开卷得识先生面——脂批“南汉先生”补证》，参见胡文彬《红楼长短论》，北京图书馆出版社2004年版，第255页。

了贾母的神情心境。第二十五回，黛玉心情烦闷，“便倚着房门出了一回神，信步出来，看阶下新迸出的稚笋”，甲戌本夹批“所谓‘闲倚绣房吹柳絮’是也”，“妙妙，‘笋根雉子无人见’，今得颦儿一见，何幸如之”。两句批语所引全是唐诗，前一句来自李商隐的《访人不遇留别馆》，后一句出自杜甫的《绝句漫兴九首其七》①，以此两句诗串联和重组了黛玉的一系列动作情态。

第二十五回，宝玉自从小红替自己倒茶后就念念不忘，一直细心寻找这个丫鬟，他“晃出了房门，只装着看花儿，这里瞧瞧，那里望望，一抬头，只见西南角上游廊底下栏杆上似有一个人倚在那里，却恨面前有一株海棠花遮着，看不真切”。甲戌本批语云：“余所谓此书之妙皆从诗词句中泛出者，皆系此等笔墨也。试问观者，此非‘隔花人远天涯近’乎？可知上几回非余妄拟也。”“隔花人远天涯近”句化自《西厢记》第二本“崔莺莺夜听琴”②中的“隔花阴人远天涯近”一句。《西厢记》中的情节是崔莺莺见到张君瑞心生爱慕之意，但碍于身份规矩不能自由表达，即使近在咫尺也无从相见，这句话正描绘了她的相思焦虑。其实，追溯起来，宋代欧阳修的《千秋岁·春恨》中有“夜长春梦短，人远天涯近”③，朱淑真的《生查子》中也有“遥想楚云深，人远天涯近”④句，这两位词人都用了空间上远近差距的反常感受来说明思念的煎熬，《西厢记》中的词句显然也是化用而来的。不过，宝玉对小红并没有前述作品人物之间的深刻感情，评点者在这里的借用只是看中戏曲情境与小说内容的表面符合，算是一次涉笔成趣的活用。同时，评点者这里又强调“此书之妙皆从诗词句中泛出者，皆系此等笔墨也”，可见，评点者认为小

① 李商隐的《访人不遇留别馆》有句“闲倚绣帘吹柳絮，日高深院断无人”。（《玉谿生诗集笺注》，上海古籍出版社1979年版，第411页。）杜甫《绝句漫兴九首其七》有句云“笋根雉子无人见，沙上凫雏傍母眠”。（《杜诗详注》，中华书局1979年版，第791页。）

② 王实甫《西厢记》，岳麓书社2002年版，第26页。

③ 欧阳修《六一词》，文学古籍刊行社1955版，第76页。

④ 郑元左注、冀勤校点《朱淑真集注》，浙江古籍出版社1985年版，第197页。

说作者的文笔意趣就在于处处点染诗词情境，此处的化用虽然清浅随意，却体现了《红楼梦》一以贯之的审美追求。

而在评点中很独特的人物品评一项上，诗文嵌入类批语亦发挥了作用，其中，尤以对秦钟这个人物的品评最具代表性。第七回，秦钟初登场一段情节配合批语同看耐人寻味。秦可卿的弟弟，学名唤作秦钟的少年第一次登场，与宝玉、凤姐等人相见，他的样貌惊艳众人，“粉面朱唇，举止风流，似在宝玉之上，只是怯怯羞羞，有女儿之态”。甲戌本此处批语云：“设云秦钟。古诗云：‘未嫁先名玉，来时本姓秦’，二语便是此书大纲目、大比托、大讽刺处。”批语中诗词出自《玉台新咏》南朝梁刘缓的《敬酬刘长史咏名士悦倾城》①。全诗如下：

不信巫山女，不信洛川神。何关别有物，还是倾城人。
经共陈王戏，曾与宋家邻。未嫁先名玉，来时本姓秦。
粉光犹似面，朱色不胜唇。遥见疑花发，闻香知异春。
钗长逐鬟发，袜小称腰身。夜夜言娇尽，日日态还新。
工倾荀奉倩，能迷石季伦。上客徒留目，不见正横陈。

这首诗铺陈了多个关于美人的典故，批语中引用的两句，分别指的是吴王夫差的小女儿小玉和《陌上桑》中的秦罗敷。秦钟的外貌非常出色，也是“倾城人”，足以让宝玉注目。书中写宝玉初见秦钟，便“心中似有所失，痴了半日”，如此恰好应和了批语所引诗词中美人倾城的形象。而这首诗旖旎香艳的风格与小说作者对秦钟姐姐秦可卿卧室的描写笔触颇为类似，春秋笔法，暗含褒贬，形成了对人物品格不言自明的评价，也奠定了这个人物的整体基

①《玉台新咏》，成都古籍书店1982年版，第195～196页。

调和命运走向。

秦可卿与秦钟这对姐弟是忏悔型的人物，寄托着作者矛盾愧悔的情绪。他们俊秀玲珑，佻达风流，是充满诱惑力的存在，但是两人在品行上都有瑕疵，最终也难逃早逝的命运，并在大限将至之时给出重要警示。秦可卿死前托梦给王熙凤，切中要害地指出贾家“否极泰来，荣辱自古周而复始”的必然命运，又嘱托置办祭祀产业与家塾，为日后家族衰落留好后路，更为凤姐赠言“三春去后诸芳尽，各自须寻各自门”。秦钟弥留之际，留给宝玉的话是“以前你我见识自为高过世人，我今日才知自误了。以后还该立志功名，以荣耀显达为是”。姐弟二人的言语非常鲜明地体现出代作者言说的意味，也引出了小说愧悔惭恨的主题。可惜，看似发人深省、令人敬畏的劝谏却没有引起足够的重视，王熙凤与贾宝玉都没能按照秦氏姐弟的嘱托行事。回看宝玉、秦钟初见，两人一本正经地谈着入塾读书，期待着“慰父母之心”“得朋友之乐”，再看秦钟临终“立志功名”“荣耀显达”的规劝，两相对照，更加深了对作者开篇所说“背父兄教育之恩，负师友规训之德”“一技无成，半生潦倒”内涵的理解，正是批语所谓“大纲目、大比托，大讽刺处”。

二、谈情节

在情节内容的讨论上，脂批中回前批、回后批的诗词韵语起到了重要作用，其中有不少为批评者自创，体现出批评者的自觉。回前回后诗是中国传统章回小说固定模式中的一环，但由于《红楼梦》成书过程复杂，一些回前回后诗的作者已经难以判断，到底是小说作者自作，还是同时期批书者所作，一直存在争议。其中最为著名也最有争议的就是甲戌本回前诗：“浮生着甚苦奔忙，盛席华筵终散场。悲喜千般同幻渺，古今一梦尽荒唐。谩言红袖啼痕重，更有情痴抱恨长。字字看来皆是血，十年辛苦不寻常。”这首诗统领全书，写出了本书的悲剧主旨、幻灭情怀。

相比之下，另一些回前回后诗就可以较为明确地判断为批评者所作，比如王府本第四回回前批：“请君着眼护官符，把笔悲伤说世途。作者泪痕同我泪，燕山仍旧窦公无。”此诗非常明确地以批评者口吻道出，说“作者泪痕同我泪”，显然非小说作者本人所作。与之类似的还有第二回的有正本回后评云：“有情原比无情苦，生死相关总在心。也是前缘天作合，何妨黛玉泪淋淋。”这首诗总述了木石前盟。第五回王府回前批“春困葳蕤拥绣衾，恍随仙子别红尘；问谁幻入华胥境，千古风流造业人”，叙述了贾宝玉入太虚幻境的故事。还有第六回王府本回前总批：“风流真假一般看，借贷亲疏触眼酸。总是幻情无了处，银灯挑尽泪漫漫。”回首诗：“朝叩富儿门，富儿犹未足。虽无千金酬，嗟彼胜骨肉。”这两首诗都借本回刘姥姥打抽丰事，抒发胸中块垒，感慨了世态炎凉，充满一朝跌落的辛酸感。第七十回王府本回前批云：“空将佛事图相报，已触飘风散艳花。一片精神传好句，题成谶语任吁嗟。”这首诗总结此回“林黛玉重建桃花社 史湘云偶填柳絮词”的基本内容，尤其着眼黛玉过于败丧的桃花诗，指出诗为谶语，预示了黛玉令人“吁嗟”的悲剧命运。这些批语虽然没有笼罩全书，但基本都能够提纲挈领地总述本回要点、阐发题旨，既有评点家对小说内涵的总结概括，又有一定程度的升华联想，类似于读书感悟，具有辅助导读作用，可以看作向评点最原初的辅助阅读功能的一种回归。

批评者除了自创诗文韵语用于总结文意外，也引用前人诗词用于讨论具体情节，拓展解读空间。小说开篇第一回在写甄家一段小兴衰时以甄士隐的一场梦境开端，甲戌夹批云：“所谓‘万境都如梦境看’也。”这句诗出自范成大的《说虎轩夜坐》：“白云深处卧痴顽，挂起东窗水月宽。但得好诗生眼底，何须宝刹现毫端。一身莫作官身想，万境都如梦境看。蟹舍邻翁能日醉，呼来分与一蒲团。”①甄家故事在小说中起着类似戏曲楔子的作用，小说作者以

① 范成大《范石湖集》，上海古籍出版社 1981 年版，第 290 页。

梦境展开这个故事，显然有所寄寓，评点者借引用诗句给出自己的解读，范成大的诗本身即有看破名利、归隐自适的人生思考，“梦”字更呼应了《红楼梦》的题旨。

还是在小说开头，第二回，写贾雨村起复后，碰巧看到了甄家丫鬟娇杏，因对这个丫鬟有意，特意寻到甄士隐的娘子封氏，彼时甄家因天灾人祸已然离散，封氏归于娘家。封氏听了贾雨村寻来，“不免心中伤感”。甲戌夹批评道：“所谓‘旧事凄凉不可闻’也。”这句诗出自窦叔向的《夏夜宿表兄宅话旧》①，伤感的是时光流逝，人事更迭。这句批语点出了甄士隐与贾雨村二人命运在数年间的升沉变化，以往受甄家接济的穷书生贾雨村摇身成了“本府新升的太爷”，如愿以偿娶到了当日看上的丫鬟，而昔日乡宦甄家却早已败落，英莲被拐，士隐出走，葫芦庙大火烧尽家财。“旧事凄凉不可闻”用在这里，对正文更主要是一种补充，甄家娘子所伤感的内容借此又浮现在读者面前更加明确起来，其中亦蕴含着对命运无常的无奈解嘲。

第十二回，贾瑞对凤姐心怀不轨，因此被凤姐设计磋磨而病倒，竟然渐渐病势沉重以致不起，这时走来了跛足道人，拿出“风月宝鉴”，令只照反面，不可照正面，可保贾瑞性命。贾瑞“向反面一照，只见一个骷髅立在里面”，大为惊骇。己卯本批语云：“所谓‘好知青冢骷髅骨，就是红楼掩面人’是也。作者好苦心思。”《红楼梦学刊》1991年第二辑指出此条批语中“好知青冢骷髅骨，就是红楼掩面人”句出自唐伯虎的《和沈石田落花诗三十首》二十二首②。批语所引诗句非常贴切地点出了作者用意，贾瑞的一段故事以戒妄动风月之情为主题，尤其风月宝鉴的出现显示出强烈的劝惩意味，红粉骷

① 《传世文选》，西苑出版社2003年版，第22页。

② 该文指出其原句是“好知青草骷髅冢，就是红楼掩面人”，并认为此批当是脂砚斋所作，把“好知青草骷髅冢”写成“好知青冢骷髅骨”应是误记。原诗为：“花落花开总属春，开时休羡落休嗔。好知青草骷髅冢，就是红楼掩面人。山屐已教休泛腊，柴车从此不须巾。仙尘佛劫同归尽，坠处何须论厕茵。”

髅，当头棒喝。小说中的贾瑞看不破皮相诱惑，正照风月鉴，最终葬送了大好性命，更增强了这段情节的警世作用。

再看有关宝黛爱情的故事情节。小说开头，叙述了宝黛二人之间的一段神话前缘，“只因西方灵河岸上三生石畔，有绛珠草一株，时有赤瑕宫神瑛侍者，日以甘露灌溉，这绛珠草始得久延岁月。后来既受天地精华，复得雨露滋养，遂得脱却草胎木质，得换人形，仅修成个女体……只因尚未酬报灌溉之德，故其五内便郁结着一段缠绵不尽之意。恰近日这神瑛侍者凡心偶炽，乘此昌明太平朝世，意欲下凡造历幻缘，已在警幻仙子案前挂了号”……“但把我一生所有的眼泪还他，也偿还得过他了”。甲戌本眉批道：“以顽石草木为偶，实历尽风月波澜，尝遍情缘滋味，至无可如何，始结此木石因果，以泄胸中抑郁。古人之‘一花一石如有意，不语不笑能留人’，此之谓耶？”刘长卿《戏赠干越尼子歌》有句云“一花一竹如有意，不语不笑能留人”[①]，虽与脂批不完全相同，但相信应有一定关系，脂批借用这样的诗句，指出宝黛起于木石之间的纯朴情缘，亦有着“能留人”的动人之处。

第三十二回，为了配合这一回对宝黛二人情感世界的描写，脂批曾引用了汤显祖的诗《江中见月怀达公》：“前明显祖汤先生有怀人诗一截，读之堪合此回，故录之以待知音：‘无情无尽却情多，情到无多得尽么。解到多情情尽处，月中无树影无波。’”[②]在这一回中，黛玉偶然听到宝玉在湘云、袭人面前极力维护自己，由此二人终于打破了不断试探争吵的不信任，达到了双方心意的坦诚。宝玉对黛玉说出“你放心”三个字，鼓起勇气要大胆倾诉自己的心事，而黛玉反而不再纠结疑惑，对宝玉说“你的话我早知道了”，此时的

---

①《全唐诗》卷151，中华书局1960年版，第1580页。

②此诗见于《汤显祖诗文集》卷十四，题为《江中见月怀达公》，作于明万历二十七年（1599年）。（汤显祖著、徐朔方笺校《汤显祖诗文集》，上海古籍出版社1982年版，第531页。）“达公”就是真可和尚（字达观、号紫柏），汤显祖的好友。

她真的放心了。“月中无树影无波”描写了感情世界的一个发展境界，一种情到深处的宁静平和，恰好与宝黛二人此时此地的状态非常契合。作为写情圣手的汤显祖，相信“情不知所起，一往而深，生者可以死，死可以生”[①]，此处评点者引用汤显祖的怀人诗，颇具心思，勾连起了两位伟大作者对纯真情感的共同感悟，形成了一场别具意味的隔空对话。

另外，脂批中还有直接以《西厢记》中情节来比附《红楼梦》的批语，这样的批语虽然有过于浅露之嫌，但从另一面着眼，这些批语形象感性，更具可读性和文化意趣。如第四十三回，宝玉偷偷祭奠金钏，小厮茗烟代宝玉祷告：“二爷心事不能出口，让我代祝：若芳魂有感，香魄多情，虽然阴阳间隔，既是知己之间，时常来望候二爷，未尝不可。你在阴间保佑二爷也变个女孩儿，和你们一处相伴，再不可又托生这须眉浊物了。”庚辰本批语：“忽插入茗烟一篇流言，粗看则小儿戏语，亦甚无味，细玩则大有深意。试思宝玉之为人，岂不应有一极伶俐乖巧小童哉。此一祝，亦如《西厢记》中双文降香第三柱则不语，红娘则代祝数语，直将双文心事道破。此处若写宝玉一祝，则成何文字。若不祝，直成一哑谜，如何散场？故写茗烟一祝，直祝入宝玉心中，又发出前文，又可收后文。又写茗烟素日之乖觉可人且衬出宝玉直似一个受礼待嫁的女儿一般，其素日脂香粉气不待写而全现出矣。今看此回，直欲将宝玉当作一个极轻俊羞怯的女儿看，茗烟则极乖觉可人之丫鬟也。”小说作者深受《西厢记》影响，不仅小说中多次出现《西厢记》曲词，甚至将阅读《西厢记》作为一段重要情节，铺陈出宝黛二人感情的一次试探与前进。评点者在此也用《西厢记》作比，取了两部作品情节和人物设定上的相似性，看似戏谑，实则恰恰抓住了关合处，耐人寻味，就如前文所说：“此书之妙皆从诗词句中泛出者，皆系此等笔墨也。”

---

① 郭绍虞《中国历代文论选》第三册，上海古籍出版社 1980 年版，第 152 页。

三、论笔法

从金圣叹开始，讨论作文之法乃至直接提出文法名称就发展成为小说评点的一种批评模式，脂批也没有脱离这种传统，各式各样的文法总结层出不穷。从较为深远的背景来看，小说评点注重文法研讨与宋代以来古文评点的传统有着剪不断的联系，同时还不可避免地受到八股选学的影响。小说评点也因此倍受批评，胡适认为：“这种机械的文评正是八股选家的流毒，读了不但没有益处，并且养成一种八股式的文学观念，是很有害的。”鲁迅更认为金圣叹评点“原作的诚实之处，往往化为笑谈，布局行文，也都被硬拖到八股的作法上。这余荫，就使有一批人，堕入了对于《红楼梦》之类，总在寻求伏线，挑剔破绽的泥塘”①。其实，八股文的影响却未必全然地一无是处，“时文体卑而法密”，八股文虽为文人进身的工具，但其自身的法度是有可取之处的。小说评点陷于文法的利弊不是本书的讨论重点，笔者将另文详述，在此不赘。无论如何，讨论笔法依然是《红楼梦》评点的重头戏，而借助诗句更加形象地解读行文笔法亦是评点者乐于使用的方法之一。

第三回，黛玉因惹宝玉发狂砸玉而内疚哭泣，袭人劝慰道：“若为他这种行止，你多心伤感，只怕你伤感不了呢。快别多心。”对这一段有甲戌眉批：“前文反明写宝玉之哭，今却反如此写黛玉，几被作者瞒过。这是第一次算还，不知下剩还该多少。”此处王府夹批云：“后百十回黛玉之泪总不能出此二语。”又云：“‘月上窗纱人到阶，窗上影儿先进来。’笔未到而竟（境）先到矣。”批语中嵌入的这句韵语具体出处不明，不过放在此处意思非常显明，就是指出小说作者对于黛玉哭泣的描写是有设计的，这一次是一个引子，后文将随着故事情节的展开而逐步推进。如果说木石前盟的还泪之约为黛玉此生的“自泪不干”做了先导，是“窗上影儿”，那么黛玉的这次哭泣作为小说

① 胡适《中国章回小说考证》，安徽教育出版社 1999 年版，第 4 页；鲁迅《南腔北调集・谈金圣叹》，人民文学出版社 1958 年版，第 93 页。

中无数次哭泣的开始，也是“窗上影儿”，为她日后的善哭作引。袭人劝黛玉不要“多心”，而黛玉以后的种种伤心流泪正由“多心”而起，尤其是在她与宝玉的情感纠葛中体现得最为明显，宝玉曾一语道破：“你皆因总是不放心的原故，才弄了一身病。”可见，此次黛玉哭泣描写尽管简单，却具有导引作用，笼罩呼应了后文多处类似内容，此后黛玉的频繁流泪皆没有跳脱第一次流泪的模式，总不过是忧思多虑、暗自神伤。

第五回，贾府故事的帷幕刚刚正式拉起，描写了贾母等人到宁府会芳园赏梅，宴饮取乐。可是作者却简省笔墨，对此次宴会的具体情形一笔带过，概括至极，只说“不过皆是宁荣二府女眷家宴小集，并无别样新文趣事可记”。此处甲戌夹批云：“这是第一家宴，偏如此草草写。此如晋人倒食甘蔗，‘渐入佳境’一样。”《红楼梦》中的宴饮描写层出不穷，精彩纷呈，从元宵夜宴到中秋家宴，从刘姥姥醉卧到黛玉湘云联句，或奢华或精巧，或欢乐或清冷，或庄严或温馨，令读者目不暇接，偏偏第一次家宴反而写得平淡简便、不着痕迹，作者如此节省笔力，自有章法，为后文逐渐铺排开的贾府宴会盛况留下了余地。批语着意点出了这种写法，所引“渐入佳境”典故，是指《世说新语》中所记顾恺之倒食甘蔗的故事[①]，以其与此处笔法效果相似耳。

在笔法总结上，最具有典型性、传承性的当属“柳藏鹦鹉语方知”句。这句诗出现在小说第七回，这一回暗写熙凤、贾琏白昼宣淫，只用“那边一阵笑声，却有贾琏的声音”，“平儿拿着大铜盆出来，叫丰儿舀水进去”等隐晦的语言进行暗示。王府本批语云：“妙文奇想，阿凤之为人岂有不着意于风月二字之理哉。若直以明笔写之，不但唐突阿凤声价，亦且无妙文可赏。若不写之，又万万不可。故只用‘柳藏鹦鹉语方知’之法，略一皴染，不独文

①《世说新语》排调第二十五之五十九：“顾长康啖甘蔗，先食尾。问所以，云：‘渐至佳境。’”（《世说新语》，华夏出版社 2000 年版，第 439 页。）

字有隐蔽，亦且不至污渎阿凤之英风俊骨。”“柳藏鹦鹉语方知”所谓为何，脂批已经解说得相当明确。风月情事绝不是《红楼梦》人物刻画的重点，只有对格调极低下的人物才偶见直书男女之事的文字，这点脂批也曾在批评贾琏与多姑娘偷情一段时提到，“一部书中只有此一段丑极太露之文，写于贾琏身上，恰极当极”。所以，对王熙凤这样的主要人物，作者不可能用明笔将丑陋直露的文字加诸其身，只用隐晦的暗示，将平静表象稍稍掀起一角，点到而止，为王熙凤的品行打下注脚，与“春秋笔法”似有共通之处。

而脂批中引用的“柳藏鹦鹉语方知”一句则早在之前的小说戏曲中就已经多次出现过。《蔡伯喈琵琶记》第三十出“牛氏诘邕”，牛夫人在得知蔡伯喈有前任夫人后，便劝蔡把前任夫人接来，结尾有“雪隐鹭鸶飞始见，柳藏鹦鹉语方知”[①]句，大意即指纸里包不住火，真相终将显现。此后《六十种曲》中的《赠书记》《红拂记》，《警世通言》第十三卷“三现身包龙图断冤”，《初刻拍案惊奇》第十一卷“恶船家计赚假尸银，狠仆人误投真命状”，《长生殿》第十八出“夜怨”中，都有“雪隐鹭鸶飞始见，柳藏鹦鹉语方知”[②]句，所表达的含义基本没有变化。

而此句在《金瓶梅》中更是一再复现。《金瓶梅》第五回上半回讲武大捉奸，下半回讲毒杀武大，张竹坡认为此回文字“真是一派地狱文字……对之心绝欲死……此文要与‘贪欲丧命’一回对读，见报总一般”[③]。第五回回末集前人诗句成“三光有影谁能待，万事无根只自生。雪隐鹭鸶飞始见，柳藏鹦鹉语方知”，这总结性的四句话正道出本回“夜深风雨，鬼火青荧”的幽惨故事所指向的因果循环、报应不爽的主题。第二十五回，宋蕙莲与西门庆私通，丈夫来旺儿有所察觉，最终被她一番言辞弹压安抚了，而讽刺的是，来旺儿

---

①《新刻重订出像附释标注琵琶记》卷三，明万历时期金陵唐晟刊本。

② 洪昇《长生殿》，人民文学出版社 1997 年版，第 97 页。

③ 兰陵笑笑生著、张竹坡评《金瓶梅》，齐鲁书社 1987 年版，第 82 页。

与孙雪娥的私情又紧接着暴露了出来，此处小说还是引用了这句断语“雪隐鹭鸶飞始见，柳藏鹦鹉语方知”，嘲讽阴私丑陋行为的曝光。

可见，“雪隐鹭鸶飞始见，柳藏鹦鹉语方知”的说法多次在不同的戏曲、小说中出现，逐渐具有了约定俗成的含义，即指被隐藏的真相终将暴露，特别是在《金瓶梅》中的多次使用更是让“雪隐鹭鸶飞始见，柳藏鹦鹉语方知”指代的特定情节模式更为明确，而脂批在此引用此句，显然是受到了前人小说戏曲内容的影响，但又有所发展，主要是侧重点有所转变，由强调真相，终将暴露转变为强调半含半露不直述其事，由总结故事情节转向了叙述笔法。

四、余论

自有小说评点以来，并非只有脂批一家存在诗词韵语直接嵌入的现象，金圣叹、张竹坡等人的批语里也有这种现象，脂批之后的多家《红楼梦》评点也偶有展现。比如，前文提到的张竹坡一再引入“雪隐鹭鸶飞始见，柳藏鹦鹉语方知”评《金瓶梅》情节。例如，《水浒传》第一回庄客王四半夜酒醒见明月松树，金圣叹即评曰：“尝读坡公《赤壁赋》‘人影在地，仰见明月’二语，叹其妙绝。盖先见影，后见月，便宛然晚步光景也。此忽然脱化此法，写作王四醒来，先见月光，后见松树，便宛然二更酒醒光景，真乃善于用古矣。”[①] 再如，王伯沆评《红楼梦》第七十三回惜春不能压制仆婢吵嚷竟自看《太上感应篇》一段情节，云：“拈此一书，警绝。又，张茂先云：‘善人如痴’，此之谓也。语见《神异经注》。此时看此书，大有得力处。迎春命薄有之，所见未尝不是，不得全以为非。”[②] 如此种种，在此不一一罗列。相对而言，脂批中的同类批语发展得更为充分成熟。首先，虽然数量不能说很多，

① 施耐庵著、金圣叹批评《金圣叹批评本水浒传》（上），岳麓书社 2006 年版，第 27 页。

②《王伯沆红楼梦批语汇录》（下），江苏古籍出版社 1985 年版，第 801 页。

但与其他家的此类批语相比，脂批的数量还是颇成规模的，完全可以作为一种文学批评现象进行有针对性的研讨；再有，从前文分析可见，脂批的此类批语中有不少兼具了批评价值和审美意味，与文本结合紧密，能够在讨论人物叙事等问题时既巧妙运用韵文丰富内涵又切合文本特定的情境，脱离了比附、抒情甚或解释考据等简单的功能，因此更具研讨价值。

从根源上讲，小说评点中嵌入诗词曲文应是中国文化包容性的一种体现，就如脂批所说："天地间无一物不是妙物，无一物不可不成文，但在人意舍去耳。"而脂批之所以在此方面尤为突出，则是由内外因素共同作用而产生的结果。从外部大环境来看，诗文长期居于文学的正宗地位，早期的中国小说中都有诗词羼入[①]，甚至羼入大量诗文一度被视为小说文体的特定格式。即使到了脂砚斋等人评点《红楼梦》时，中国的小说观念亦尚未明确，更遑论完备的小说理论体系和批评语言了。因此，在当时的文化语境下，将诗文曲文等直接嵌入批语中是向优势门类汲取养分的一种方式，具有合理性。从内部来讲，这一现象与评点者的个人风格、知识储备以及小说的文本基础等多元因素息息相关。简言之，评点者善于且乐于应用各类诗词韵语，且《红楼梦》丰厚的文本基础也为评点者的发挥提供了得天独厚的条件，基于此，脂砚斋等人才得以将大量诗词曲文直接借鉴过来。

由前文对脂批中直接嵌入诗词曲文批语的梳理和分析可见，这种做法确实对脂批起到了丰富和深化作用。首先，诗词曲文的引入，使得《红楼梦》与不同时期的优秀作品形成了具有意味的互看和对话，无论诗词还是戏曲或者其他小说，经典作品的精彩片段与《红楼梦》的人物情节相映成趣，搭建起了富有意味的批评空间。其次，仔细检视这些直接嵌入诗词曲文的批语，可以发现，这些批语并未因诗词曲文的强势进入而降为附庸，依然积极发挥

① 陈大康《明代小说史》，上海文艺出版社 2000 年版，第 317 ～ 323 页。

着批评功能，或深入挖掘，或类比联想，或引导辅助，充分彰显了评点者的主体意识。再次，这些批语引用恰当、目的明确，并没有卖弄才学或无的放矢的弊病，借助诗词言简意丰的优势，有利于简省文字，丰富内涵，提高审美格调，同时也非常符合评点文字简短灵活的形式特点。总之，在批语中直接嵌入诗词曲文是脂批与众不同的特色之一，提升了脂批的水准，有助于其在众多家《红楼梦》评点中脱颖而出。

附录：

回目	批语
第一回	回首诗：浮生着甚苦奔忙，盛席华筵终散场。悲喜千般同幻渺，古今一梦尽荒唐。谩言红袖啼痕重，更有情痴抱恨长。字字看来皆是血，十年辛苦不寻常 甲戌夹批：妙，所谓“三生石上旧精魂”也。 甲戌眉批：以顽石草木为偶，实历尽风月波澜，尝遍情缘滋味，至无可如何，始结此木石因果，以泄胸中抑郁。古人之“一花一石如有意，不语不笑能留人”，此之谓耶？ 甲戌夹批：所谓“万境都如梦境看”也。 甲戌眉批：所谓“乱烘烘，你方唱罢我登场”是也。
第二回	回首诗：一局输赢料不真，香销茶尽尚逡巡。欲知目下兴衰兆，须问旁观冷眼人。 甲戌夹批：所谓“旧事凄凉不可闻”也。 有正回后评：有情原比无情苦，生死相关总在心。也是前缘天作合，何妨黛玉泪淋淋。
第三回	甲戌夹批：君子可欺其方也，况雨村正在王莽谦恭下士之时，虽政老亦为所惑，在作者系指东说西也。 甲戌夹批：洛神赋中云“肩若削成”是也。 甲戌眉批：另磨新墨，搦锐比，特独出熙凤一人。未写其形，先使闻声，所谓“绣幡开遥见英雄俺”也。 甲戌眉批：“少年色嫩不坚劳”，以及“非夭即贫”之语，余犹在心，今阅至此放声一哭。 王府夹批：“月上窗纱人到阶，窗上影儿先进来。”笔未到而境先到矣。
第四回	请君着眼护官符，把笔悲伤说世途。作者泪痕同我泪，燕山仍旧窦公无。
第五回	春困葳蕤拥绣衾，恍随仙子别红尘。问谁幻入华胥境，千古风流遭业人。 甲戌夹批：这是第一家宴，偏如此草草写。此如晋人倒食甘蔗，“渐入佳境”一样。
第六回	风流真假一般看，借贷亲疏触眼酸。总是幻情无了处，银灯挑尽泪漫漫。 朝扣富儿门，富儿犹未足。虽无千金酬，嗟彼胜骨肉。

（续表）

回目	批语
第七回	十二花容颜色新，不知谁是惜花人？相逢若问名何氏，家住江南本姓秦。 甲戌眉批：“家常爱着旧衣裳”是也。 甲戌眉批：所谓“惜墨入金”是也。 王府批语：以明笔写之，不但唐突阿凤声价，亦且无妙文可赏。若不写之，又万万不可。故只用“柳藏鹦鹉语方知”之法，略一皴染，不独文字有隐蔽，亦且不至污渎阿凤之英风俊骨。 甲戌批语：设云秦钟。古诗云：“未嫁先名玉，来时本姓秦”，二语便是此书大纲目、大比托、大讽刺处。 甲戌眉批：“不如意事常八九，可与人言无二三”，以二句批是假，卿慰石兄。
第十一回	幻景无端换境生，玉楼春暖述乖情。闹中寻静浑闲事，运得机灵属凤卿。
第十二回	己卯批语：所谓“好知青冢骷髅骨，就是红楼掩面人”是也。作者好苦心思。
第十三回	甲戌夹批：所谓“计程今日到梁州”是也。 庚辰夹批：王梅隐云：“若能再加东坡十年寿，亦能跳出这圈子来。”斯言信矣。
第十五回	甲戌批语：前人诗云，“纵有千门铁槛限，终须一个土馒头”是此意。
第十六回	庚辰夹批：慈母爱子写尽，回廊下伫立，与“日暮倚庐仍怅望”对景，余掩卷而泣。
第十八回	王府批语：按理论之，则是“天下本无事，庸人自扰之”。 己卯批语：所谓“信手拈来无不是”，阿颦自是一种心思。
第二十二回	庚辰批语：拍案叫绝。此又深一层也。亦如谚云：“去年贫，只立锥；今年贫，锥也无”其理一也。 所谓“树倒猢狲散”是也。
第二十五回	甲戌夹批：必云展眼过了一日者，是反衬红玉“挨一刻似一夏”也。知乎？ 甲戌夹批：所谓“闲倚绣房吹柳絮”是也。 甲戌夹批：妙妙，“笋根雉子无人见”，今得颦儿一见，何幸如之。 甲戌夹批：“语不惊人死不休”，此之谓也。 甲戌夹批：余所谓此书之妙皆从诗词句中泛出者，皆系此等笔墨也。试问观者，此非“隔花人远天涯近”乎？可知上几回非余妄拟也。
第二十八回	甲戌夹批：太白所谓“清水出芙蓉”。
第三十二回	己卯回前批：前明显祖汤先生有怀人诗一截，读之堪合此回，故录之以待知音：“无情无尽却情多，情到无多得尽么。解到多情情尽处，月中无树影无波。”
第三十四回	王府夹批：袭卿之心，所谓“良人所仰望而终身也”。 王府回末批：宝玉意中诸多辐辏，所谓“求仁得仁又何怨”。
第三十七回	己卯批语：妙极，趣极。所谓“夫人必自侮然后人侮之”。看因一谑便勾出一笑号来。 己卯批语：好极，高情巨眼能几人哉，正“一鸟不鸣山更幽”也。 薛家女子何贞侠，总因富贵不须夸。发言行事何其嘉，居心用意不狂奢。世人若肯平心度，便解云钗两不暇。
第三十八回	己卯批语：近之暴发专讲理法，竟不知礼法，此似无礼，而礼法井井。所谓“整瓶不动半瓶动”，又曰“习惯成自然”，真不谬也。

（续表）

回目	批语
第四十三回	庚辰批语：忽插入茗烟一篇流言，粗看则小儿戏语，亦甚无味，细玩则大有深意。试思宝玉之为人，岂不应有一极伶俐乖巧小童哉。此一祝，亦如《西厢记》中双文降香第三柱则不语，红娘则代祝数语，直将双文心事道破。此处若写宝玉一祝，则成何文字。若不祝，直成一哑谜，如何散场？故写茗烟一祝，直祝入宝玉心中，又发出前文，又可收后文。又写茗烟素日之乖觉可人且衬出宝玉直似一个受礼待嫁的女儿一般，其素日脂香粉气不待写而全现出矣。今看此回，直欲将宝玉当作一个极轻俊羞怯的女儿看，茗烟则极乖觉可人之丫鬟也。
第四十五回	庚辰批语：妙极之文。使黛玉自己直说出夫妻来，却又云画的扮的。本是闲谈，却是暗隐不吉之兆，所谓"画儿中爱宠"是也，谁曰不然。
第四十七回	忽提此人，使我堕泪。近几回不见提此人，自谓不表矣，乃忽于此处柳湘莲提及，所谓"方以类聚，物以群分"也。
第六十四回	深闺有奇女，绝世空珠翠。情痴苦泪多，未惜颜憔悴。哀哉千秋魂，薄命无二致。嗟彼桑间人，好丑非其类。
第七十回	空将佛事图相报，已触飘风散艳花。一片精神传好句，题成谶语任吁嗟。
第七十八回	庚辰批语：元微之诗："小楼深迷藏。" 庚辰批语：唐诗云："先开石椁，木可为椁。"晋杨公回诗曰："生回拼身杨，死作同椁灰。"

第五节 脂批中的作文之法：术语与文本的结合

一、作文之法在小说评点中的泛滥

金圣叹评点《水浒传》，一开篇就点出了一系列文法，比如"倒插法""夹叙法""草蛇灰线法""大落墨法""绵针泥刺法""背面铺粉法""弄引法""獭尾法""正犯法""略犯法""极不省法""极省法""欲合故纵法""横云断山法""鸾胶续弦法"，等等。金圣叹重视对诸多技法的提炼和总结，认为这些文法都是"非他书所曾有"，甚至将这些文法提高到育人的高度，"人家子弟只胸中有了这些文法，他便《国策》《史记》等书都不肯释手看，《水浒传》有功于子弟不少"。现在看来，那些文法名称，只有个别确实作为具有代表性的文法固定了下来，如"横云断山法""背面铺粉法"等，而其他大部分内容只是在金圣叹的评点中发挥了作用，没有在小说评点领域获得广泛一致的接受认可。这样的结果可能和评点者对技法概念的提炼和总结比较随意有很大关系，所以小说评点的历史中出现的那些花样百出的文法名称，有很多是经不起琢磨的。

从较为深远的背景来看，小说评点注重文法研讨与宋代以来古文平点的传统有着剪不断的联系，正如谭帆在《明清之际小说评点学之研究》中所分析的，宋代古文评点的特点之一是“文本精细分析的根本用意在于揣摩古人作文之法”[①]。如吕祖谦《古文关键》有云：“文字一片之中，须有数行齐整处，须有数行不齐整处，或缓或急，或显或晦，缓急显晦相间，使人不知其为缓急显晦，常使经纬相通，有一脉过接乎其间然后可，盖有形者纲目，无形者血脉也。”[②]《文章轨范》《崇文古诀》等古文评点多有这类揣摩行文方法的批评。但金圣叹为代表的这种大量推出文法的做法，其近源则来自广受诟病的八股文及其文评，不少研究者指出金圣叹的这种做法只是在机械地追求形式，明显受到了八股时文风气的影响。胡适认为：“这种机械的文评正是八股选家的流毒，读了不但没有益处，并且养成一种八股式的文学观念，是很有害的。”鲁迅更认为金圣叹评点“原作的诚实之处，往往化为笑谈，布局行文，也都被硬拖到八股的作法上。这余荫，就使有一批人，堕入了对于《红楼梦》之类，总在寻求伏线，挑剔破绽的泥塘”[③]。朱自清在《中国文评流别述略》中说：“他（金圣叹）评《水浒传》还有什么草蛇灰线法等。这种观念大约从八股文来。”[④]朱自清对八股选家的做法非常反感，他认为“明朝以来，读书人全靠八股文猎取功名；他们用不着多读书，只消拿几种选本加以揣摩，便什么都有了。所以选本风行一时；大家脑子里有的是文章，而切实地做学

---

① 谭帆《明清之际小说评点学之研究》，北京大学出版社 1999 年版，第 56 页。

② 吕祖谦《古文关键》，中华书局 1985 年版，第 4 ～ 5 页。

③ 鲁迅《南腔北调集·谈金圣叹》，人民文学出版社 1958 年版，第 93 页。

④ 朱自清《朱自清古典文学论文集》（上），上海古籍出版社 1981 年版，第 23 页。

问的却少。八股文选本风行以后，别种文体的选本也多起来；取材的标准以至评语圈点，大都受八股文的影响。空疏俗滥，辗转流传”[①]。虽然这里谈的是八股对明清文学选本的影响，但亦可推想至小说评点领域。

金圣叹重视文法的方法也许确实受到了当时社会追捧八股的影响，但八股文的影响却未必全然一无是处。首先，八股文本身是中国文学史上曾经流行的众多文体的一种，本身并不具有好坏的分别，启功先生就说“‘八股’是一种文章形式的名称，它本身并无善恶可言”[②]。周作人有一篇颇具反讽意味的《论八股文》，此文的目的还在揭露时弊、警醒世人，他强调八股文带有的腐败气息和奴隶性，也不否定它已然死去的结局，不过也承认八股在中国文学文体流变过程中的渊源关系，“八股文生于宋，至明而少长，至清而大成，实行散文的骈文化，结果造成一种比六朝的骈文还要圆熟的散文诗”[③]。其次，八股文虽然在内容上迂腐古板，限制了读书人的思维，但其在作文方法上的讲究精致确实具有典范性作用。八股文有破题、承题、起讲、入题、分股、收结几个部分，各部分之间具有复杂而程式化的逻辑关系，讲究起承转合，正是这种对于文章各段落之间内在关系的重视使得作文方法的讨论成为八股文评中非常重要的一环。章学诚强调“时文体卑而法密”，提出八股文虽为文人进身的工具，但其自身的法度是有可取之处的。清人高塘在《论文集钞·杂条》中说“‘古文气息，时文法脉’二语，乃不易之论”[④]，也是在讲与古文相比，时文八股的特点是讲究法度和脉络格套。

具体到脂批来说，比如研究者一再提到的“草蛇灰线”，就是明人张溥在

---

①朱自清《朱自清古典文学论文集·论中国文学选本与专籍》(上)，上海古籍出版社1981年版，第35页。

②王凯符《八股文概说》，中华书局2002年版，第123页。

③周作人《看云集》，开明书店1933年版，第145～146页。

④王凯符《八股文概说》，中华书局2002年版，第77页。

讲解八股文法时谈到的，“中比当知起承转合之法。几句起，几句承，几句转，几句合，此章法也，毫不可紊。旧多立柱，今则不然。然不旧部俗，柱亦何伤？但遣词各亦联络照应，须如灰中线，路里草蛇踪，默默相应可也”①。对这一技法的阐释在金圣叹评点中即得到重视，“有草蛇灰线法。如景阳岗勤叙许多‘哨棒’字，紫石街连写若干‘帘子’字等是也。骤看之，有如无物，及至细寻，其中便有一条线索，拽之通体俱动”。脂批对此名称则进行了更多层次的借用活用，有些地方“草蛇灰线”简单地指通过一些细微而具有先兆性的事物或情节预示后来发生的事件，也就是所谓伏线千里。如第二十二回，元妃制灯谜，宝玉、黛玉、湘云、探春四人都猜中了，脂批云“此处透出探春，正是草蛇灰线，后文方不突然”。此回随后即有探春作灯谜的情节，谜面为“阶下儿童仰面时，清明妆点最堪宜。游丝一断浑无力，莫向东风怨别离”，谜底为风筝，此灯谜从谜面到谜底都散发着不祥气息，预示着探春最终远嫁难归的悲剧结局。再有，“因麒麟伏白首双星”一回回后总评为“后数十回若兰在射圃所佩之麒麟，正此麒麟也。提纲伏于此回中，所谓草蛇灰线在千里之外”。也有的地方，“草蛇灰线”演绎出另外的含义，用来形容以细微而具有连续性的笔墨描绘事物或人物。如随宝玉一起来到人世的通灵宝玉在小说第二回即借冷子兴之口演说出来，随后在描写宝玉外貌的文字中都不忘提及，甚至在第三回还上演了“宝玉砸玉”的重头戏，不过直到第八回才透过宝钗的眼睛详细描绘了通灵玉的真面目：“大如雀卵，灿若明霞，莹润如酥，五色花纹缠护。”甲戌本批语为：“余亦想见其物矣。前回中总用草蛇灰线写法，至此方细细写出。”第二十六回借小丫鬟佳蕙之口说出“林姑娘生的弱，时常他吃药”，脂批云“闲言中叙出黛玉之弱，草蛇灰线”，这样的说法其实还是用来表现小说对于黛玉体弱的不断点染。总之，“草蛇灰线”在脂批

① 张溥《新刻张太史手授初学文式》，美国哈佛大学燕京图书馆藏本，转引自张小钢《金圣叹的文学批评与科举》，《清史研究》2002 年第 1 期。

中的内涵更加丰富了，使用得也很灵活自如，八股虽然死了，但它的某些部分仍然活在了中国文化的血脉之中。

笔者在此不想将话题扯得太远，想说的是，事情都有利弊两面，不该一味强调一面，方法并没有优劣之分，端看其应用得是否适度。八股是文人进身的技能，历代读书人浸淫其中，双方形成了一种渗入骨髓的亲密关系，文人的才智与精力都消耗在起承转合的游戏中是一种悲哀的浪费，但也造就了八股文法的精致细腻，因此，用成熟的八股文法解说阐释欠缺理论支持的新兴小说可算是一种自然而合理的趋势。如果是恰如其分地借鉴和学习，那么，即使脂批吸收了八股的内容，即使大量总结文法的模式本身就源自八股文评，依然值得研究者去认真鉴别考察，无论如何，脂批中的“草蛇灰线”作为对《红楼梦》千里伏线等独特叙述模式的一种总结已经被广泛接受。

而且，虽然金圣叹重视文法的模式受到了八股文风的影响，但毕竟小说评点是截然不同的领域，发挥的作用已经不同，脱离了科场拼搏的功利目的和陈腐观念，文法的总结和整理未尝不是小说评点突破理论困境的一种有效手段。不管金圣叹是否在实际做法中将八股的流毒带入了小说评点，笔者认为，这种大量提炼文法名称的方式能够以简短的语言总结作品的写作手法和思路，为评点者增大话语信息容量、提升理论品质提供了可能。这种方式为大部分小说评点者所沿用，凡评点小说，评点者们都要根据自己评点的作品，或借鉴前人或自起炉灶，形成融汇于自身评点体系之内的一套文法总汇。

二、脂批的文法提炼之功

在提炼文法名称方面，脂批不落人后，《红楼梦》第一回，脂批即指出：“事则实事，然亦叙得有间架、有曲折、有顺逆、有映带、有隐有见、有正有闰，以至草蛇灰线、空谷传声、一击两鸣、明修栈道、暗度陈仓、云龙雾雨、两山对峙、烘云托月、背面傅粉、千皴万染诸奇。书中之秘法，亦不复少；余亦于逐回中搜剔刳剖，明白注释，以待高明，再批示误谬。”第二十七回也有集中总结技法名称的批语：“石头记用截法、岔法、突然法、伏线法、由近渐远法、将繁改简法、重作轻抹法、虚敲实应法。种种诸法，总在人意料之外，且不曾见一丝牵强，所谓‘信手拈来无不是’是也。”可见，脂批也像以往的小说评点一样，爱好对小说作者的写作技巧进行讨论和总结。脂批提出的很多技法不仅借鉴了前人小说评点的内容，如前文提到的背面铺（傅）粉，还有一些更是直接取自文论和画论，比如千皴万染、重作轻抹等，这种圆融自然的文化渗透正是脂批值得重视的成就，就连八股文评的影响也是值得重视的。

无论古文评点还是八股文评，文法的讨论和提出都集中在结构布局、章法句法方面，因此，脂批将技巧讨论的很大一部分篇幅用在了探讨小说结构的布局立意上，谈的大多是作文之法。如第二回，贾雨村某日信步至一山中庙宇“智通寺”，见到一副破旧对联“身后有余忘缩手，眼前无路想回头”，雨村见对联“文虽浅近，其意则深”，认为寺中也许有个“翻过筋斗来的”，特意进去探访，可是庙里只有“一个龙钟老僧”，而且“既聋且昏，齿落舌钝，所答非所问”，雨村觉得无味就又走开了。甲戌眉批认为：“毕竟雨村还是俗眼，只能识得阿凤宝玉等未觉之先，却不识得既证之后。未出宁荣繁华盛处，却先写一荒凉小境；未写通部入世迷人，却先写一出世醒人。回风舞雪，倒峡逆波，别小说中所无之法。”这样的批语着眼于小说的整体构思，认为在主体故事展开之前先设计一个富于警醒意味的小故事，先从反面提示了小说主旨，这是具有大局观的看法。不过认为这种讲故事的方法为“别小说中所无之法”则是过分抬高，其实历来的话本小说都套用这样的模式，先说一段小故事作引子接着再叙述主体故事，两个故事具有相似的主题并互相呼应，《红楼梦》在手法上承袭前人而更隐晦微妙，但套路却并不新鲜。

脂批还指出，即使在同一回文字中也有机巧的布局和顿挫的节奏，这种对局部故事段落的关注是小说评点一贯的传统。第七回，周瑞家的向王夫人回话，因为王夫人正与薛姨妈话家常，就到里间去见宝钗，由此将笔墨引向了对宝钗的描写，甲戌本批语："总用双峰岔路之笔，令人估料不到之文。"第五十三回写贾家庆祝新年情形，主要分为两部分：在宁府祭拜祖先，在荣府设宴闹元宵。王府本回末总评云："前半整饬后半疏落，浓淡相间。宗祠在宁府，分叙不犯手。是作者胸有成竹处。"第七十二回，王府本总批："此回似着意，似不着意，似接续，似不接续，在画师为浓淡相间，在墨客为骨肉停匀，在乐工为笙歌间作，在文坛为养局为别调，前后文气，至此一歇。"这两段脂批都是以回为叙述单位，讨论一个故事段落中行文布局的章法。当然，除了对行文布局的具体分析具有技法讨论的意图外，直接提炼出"××法"的批语也有不少，"重作轻抹法"就是其中较为成功的例子。第四回，贾雨村判断薛蟠之案，见"冯家人口稀疏，不过赖此欲多得些烧埋之费"，因此"便徇情枉法，胡乱判断了此案"，甲戌本批语："因此三四语收住，极妙。此则重重写来，轻轻抹去也。"第三十八回，己卯本回前总批："题曰'菊花诗''螃蟹咏'，偏自太君前。阿凤若许诙谐中不失礼，鸳鸯平儿宠婢中多少放肆之迎合取乐，写来似难入题，却轻轻用弄水戏鱼之看花等游沅事，及王夫人云'这里风大'一句收住入题，并无纤毫牵强，此重作轻抹法也，妙极，好看煞。""重作轻抹"之语显然来自绘画技法，强调了笔墨的浓淡过渡，所谓"笔使巧拙，墨用重轻"[①]，由脂批结合文本的分析可以明了，此处所提的"重作轻抹"法其实是讨论故事段落转换或收束的方式，以一种自然清淡的笔调为花团锦簇的重头故事作转换是其精华所在。

三、在人物塑造方面的着力搜求

虽然并不具备天然的优势和便利，但在人物描写方面，脂批中也出现了很多明确总结文法的批语。第四回，贾雨村上任后即接下薛蟠打死人命案，

① 周积寅《中国画论辑要》，江苏美术出版社2005年版，第466页。

告状者诉说："凶身主仆已皆逃走，无影无踪，只剩了几个局外之人。小人告了一年的状，竟无人作主。"贾雨村听过大发雷霆："岂有这样放屁的事！"王府本批语"偏能用反叠法"。第三十七回，大观园众人第一次起社作诗，黛玉与宝钗的诗歌各有所长，己卯本批语："一路总不大写薛林兴头，可见他二人并不着意于此。不写薛林，正是大手笔，独他二人长于诗，必使他二人为之则板腐矣。全是错综法。"这两种文法名称的提出显出一定的随意性，明显只是用总结性词语形容作者描写人物的特色并后缀以"法"字而已。第五回，写贾母对黛玉宠爱备至，"寝食起居，一如宝玉"，甲戌本批语："妙极，所谓一击两鸣法，宝玉身份可知。"第七回，周瑞家的见到香菱，说："倒好个模样儿，竟有些像咱们东府里蓉大奶奶的品格儿。"甲戌本批语："一击两鸣法，二人之美，并可知矣。"从脂批的分析可以看出，所谓"一击两鸣"在这里是指通过一处描写映照出两个人的情况，由贾母对于黛玉的宠爱关怀达到了与宝玉同样的程度可以同时体现黛玉与宝玉的受宠程度，由香菱与秦氏的相似可以映出二人相似类型的美貌。第八回，贾宝玉求贾母让秦钟入家塾，赞美秦钟的人品行事使人怜爱，凤姐也帮腔说："过日他还来拜老祖宗。"甲戌本批语："止此便十成了，不必繁文再表，故妙。偷度金针法。"第三十六回，王府回末总评："'绛芸轩梦兆'是金针暗度法。夹写月钱是为袭人渐入金屋地步。""偷度金针"的含义相对复杂一些，典故来自冯翊《桂苑丛谈·史遗》所记载的传说，七夕之夜，少女采娘得到织女所赐金针，从此心灵手巧。金代元好问有诗云"鸳鸯绣了从教看，莫把金针度与人"，随后"暗度金针""偷度金针"也成为小说评点中的术语，形容暗中透露作文诀窍①。从脂批总结的这些文法看来，不论是简单比附的信手拈来还是渊源有自的常用术语，评点者都追求文法名称在感觉上贴近小说作者的笔法，以便为抽象的文理脉

① 此段所引诸种文法解释详见《红楼梦大辞典》。

络套上形象鲜明的外衣。

朱自清曾提到，他认为金圣叹小说评点谈“烘云托月”等种种文法，观念上可能来自八股，但“方法却模拟论兴趣诸家”。所谓“论兴趣”，朱自清援引了古典文学理论的例子来进行说明：“钟嵘《诗品》论潘岳诗，引李充《翰林论》，说他‘翩翩然如翔禽之有羽毛，衣服之有绡绫’。又引谢混的话，‘潘诗烂如舒锦，无处不佳。陆文如披沙简金，往往见宝’。”可见，“论兴趣”是以形似语评论，“只是用感觉的表现描出作品的情感部分而已”①。虽然朱自清对小说评点的水平颇不以为然，认为小说评点“枝枝节节而为之”，但他所言依然抓住了小说评点的某些精要，尤其是文法讨论在小说评点中展现的风格，即追求形似，追求情感共通。

在人物描写方面，脂批中关于作者写作技巧和逻辑思路的分析还是比较常见的，虽然没有统一以“×× 法”来命名，但也有不少批语讨论的问题相对集中，具有一致的关注点，笔者据此将这些冗杂的批语分为三个话题：

（一）关于人物正面描写的构思

脂批认为，作者在直接描述人物的性格、外貌、语言、行为等各个方面的时候，会依据不同的需要采取不同的处理方式。

对于人物的性格特点，尤其是较为次要的人物性格，作者往往在小说叙事的空当，简单而明确地表述出来。如第四回，写薛蟠怕住在贾府受到贾政的管束，由此顺势接写贾政性格：“素性潇洒，不以俗务为要，每公暇之时，不过看书着棋而已。”王府本批语：“其用笔墨何等灵活，能足前摇后，即境生文，真到不期然而然，所为水到渠成不劳着力者也。”再如，第十八回，安置在大观园中的尼姑、道士聘买完毕后，又顺带提到了栊翠庵日后的主人妙玉：“本是苏州人氏，祖上也是读书仕宦之家。因生了这位姑娘自小多病，买

① 朱自清《朱自清古典文学论文集》（上），上海古籍出版社 1981 年版，第 20 页。

了许多替身儿皆不中用，到底这位姑娘亲自入了空门，方才好了，所以带发修行，今年才十八岁，法名妙玉。如今父母俱已亡故，身边只有两个老嬷嬷、一个小丫头伏侍。文墨也极通，经文也不用学了，模样儿又极好。”庚辰本批语：“妙玉世外之人也，故笔笔带写，妙极妥极。”为了能让阅读者快速又准确地抓住这两个出场次数有限又具有一定重要性的次要人物，作者使用了“水到渠成”的省力又自然的方式，贾政的个性正好在行文涉及之时简单带过，而妙玉的身份背景也是顺势提出，而且脂批还点出这样的简单介绍与人物的身份形成呼应。如果通观《红楼梦》，这种借机直接评价人物的手法不止上述两处，比如，第六十五回小厮兴儿向尤二姐述说凤姐等贾府女眷的情节就是更具分量的一例，兴儿的一段评价虽然带有下人的眼光和口吻，但毕竟是深知贾府底里之人，所以颇为切中要害，加之言语诙谐，将贾府几位重要女性的形象简练生动地勾勒出来，令人印象深刻。王府本回前总评认为“把凤姐之尖酸刻薄，平儿之任侠直鲠，李纨之号菩萨，探春之号玫瑰，林姑娘之怕倒，薛姑娘之怕化，一时齐现，是何等妙文”。而且，这样的性格介绍没有停留在来不及精雕细琢的次要人物，也兼及凤姐等主要人物，其实也还是在通过这样的重复来明确和突出人物特质，加深印象。

作者在刻画主要人物性格时也会明确地点出性格特点，但大多时候都更倾向于运用大量含蓄的笔墨，耐心而有节制地透露信息。比如，对于小说的三位主人公宝玉、黛玉、宝钗，作者在他们第一次出现时，都没有尽情将人物的外在内在一次写透，反而非常简单低调地概括带过。小说第二回，冷子兴与贾雨村演说贾府家事，谈到了贾宝玉：“后来又生一位公子，说来更奇，一落胎胞，嘴里便衔下五彩晶莹的玉来。”甲戌本批语：“一部书中第一人却如此淡淡带出，故不见后来玉兄文字繁难。”第二回，第一次谈到林黛玉，评价只有“聪明清秀”四字，甲戌本夹批云：“看她写黛玉只用此四字，可笑近来小说中满纸天下无二，古今无双等字。”第四回，对宝钗的初次介绍也只是

“肌骨莹润，举止娴雅”，甲戌本夹批认为“写宝钗只如此，更妙”。主要人物由简单平实的介绍开始一方面如脂批一直所强调的那样，符合人情物理、自然真实，另一方面也为之后的描写留出了广阔的发挥空间，所以脂批认为这样的写法是使后来描写主人公的文字不再“繁难”。

作者这种一路用淡色层层渲染的手法在描写宝玉、黛玉，以及二人之间的情感故事时体现得最为鲜明。比如，第十三回，宝玉在梦中听见秦可卿的死讯，“连忙翻身爬起来，只觉心中似戳了一刀的不忍，哇的一声，直奔出一口血来”，庚辰本批语：“如在。总是淡描轻写，全无痕迹，方见得有生一来，天分中自然所赋之性如此，非因色所惑。”再有，第十六回，宝玉将北静王送给自己的鹡鸰香串珍重地转赠黛玉，黛玉却嗤之以鼻，认为“什么臭男人拿过的！我不要他”，甲戌本批语：“略一点黛玉性情。赶忙收住，正留为后文地步。”对于这两个人物的刻画，作者总是不急不徐地控制着节奏，尽量用淡然而内蕴力量的笔触渲染出两位主人公的完整形象。在这种描写方式中，可以看出作者始终在追求一种淡然而微妙的氛围，这种气氛恰恰符合了宝玉与黛玉充满浪漫情怀的共同特质，也契合于二人之间朦胧而理想的知己之爱。因此，脂批在评价宝黛情感故事的批语中，也特别注意到了“暗伏淡写”在其中的特殊作用。第二十五回，宝玉被贾环故意用灯油烫伤了脸，黛玉赶来探望，“只见宝玉正拿着镜子照呢，左边脸上满满的敷了一脸的药”，黛玉要看，宝玉不肯让她看，“知道他的癖性喜洁”，甲戌本批语：“写宝玉文字，此等方是正紧笔墨。”而黛玉也自知有此“癖性”，甲戌本批语：“写黛玉文字，此等方是正紧笔墨。故二人文字虽多，如此等暗伏淡写处亦不少，观者实实看不出。”第五十七回，有正本回末总评：“写宝玉黛玉呼吸相关，不在字里行间，全从无字句处，运鬼斧神工之笔，摄魄追魂，令我哭一回叹一回，浑身都是呆气。”脂批认为“暗伏淡写”的文字才是真正潜藏着宝黛二人深沉情感的“正紧笔墨”。

脂批围绕主人公宝玉讨论其语言方面的特点，并以“囫囵”作为定评。宝玉语言的“囫囵”，有个别是由特定情景下的情绪造成的，比如第十九回，宝玉逮到小厮茗烟与丫鬟乱来，见到丫鬟不敢动，宝玉“跺脚”道：“还不快跑。”己卯本批语：“此等搜神夺魄至神至妙处，只在囫囵不解中得。”宝玉语言的含糊既来自尴尬情境下的急迫，也出于天性中对女孩的爱护与体贴。而大部分时候，宝玉的语言“囫囵”还是性格中不为世人理解的多情一面的外在体现。比如，宝玉从袭人家回来后对其中一个穿红的女孩印象深刻，得知她是袭人的两姨妹子后，“赞叹了两声”，己卯本批语：“这一赞叹又是令人囫囵不解之语，只此便抵过一大篇文字。”第七十七回，在抄检大观园之后，一批丫鬟被盛怒的王夫人毫不留情地赶出了大观园，宝玉得知消息手足无措，正在此时碰到即将离去的司棋，宝玉无限悲伤而无奈地对她说：“我不知你作了什么大事，晴雯也病了，如今你又去。都要去了，这却怎么的好。”庚辰本批语云：“宝玉之语全作囫囵意，最是极无味之语，是极浓极有情之语也。只合如此写，方是宝玉，稍有真切，则不是宝玉了。”宝玉的个性在外人眼中看来确实有很多不可思议之处，他所思考和在意的与世俗的标准差距很大，“大雨淋的水鸡似的，他反告诉别人‘下雨了，快避雨去罢。’……时常没人在跟前，就自哭自笑的；看见燕子，就和燕子说话；河里看见了鱼，就和鱼说话；见了星星月亮，不是长吁短叹，就是咕咕哝哝的。且是连一点刚性也没有，连那些毛丫头的气都受的。爱惜东西，连个线头儿都是好的；糟蹋起来，那怕值千值万的都不管了”。脂批认为宝玉这样敏感而自我的个性难以为世人所接受，“宝玉之为人，非此一论，亦描写不尽；宝玉之不肖，非此一鄙，亦形容不到。试问作者是丑宝玉乎，是赞宝玉乎。试问观者是喜宝玉乎，是恶宝玉乎”。

脂批还指出，宝玉语言的“囫囵不解”在面对林黛玉的时候尤其明显，“写宝玉之发言，每每令人不解；宝玉之生性，件件令人可笑；……于颦儿处更为作甚，其囫囵不解之作实可解，可解之中又说不出理路”。在二人的情感还处于互相试探阶段，这种语义模糊的对话在二人之间经常出现，形成一种独特的情感交流。比如第二十回宝黛二人因为宝钗的介入而发生口角：

林黛玉啐道：“我难道为叫你疏他？我成了个什么人了呢！我为的是我的心。”宝玉道：“我也为的是我的心。难道你就知你的心，不知我的心不成？”林黛玉听了，低头一语不发，半日说道：“你只怨人行动嗔怪了你，你再不知道你自己怄人难受。就拿今日天气比，分明今儿冷的这样，你怎么反把个青肷披风脱了呢？”……

己卯本有批语为：“此二语不独观者不解，料作者亦未必解，不但作者未必解，想石头亦不解；不过述宝林二人之语耳。石头既未必解，宝林此刻更自己亦不解，皆随口说出耳。若观者必欲要解，须自揣自身是宝林之流，则洞然可解；若自料不是宝林之流，则不必求解矣。方不可记此二句不解，错谤宝林及石头作者等人。”又有：“真真奇绝妙文，真如羚羊挂角，无迹可求。此等奇妙非口中笔下可形容出者。”即使情感上具有默契之后，宝玉与黛玉之间的言语交流也有着难以为局外人所领会的情感秘密。第五十二回，宝黛二人独自相对，“黛玉还有话说，又不曾出口，出了一回神”，“宝玉也觉心里有许多话，只是口里不知要说什么”，最终两个人只说一些“一夜咳嗽几遍？醒几次？”“只嗽了两遍，却只睡了四更一个更次”之类的问候之辞。庚辰本批语认为这些无味的话语背后有着深沉的情感，“此皆好笑之极，无味扯淡之极，回思则皆沥血滴髓之至情至神也。岂别部偷寒送暖，私奔暗约，一味淫情浪态之小说可比哉”。通过宝黛之间言语交流的“囫囵难解”也为二人的爱情制造了朦胧含蓄的美感，与前文脂批所强调的“暗伏淡写”所追求的刻画效果形成呼应。

（二）关于人物侧面描写的构思

《红楼梦》中涉及的人物众多，然而各个故事段落所能容纳的中心人物极为有限，那些处于边缘状态的人物都是通过侧面的描写补充出来的。比如第七回，周瑞家的帮薛姨妈给贾家女眷送宫花，到凤姐儿处去，顺便写到了送花名单中并没有出现的李纨，“见李纨在炕上歪着睡觉呢”，甲戌本批语：“细极，李纨虽无花，岂可失而不写者，故用此顺笔便墨，间三带四，使观者不忽。”再如，第十六回，元妃归省的消息传来，全家都忙乱不堪，作为主事之人的凤姐的情况没有细写，就用“无片刻闲暇之工”来概括，甲戌本批语：“补阿凤二句最不可少。”第十九回，袭人述说当年被卖的情景，“当日原是你们没饭吃，就剩我还值几两银子，若不叫你们卖，没有个看着老子娘饿死的理”，已卯本批语：“补出袭人幼时艰辛苦状，与前文之香菱，后文之晴雯大同小异，自是又副十二钗中之冠，故不得不补传之。”第二十七回，黛玉因被晴雯无意间关在门外排揎了一顿而悲泣忧闷，身边的紫鹃等人也不特别安慰，因为黛玉平日的情性就是如此，“无事闷坐，不是愁眉，便是长叹，且好端端的不知为了什么，常常的便自泪不干的”。庚辰本批语：“补写，却是避繁之法。”甲戌本批语：“补潇湘馆常文也。”第四十二回，鸳鸯说将别人送给贾母的衣服送给了刘姥姥，因为“老太太从不穿人家做的”，王府本批语：“写富贵常态，一笔作三五笔用，妙文。”这些细微的描写，虽然出现在不起眼的位置，但对人物的性格描写具有一定的补充作用。

再有，通过人物之间的互相映衬，凸显特征。第二回，贾雨村说起金陵甄家宝玉的种种癖性，说他自称“必得两个女儿伴着我读书，我方能认得字，心里也明白；不然我自己心里糊涂”，甲戌本批语：“甄家之宝玉乃上半部不写者，故此处极力表明以遥照贾家之宝玉。凡写宝玉之文，则正为真宝玉传影。”第七回，秦可卿评价弟弟秦钟“他虽腼腆，却性子左强，不大随和些是有的”，甲戌本批语：“实写秦钟，双映宝玉。”第二十七回，宝钗偶然听到小红与坠儿在亭子中密谈手帕之事，就在即将被发现的危机当口，宝钗机智地用所谓“金蝉脱壳”计将事情遮掩了过去，庚辰本批语：“此节实借红玉反写宝钗也，勿得认错作者章法。”第五十回，王府本回前总批：“此回着重在宝琴，却出色写湘云。写湘云联句极敏捷聪慧，而宝琴之联句不少于湘云，可知出色写湘云，正所以出色写宝琴。”第五十二回，有正回末总评：“写宝玉写不尽，却从仆从上描写一番，于管家见时描写一番，于园工诸人上描写一番。园中马是慢慢行，出门后又是一阵烟，大家气象，公子局度如画。”第六十九回，王府本回前总评：“写凤姐写不尽，却从上下左右写。写秋桐极淫邪，正写凤姐极淫邪。写平儿极义气，正写凤姐极不义气。写使女欺压二姐，正写凤姐欺压二姐。写下人感戴二姐，正写下人不感戴凤姐。史公用意，非念死书子之所知。”

除了人物之间的互相映衬，脂批还提出“欲扬先抑”也是一种以比较来突出人物特点的方式，只不过与人物形成比较的不再是另一个人物，而是某些先入为主的观念或想象。第三回，黛玉在见到宝玉之前既听母亲讲过这个表兄“顽劣异常”“最喜在内帏厮混”，又得到王夫人的警示“你只以后不要睬他，你这些姊妹都不敢沾惹他的”，因此对宝玉的印象分降落谷底。甲戌本批语：“这是一段反衬章法，黛玉心用猜度蠢物等句对着去，方不失作者本旨”，“文字不反不见正文之妙，似此应从国策得来”。第十七回，贾政等人游览初建成的大观园，走到后来宝钗居住的蘅芜院，“一所清凉瓦舍，一色水磨砖墙，清瓦花堵”，游历园中不少美景的贾政不禁评价“此处这所房子，无味的很”，己卯本批语：“先故顿此一笔，使后文愈觉生色，未扬先抑之法。盖钗颦对峙，有甚难写者。”

（三）对叙述者、叙述视角的关注

《红楼梦》中叙述者与叙述视角是具有层次而且多变化的，比如，第十八回，在元妃省亲之时，一直都以第三人称的全知视角叙述，这也是中国古典小说中最为常见的叙述视角，但忽然跳出一段文字，叙述的口气陡然一变，叙述者石头再次现身，并以石头的口吻抒发感想：“——此时自己回想当初大荒山中，青埂峰下，那等凄凉寂寞；若不亏癞僧、跛道二人携来到此，又安能得见这般世面。”己卯本批语：“自此时以下皆石头之语，真是千奇百怪之文。”在一片令人头脑发热的花团锦簇之中，石头的出现一下子将读者带回了大荒山下的彼岸世界，提醒世人花柳繁华与万境归空只在一念之间。

在描写人物时也会经常出现变换叙述视角的情况，尤其常以小说人物的眼睛引领读者认识世界，给人物的形象带上特定的主观色彩。第六回，刘姥姥进入王熙凤房中，所见之人、物都以刘姥姥的眼光和语气描述出来，“满屋中之物都耀眼争光，使人头悬目眩”，见到平儿也是“遍身绫罗，插金带银，花容月貌的”，甲辰本批语“俱从刘姥姥目中看出”，“从刘姥姥心目中略一写，非平儿正传”。刘姥姥观察的主观意味更为浓厚，而且因为人物本身认识能力的限制，所反映的信息也并不准确。

再如，第三回，林黛玉进入贾府，贾府的各色人物都是通过黛玉的眼睛介绍出来的，王府本批语：“以下为宁（荣）国府第，总借黛玉一双俊眼中传来。非黛玉之眼，也不得如此细密周详。”贾氏三姐妹的形容样貌也都是通过黛玉的眼睛描绘出来的，甲戌本批语：“从黛玉眼中写三人。”而林黛玉的外貌行止则显然又是通过众人的眼睛写出：“其举止言谈不俗，身体面庞虽怯弱不胜，却有一段自然的风流态度。”甲戌本批语：“从众人目中写黛玉。”黛玉借机打量王夫人房中的丫鬟，“装饰衣裙，举止行动，果亦与别家不同”，王府本批语：“借黛玉眼中写三等使婢。”小说人物的眼光带有很强的主观色彩，会掺杂叙述者个人的观点，林黛玉在观察贾府上下人等时就明显带有评判考量的意图，因此这样带出的人物描写不一定是准确的人物正传，只不过提供了另一种介入的新鲜角度而已。

总之，脂批对技法的大量总结来自由金圣叹开始的小说评点传统，与历代文评有着深刻的渊源，具有相当深厚的文化积淀。就脂批自身来说，在文法讨论上有着很强的理论目的性，即探讨和追寻《红楼梦》人物刻画的内在结构，实际是围绕人物在探讨“怎样写”的问题，这与西方叙事学追寻的目的在本质上没有区别。虽然，脂批并没有将这样的目的和努力置于某个宏大的理论框架之中，只是进行非常具体的个案讨论，但得出的结论依然具有理论包容性，这是中国化的人物叙事研究，这些规律性的总结对阅读与写作双方面都有极大的价值。

第四章　独具个性的各家评点

第一节　王伯沆对王希廉评语的评点

王伯沆[1]，名瀣，字伯沆，一字伯谦，号无想居士，晚号冬饮，室名冬饮庐，又因教授《四书》得名王四书。祖籍江苏溧水，长期居住江苏南京，撰述往往自署溧水王瀣。清末一度为上海某局编书，先后任南京陆师学堂、两江师范学堂教习。辛亥革命以后，任职南京图书馆。1914 年后执教于南京高等师范学校、东南大学、第四中山大学、中央大学等。后病逝于南京。王伯沆一生治学严谨，对宋明理学造诣尤深。编著有《读四书私记》《经略台湾事纂》《清四家词选》等。王伯沆的《红楼梦》评点是辛亥革命以后的《红楼梦》评点中成就较大的一家。王伯沆从 1914 年开始评点《红楼梦》，直到 1938 年才完成工作，前后持续 24 年，共评点 5 次，分别用朱笔、黄笔、绿笔、墨笔和紫笔，批语总计 12387 条，批语外还用五色笔对原文进行了圈点。1985 年江苏古籍出版社出版了《王伯沆〈红楼梦〉批语汇录》。2010 年南京大学出版社又出版了《王伯沆批校〈红楼梦〉》。关于王伯沆的研究文章数量并不算多，主要有《王伯沆先生与太谷学派传人》[2]《太谷学派与〈红楼梦〉》[3]等，其中着眼其《红楼梦》评点的主要有《论王伯沆和他的〈红楼梦〉批

---

① 王伯沆生平详见赵国璋、谈凤梁所作《王伯沆〈红楼梦〉批语汇录前言》，《王伯沆〈红楼梦〉批语汇录》，江苏古籍出版社 1985 年版。

② 王明发《王伯沆先生与太谷学派传人》，《南京理工大学学报（社会科学版）》2004 年第 1 期。

③ 万晴川《太谷学派与〈红楼梦〉》，《红楼梦学刊》2007 年第三辑。

校》[①]《论王伯沆评批〈红楼梦〉之“运诗词意入白话”》[②]等。

王伯沆评点的底本是王希廉评点的双清仙馆本，缘于此，王伯沆在评点《红楼梦》本身文字的同时，也对文末的王希廉评语多有议论，形成了批评之批评的有趣现象，也可称为王伯沆评点的一大特色。而王希廉的评点在后世的众多《红楼梦》评点中无疑是相对突出的，尤其对《红楼梦》结构布局的充满大局观的评点，历来受到推崇。这点从三家评本等各种依托王希廉评点的众多版本的涌现以及畅销就能得到证明，王、姚合评，王、张、姚三家评以及王希廉、蝶芗仙史合评占据了《红楼梦》刻本的大部分，吴克岐辑《忏玉楼丛书提要》提到上海广百宋斋排印的王姚合评《增评补图石头记》时还指出“逮此本出现而诸本几废矣”[③]。王伯沆作为一位较晚近但同样学养渊博的评点家，在阅读和评价王希廉的评点时，他的看法和接受角度又与普通读者有很大不同，本书以王伯沆评价王希廉评的角度为切入点，从评家共鸣、专家对话、读者趣味三个方面来对王伯沆评点中这部分独特的评语进行考察，以期求得对王伯沆评点更深入的认识。

一、评家共鸣

小说的艺术创作，尤其是行文章法和人物刻画，是小说评点研讨的重点。王伯沆对王希廉此方面的一些重要论述多有欣赏，表达了褒扬赞赏之情。二人之间的共鸣体现了这两位评点家眼光的默契以及在一些问题上的集体性共识。

首先，王希廉在《红楼梦》的行文布局上的分析眼界豁达，体会深刻，具有大局观，对此后来者王伯沆极为赞赏。比如，王希廉评说冷子兴演说荣国府的“减头绪”功能，认为：“宁荣二府，头绪纷繁，若于后文补叙家世，竟不知该于何时补叙……妙在借冷子兴在村肆中闲谈叙及，且将林、甄、王、

① 苗怀明《论王伯沆和他的〈红楼梦〉批校》，《红楼梦学刊》2009年第六辑。

② 李冬红《论王伯沆评批〈红楼梦〉之“运诗词意入白话》，《明清小说研究》2011年第1期。

③ 吴克岐《忏玉楼丛书提要》，北京图书馆出版社2002年版，第32页。

史各亲戚参差点出，既有根蒂，又毫无痕迹，真善于点题者。”王伯沆评道“有眼”[①]。王希廉对于行文中起承转合的具体分析，揣摩入微，体现了小说作者创作的文法精髓，并且时有创见。王伯沆认为王希廉的评点细腻有眼光，道出“行文妙处”，“入细”“有手眼”。比如第十四回，秦可卿去世，王熙凤协理宁国府，其中又夹写她处理荣国府事务，王希廉就此评说：“在宁府办事，夹写荣府巨细诸事，足见凤姐部署裕如，不慌不忙，然皆是有余气象。”王伯沆赞其道出“行文妙处”。再有，第十回，王希廉品味闹书房一节的收束手法，将作者行文构思的细腻用心娓娓道来：“金荣大闹书房一节，若竟不再提，则九回书直可删却半回。若从贾璜之妻告诉发觉，便难于收拾。今借秦氏病中，秦钟诉知，秦氏气恼，转从尤氏口中告知金氏，令金氏不敢声言，随即扫开，真是指挥如意。”王伯沆赞曰：“此评入细。”第十七回，王希廉评价“大观园试才题对额”情节安排的巧妙之处，道：“大观园工程告竣，若只请贾政一看，毫无意味。今以联匾为题，则此一看为最要紧之事，不徒为游玩起见。而各处亭台楼榭、殿阁山水，即可挨次细叙，不觉烦琐。非善于叙景者，不能有此想。”王伯沆赞同：“此评极有手眼。”

另外，王希廉对情节内涵的讲解，也得到了王伯沆的呼应。如第四回评葫芦案一段情节，王希廉谈小沙弥为贾雨村讲说四大家族之厉害关节，云：“葫芦庵小沙弥断案，说尽仕路趋炎情态。”王伯沆评价说：“此语透。”无独有偶，在这一处好几位评点家都不约而同地发表了讽时骂世的类似评语，如脂批云：“真是警世之言，使我看之不知要哭要笑。”[②]黄小田云：“‘护官符’三字，今日亦复如是，但不敢公然立此明目耳。”[③]可见对此段情节的社会性内涵，评点家们虽然因时空间隔无法互相交流参证，却有着基本一致的看法，

① 本节所引王希廉与王伯沆评语均引自《王伯沆〈红楼梦〉批语汇录》，江苏古籍出版社1985年版。

② 陈庆浩《新编石头记脂砚斋评语辑校》，中国友谊出版公司1987年版，第93页。

③ 黄小田评点《红楼梦》，黄山出版社1989年版，第38页。

形成了集体性共识。

再有，在人物立意上，王希廉的不少独到看法得到了王伯沆的重视和支持。王希廉在第五回明确了黛玉、宝钗二人在宝玉心目中的位置，用语精当：“黛玉是宝玉意中人，宝钗是宝玉镜中人。”“意中人”较好解，道出了黛玉在宝玉爱情世界中的独一无二地位。而“镜中人”也是传统文学尤其诗词中常见的意象，无论李煜的“江山看不尽，最美镜中人”，还是宋词中的“花似镜中人，不堪衰老”，抑或后来王国维的“且自簪花，坐赏镜中人”。此意象，既包含着镜中美人的赞誉自赏，也指向了韶光易逝的虚幻哀怨，美则美矣却独守空闺韶华虚度的“镜中人”形象与宝钗形象关合恰切。王伯沆表示了赞同：“此言不浅。”更有趣的一点是，在对钗黛二人的具体看法上，王伯沆与王希廉其实是截然相反的，后文会有详述。在具体的人物点评中，对于王希廉的一些精彩点评，王伯沆也表示了认可。比如，第四十六回，贾母因贾赦欲强逼鸳鸯为妾而迁怒王夫人，一时王夫人有口难辩，众女眷纷纷避嫌退散，唯有探春婉转为嫡母解说，王熙凤顺势凑趣，二人将震怒的贾母劝解开来，也缓和了冷凝的气氛，王希廉评道：“探春劝贾母，开脱王夫人；凤姐派贾母不是。一个劝得有理，一个派得有趣，真是善于劝解者。”王伯沆认为“雪翁此评极佳”。

王伯沆甚至还会在王希廉的评论之后附和并顺势稍作升发，更为两位评家的隔空对话增添了和谐的色彩。第十二回，王希廉评价王熙凤毒设相思局的手段，说：“不但极写凤姐之刁险，且以描其平日钟情之处，亦必如此引盗入室。”王伯沆进一步发挥，评价社会风气说：“近日谈恋爱者大率如是。”第四十二回，王希廉评刘姥姥二进荣国府盛况，并最终将这段描写的重点落在后文刘姥姥救巧姐的伏笔上，道：“刘老老此次进荣府，衣服银两满载而归，是伏后来老老家中借此宽裕可以藏巧姐地步，不是呆写荣府念旧乐施。”王伯沆借着王希廉的评语议论一番，认为刘姥姥救巧姐这一结果来自双方努力，既仰仗刘姥姥的报答义举，也是贾府的积德福报。他说：“贾府怜贫惜老，真是难得，非积善之家不能周至动人至此也。此评以为伏巧姐藏留地步，不知天下有受人大恩其后落井下石者甚多。老老竟能拯巧姐于危，固是老老不负贾氏，亦贾氏慈厚待人之报也。”

二、专家对话

其实，除了一些互相呼应的赞同评语外，王伯沆与王希廉意见相左的地方似乎更多，也留下了犀利的反驳之辞。下面笔者就集中展现王伯沆对王希廉评语持反驳意见的一些评语，从中能见出评点家的思想交锋、驳诘问难，同时也从另一个角度体现了评点家们批评态度的“不同之同”，即他们都从各自的立场出发认真地对文本进行了评赏阐释，有着各自的学术坚持。

首先，对于王希廉一些发挥性的评论，王伯沆表达了不同意见。比如，第十六回，王希廉以秦业名字谐音谈到秦业身死，云：“情为业因，业为情果。可卿已死，鲸卿将故，情已消灭，业将随化，秦业安得独存？此秦业之所以先秦钟而死也。”王伯沆认为“语无意味”。王希廉的评语较为感性随意，甚至有些发散，会心者往往一笑而过，不去细究，而遇到以严谨考据著称的王伯沆，则就必然加以批评了。追根到底，王伯沆其实是对王希廉在揣摩文意时的求之过深，极不认同，认为“故为深文可厌”。

唯其如此，王伯沆才无法认同和体会王希廉某些揣摩情节深意的评语。第六回，王希廉谈及王熙凤与贾蓉对话的情态时说：“凤姐与贾蓉谈话一段，写凤姐‘神情闪烁飘荡，慧眼人必当看破’。”王伯沆不同意：“并无确证。我最不喜。‘慧眼人’决不如此看书。”第十四回，王希廉评价王熙凤灵前哭秦可卿的心态云：“凤姐灵前大哭。是真哭，不是假哭。秦氏灵动聪明，是凤姐知心，其情亦大略相似。惺惺惜惺惺，安得不恸。”王伯沆则认为“小眼孔人，故有此鄙琐语”。第十八回，宝玉奉命作诗，钗黛二人各自帮忙而表现迥异，王希廉评曰：“宝钗改‘绿玉’为‘绿蜡’，是聪明不是怜爱；黛玉代作《杏帘》诗，是怜爱不是聪明；各有分别。”王伯沆云：“必如此分辨，不知何据？”第二十一回，宝玉因与袭人等口角，心灰意冷，竟提笔续《庄子》，黛玉见之题诗戏讽，王希廉认为黛玉之诗即为作者之意：“黛玉题诗讥诮说：‘不悔自家无见识’，驳得极是，此即作者之意。”王伯沆又一次追问：“有何凭证？”王伯沆一再强调王希廉的评论无凭无据，要求拿出“确证”，由此可见，二位评点家的学术个性和治学风格极为不同，甚至有些冲突，王希廉擅艺术赏析，乐于揣摩言外之意，而王伯沆则更重实证，着眼于言之有据。

此外，除了文意阐释方面的理解分歧外，对文法意图的感悟不同也是王伯沆反驳王希廉的一个重要方面，而归根结底依然还是不能认同王希廉颇为空灵的体悟式分析方式。第四回，王希廉认为借着薛蟠犯人命案引出薛家进京，书中主要人物得以相聚：“因借人命一案，牵合相聚。”王伯沆则认为薛宝钗待选才人是相聚的由头，“借送选一事，非借人命一案也”。再有，第二十回，王希廉认为林黛玉的言语为后文自己的悲剧命运埋下伏笔：“借史湘云之来，写黛玉之赌气，说出‘不如死了’等语，亦是伏笔。”王伯沆却认为毫无道理，不能算作伏笔：“牵凑无理。”第二十五回，王希廉认为此回的事件互相连缀互为因果，结构精巧：“抄金刚经引出马道婆，惹起五鬼双真，由道入魔，祛魔成道，即是仙佛工夫。”王伯沆不同意：“不知胡说些什么。”尤其第二十四回，王希廉评价小红的梦境描写：“小红一梦是一小红楼。妙在入梦时不先说破，读者几疑窗外真是芸儿叫他。化工之笔。”小红的梦境描写一环套一环，衔接紧凑逼真，确实体现了作者构思的精妙与笔力的深厚。可王伯沆却说：“此是文人构思境界。”“全书用笔多此类，此批稚气。且方入梦时即先说破，成何文法？”在这里，王伯沆则已经不仅仅是对王希廉的文法分析持不同意见，甚至也对小说作者的写梦手法表示了不以为然。

尤其谈及秦可卿这个人物，王伯沆极为不喜王希廉的分析，认为其格调低下、心思鄙陋。第十二回，王希廉云：“贾瑞死于淫，秦氏亦死于淫。贾瑞是宾，秦氏是主。”王伯沆驳斥道：“有何证据以此污人，心术甚是下流。”第十三回，写到秦可卿之丧的情形，王希廉认为其中有微言大义，他评道：“秦氏一死，合族俱到……亦以见贾珍素日爱怜其媳。”又评曰：“秦氏死后不写贾蓉悼亡，单写贾珍痛媳，由必觅好棺，必欲封诰，僧道荐忏、开丧、送柩，盛无以加，皆是作者深文。”王伯沆反对说：“支离不合。心术不端之言”，“谬论！”

其实从公允的角度来讲，王希廉对秦可卿的评价和鉴赏至少是言之成理的，并不像王伯沆评价得那么一无是处，甚至可说王希廉的看法代表了不少研究者和读者对秦可卿这个人物的看法。脂批中那段关于命作者删去“秦可卿淫丧天香楼”的批语也从侧面证明了王希廉批语的大方向与作者的创作意图是颇为契合的。而王伯沆极力驳斥的原因，还是在于对秦可卿这个人物的认识和定位与王希廉存在巨大差异。对于这个人物的地位作用，王伯沆有自己的不同看法，他不认为秦可卿的品性有瑕，认为“阅是书者，皆以‘淫’为可卿罪，余独说不然”，进而将秦可卿放在至关重要的位置上，甚至比肩宝玉：“秦氏是本书第一主脑。一切皆从‘情’字为因果也，《红楼梦》末一曲最是点睛处。……缘毕归真人天悲悼，一切丧仪，自宜作庄严供养观，不必作奢侈观。”关于秦可卿，尤其是其死后种种闪烁可疑的描写，王伯沆也有所考虑，认为丧仪奢侈恰是为表示秦可卿的重要，将秦可卿看作一个以淫丧命的妇人是短浅之见，“今不察可卿前后大作用，但取第七回焦大醉中一骂；又以十三回‘贾珍哭得泪人一班’作证，以为荣宁罪首，此皆眼光如豆之言也。或又曰，第五回正册第十一幅云：‘造衅开端实在宁’，《红楼梦新曲》第十三支云：‘家事消亡首罪宁，宿孽总因情’，又是何说？答曰：此特为市俗庸众立言耳”。两相比较，王希廉的观点似乎更合理一些，不过王伯沆的反驳也并非出于个人情感偏好，而是根据自己的学术观点提出的。

另外，还有一些评语则确实是王希廉的解读有所失误，王伯沆的反驳与质疑就较有道理。如第四十三回，宝玉偷偷祭奠金钏，王希廉认为宝玉痴性，忘记了当天是凤姐的生日：“焙茗代祝，是用旁笔写出宝玉痴呆；婉劝宝玉回家，亦是旁面写宝玉竟忘凤姐生日。”实际从行文就能看出宝玉并未忘记，其实是有意躲开凤姐生日的热闹，王伯沆评价说："何尝痴呆？何尝忘凤姐生日？雪香真是笨伯。"第四十七回，王希廉又认为柳湘莲早就存了算计薛蟠的想法："湘莲向宝玉说眼前就要出门，想见此时湘莲心中，已早有算计薛蟠之念。"其实柳湘莲与宝玉提起出门时并未要为难薛蟠，只想尽量避开，后来是被纠缠不过才怒而惩戒之。王伯沆也指出："全不看上下文，故有此胡说。"

这一部分集中了很多王伯沆与王希廉意见相左的评语，二人的观点各有精彩，不能武断地评价其中优劣。而且，不管两人的观点如何，这都是两位评点家从各自观点出发的针锋相对的学术对话，其中贯彻了评点家的理性思考和学术观点，并非通过非议旁人而彰显自身，这一点表现出了中国小说评点兼具互动性与学术性的一面，极为可贵。

三、读者趣味

批评家在评点小说时，也有着丰富的情感投入，重视直观和感受，如冯镇峦所说："批书人亦要眼明手快，天外飞来，只是眼前拾得。"① 随着感情色彩的加重，批评者的角色也在悄然发生变化，评语往往会由批评者的理性而转向读者的感性，这种转变更多地集中在人物鉴赏方面的批语中。王伯沆与王希廉在人物鉴赏方面的批语同样也体现出了评点家向读者身份的回归，其中所展现的阅读趣味突出了评点家的个人好恶，主观色彩浓郁。

比如谈及妙玉这个人物，王伯沆就展现了非常强烈的个人偏好，表现为无条件地维护与赞誉。他批评王希廉对妙玉的评价不够公允："雪香之评，于妙师多丑诋之词，心眼俱不正，不自知耳。"比如王希廉质疑妙玉的身份背景："妙玉父母双亡，不知何姓，其师亦不知姓氏籍贯，又已圆寂。不知其平日用度及珍贵器皿、老嬷丫头，从何得来？实令人可疑。"王伯沆就为之辩驳："师徒皆身入空门，本不须再言姓氏籍贯。本文名言'宦家小姐'，则一切所有乃固有也。雪翁以为疑，岂无父母之宦家小姐皆当奴婢星散、当卖一

① 孙琴安《中国评点文学史》，上海社会科学院出版社 1999 年版，第 9 页。

空耶？如此口吻，真乞人语。”王希廉再质疑：“妙玉出家人，何以有许多古玩茶器？五年前又在玄墓住，形迹殊属可疑。”王伯沆则直接贬斥：“有何可疑？真穷人语。”王希廉说妙玉做作：“四十一回中，妙玉说宝玉：‘若独自一个来，不给茶吃。’何以红梅花，宝玉一人去偏能折来？且又去第二次，分送各人一枝？可见妙玉心中爱宝玉殊甚。前说‘不给茶吃’，是假撇清；比番分送红梅，亦是假掩饰。”王伯沆就此发表意见，虽然也承认王希廉的分析细致合理，依然要为妙玉撑腰：“此评虽入细，我于妙玉终不愿形其短也。”

再有，对宝钗、黛玉的看法，可说是自《红楼梦》传世以来就争论不断的传统难题，两位评点家的观点恰好截然相反，各为一方代表，王希廉扬钗抑黛，王伯沆扬黛抑钗。

王希廉不遗余力地褒扬宝钗，而王伯沆均回以反驳之辞。第四回，宝钗初登场，王希廉赞美并畅想，甚至率先选中宝钗为宝玉良配：“篇中说宝钗举止品度，又是一样，已隐隐中贾母之选，且为众人钦服。”王伯沆有力回击：“细检篇中，并未多叙。此云‘又是一样’，不知所措。末二句尤无根。”第八回，宝玉、宝钗互看金玉，王希廉偏要赞宝钗大方自持：“宝玉之玉，是宝钗要看，宝玉递送；宝钗之金锁却从丫头莺儿口中露出，大方得体，不露痕迹。”王伯沆就觉赞得毫无道理：“锁由宝钗摘下，宝玉忙托着，独非钗之‘递送’乎？又此锁从丫头口中露出，有何大方？真不可解。”

王希廉认为：“善于避嫌，是宝钗一生得力处。”王伯沆恰恰认为：“正是一生奸巧处。”王希廉又借指摘宝黛相处的不避嫌，以赞赏宝钗的善避嫌。第三十四回，王希廉云：“黛玉与宝玉段段不避嫌疑，密语私会；宝钗与宝玉往往正言相劝，毫无亵狎。二人举动不同，钟情无异。”王伯沆再次反驳：“所称‘段段’则无据，所称‘往往’亦不知何据。‘毫无’二字未免太左袒了。如此立论，只宜读《暗室灯》《桂宫梯》等书，何必读红楼梦耶！”第十九回，王希廉又云：“两人恣意戏谑，若非宝钗走来，恐有不堪问处。”王伯沆指出了王希廉对宝钗黛玉二人行为评价的双重标准：“第八回‘识金锁’一事，评云：‘黛玉若不走来，两人说话便难截住’；‘若非宝钗走来，恐有不堪问处’，全是不平不公之论。且宝、黛不避嫌处甚多，亦无不堪问事。如此下语，正是下流心、蛇蝎口也。”第二十三回，王希廉评宝黛共读西厢一段：“宝玉一见小说传奇便视同珍宝，黛玉一见《西厢》便情意缠绵。淫词艳曲移人如此，可畏，可畏。”王伯沆又反驳道：“雪翁眼光小至此，而语气尤腐。”“宝、黛公案，自有因缘，非关淫艳词曲。即以‘移人’‘可畏’言，宝、黛并无一毫秽垢也。”

王希廉对黛玉的贬抑亦毫不容情，尤其惯于在与宝钗的对比中呈现。王希廉云：“黛玉开口尖酸，宝钗落落大方，便使黛玉不得不遁辞解说。”又云：“写黛玉戋戋小器，必带宝钗落落大方；写宝钗事事宽厚，必带叙黛玉处处猜忌。两相形容，贾母与王夫人等俱属意宝钗，不言自显。”王伯沆反驳：“全无眼孔，胡说之至。我不知所谓小器与猜忌在本回系何所指也。”第四十五回，黛玉受宝钗言行感动，放下心防，真心与之结交，坦诚了之前的多心小性，本是开诚布公的动人时刻，王希廉还要扬钗抑黛说：“黛玉心事向宝钗实说，不但写黛玉平日多心，且见宝钗先德。”王伯沆直指为“腐语。刺目”。

及至对袭人、晴雯这两个影子型人物的褒贬，王希廉与王伯沆二人的态度依然具有延续性。王希廉偏爱袭人，王伯沆同情晴雯。王希廉认为袭人在向王夫人进言时也提及宝钗，非常得体无私：“袭人虽心钦宝钗，而于防闲之处仍相提并及，不分轻重，立言得体。”王伯沆则认为袭人的言辞轻重分明，私心昭然：“分明有轻重而不知，真是梦人！此种心眼真是袭人一流，阅之愦愦。”第四十八回，王希廉将晴雯撕扇与贾赦夺扇相提并论，认为都是自作孽：“晴雯撕扇，是恃宠撒娇；雨村讹扇，是倚势害良。而晴雯之被逐，贾赦之获罪，皆种于此。”王伯沆认为此种比附毫无道理：“晴雯撕扇与被逐何涉？赦之罪谓之种于扇，尤谬。不是的论，一味牵扯附会而已！”尤其王伯沆对袭人极为反感，以致王希廉某些相关议论，其实未必有意抬高袭人，也被他敏感地寻摘出来，一一辨正。第二十五回，王希廉认为四儿得到机会近身伺候宝玉又卖力表现，已经为后文被逐出大观园埋下伏笔："四儿才伺候宝玉，便想设法笼络，已伏将来被撵之由。"王伯沆则认为袭人才是四儿悲剧的始作俑者，"四儿之被撵，袭之奸谋，岂未知耶？"第三十九回，王希廉只是列举了几个重要的大丫鬟："袭人、鸳鸯、平儿实为丫头中出类拔萃之人。"王伯沆就挑剔其将袭人列在首位："屡以袭人居鸳鸯、平儿之上，是何心肝？"

总之，王伯沆为自己喜欢的人物站脚助威，如同当下的粉丝推崇偶像，在对王希廉评点的反驳中，表达了自己对心爱人物的全力守护，亦由此可见评点家的真性情与小说人物塑造的魅力。

四、余论

从王伯沆对王希廉《红楼梦》评语的批评中，我们可以看到两位评点家在学术根底、个人趣味、治学个性等诸多方面的不同，从这些有意味的对比中，我们对王伯沆的评点特色有了更进一步的了解。

王伯沆的《红楼梦》评点具有自己强烈的个人特色，首先，王伯沆是饱学之士，一生治学严谨，相对于艺术的感悟来说，更长于严谨的考据，所以王伯沆的评语内容也较为严肃板正，讲究实证。而讲究实证对文学批评其实是把双刃剑，一方面限制了艺术性的发散思维，一方面也确实有益于评点内容的严谨规范，做到言之有据言之有物。其次，因为理学造诣深厚，王伯沆将朴学考据的功夫套用在了小说评点中，为他的评点加入了丰富的内容，使其评点呈现出精细广博的特色。王伯沆尤其喜欢用实事与典故来与小说中的说法互相印证。比如小说第六回写平儿"插金戴银"，王伯沆据此就有一番考据："汉妆语。按，古装饰用银已为华贵，妃妾以银环进之。白香山诗：'皓腕肥来银钏窄'，苏子瞻诗：'溪女笑时银栉低'，类此者不胜举。贾府如平儿决无戴银之理，此不过刘妪口头言耳。"再有第二十回，宝玉为麝月篦头，又有批语："按：新婚次早有夫妇并肩试镜之俗，作者运用极有分寸。'通头'

二字，见和凝诗：‘鱼犀月掌夜通头’。”当然，这样的大量引经据典也使得王伯沆的评语有些太过烦琐，颇有以学识为评点的倾向。再有，板正严肃的王伯沆，在人物鉴赏方面依循了小说评点的一贯特色，感情充沛且投入了大量精力，评点家维护的人物是真实性灵的林黛玉及其周边人物，又与本人的治学风格形成了有趣的反差，成为王伯沆评点中生动且富含人情味的一部分。

另外，还有一点值得注意，即是王伯沆评点的时代色彩与理论坚持。王伯沆的评点工作从1914年持续到1938年，这段时期，正值红学研究的风云时代，经历了“索隐派”与“新红学”的争锋。三部“索隐派”的代表性著作都在此时段出版，蔡元培的《石头记索隐》于1916年在《小说月报》连载，至1930年已经印行第10版，《红楼梦索隐》于1916年出版，《红楼梦释真》于1919年出版。“新红学”的代表作也纷纷问世，胡适的《红楼梦考证》1921年出版，又有《跋〈红楼梦考证〉》《考证〈红楼梦〉的新材料》等，俞平伯1923年也出版了《红楼梦辨》。在这场争锋中以胡适为代表的“新红学”占据了上风。王伯沆在这样的社会氛围与学术观念笼罩之下评点《红楼梦》，势必会触及对两种学术流派的思考。王伯沆评语中对索隐的评论较多，可见索隐的种子在他心中还是存在的，虽然没有真正长成大树，但难免还是会有些枝枝杈杈参差其间，偶然会冒头，比如他认为小说中所说节度使“云光”，“此必影射一人，否则此名无义”。王伯沆虽然对待索隐态度颇为纠结，但基本上还是将《红楼梦》看作虚构作品，不主张把小说人物与历史人物相对照，“王冬饮曰，作者未尝不欲影射，但雪芹已增删五次，其中万无用一人影射到底之理。索隐者先有董小宛、刘三之事在胸，故一意附会，自忘支离，反不如用可卿之为妥。可卿事本书备载，非有意袒之也”。再如，王希廉第一回评曰：“悼红轩似即是怡红院故址。”王伯沆马上反驳道：“袁简斋曾谓大观园即金陵隋园，已为人笑。今雪香又以悼红轩似即怡红院，真是无独有偶之笑话了。”王伯沆能有如此观点，与其学术渊源也有一定关系，他所追随的太谷学派，其一传弟子张积中曾作《读〈红楼梦〉后》，否定各种影射讥刺的说法，认为《红楼梦》的主题是“梦幻说通灵，风尘怀闺秀”等“自况”[1]，持论与后世胡适等人主张的自叙传说颇相类。因此，虽然王伯沆相对来说更关注“索隐派”的学术成果，也对索隐颇有兴趣，但终究还是在纠结中尊重了小说的艺术规律，从而使其小说评点更具现代学理性。

第二节　黄小田的《红楼梦》《儒林外史》评点之对看

在众多的明清小说评点家中，黄小田[2]的声名不显，这与他的两部评点作品长期湮没无闻不无关系，随着他的《儒林外史》评点和《红楼梦》评点

① 万晴川《太谷学派与〈红楼梦〉》，《红楼梦学刊》2007年第三辑。

② 黄小田，名富民，字小田，号萍叟，生于乾隆六十年（1795年），卒于同治六年（1867年），安徽当涂人。他的父亲黄钺在当时很有声望，嘉庆时官至户部侍郎，礼部尚书，曾拒任《秘殿珠林》《石渠宝籍续篇》总阅，《全唐文》馆总裁，工书善画，为世所重。黄小田的仕途就没有他父亲那么得意，但也官至礼部侍郎，父子同任京官十余年。黄小田“官礼部十余年，以仪郎请假侍养，遂不复出山”。1853年，为避兵祸，黄小田离开家宅，避居外地，病逝异乡，终年73岁，“第宅丘墟，赐书零落，百年乔木，炬为烽火。夫以勤敏公遭际之盛，不及二十年，而君之所遭如此，宜有不堪回首者！”黄小田有诗词集《礼部遗集》行于世，评点了《红楼梦》和《儒林外史》。他的《儒林外史》评点过录在同治八年（1869年）苏州群玉斋活字本上，全书12册，有2000余条眉批，回末总评，对卧评也加以评陟。1986年，黄山出版社出版了李汉秋辑校的黄小田评本《儒林外史》。他的《红楼梦》评点包括眉批、侧批和回末总评，总共评语3028条。我们现在看到的是杨葆光的过录本，过录在同治元年（1862年）宝文堂翻印东观阁本的《新增批评绣像红楼梦》上，120回，20册。1988年，黄山出版社出版了李汉秋、陆林整理校订的黄小田评点的《红楼梦》。当代研究黄小田的文章颇为不少，如张庆善《一位鲜为人知的〈红楼梦〉评点家——黄小田〈新增批评绣像红楼梦〉评点初探》、李汉秋《黄小田和清末上海的小说沙龙》等，另有胡文彬《红楼梦叙录》、刘继保《红楼梦评点研究》、曹立波《东观阁本研究》、胡晴《〈红楼梦〉评点中的人物批评》、何红梅《红楼梦评点理论研究——以脂砚斋等10家评点为中心》等著作涉及黄小田评点，还有研究专著宋庆中《红楼梦黄小田评点研究》问世。

于20世纪80年代先后整理出版，学界关于黄小田评点的研究逐渐丰富起来。而在笔者看来，黄小田作为评点家最为独树一帜的特点就是他选择评点对象的眼光，他是目前已知唯一评点了《红楼梦》《儒林外史》两部经典著作的评家。这两种评点本虽然在众多的《红楼梦》《儒林外史》评点本范围内并不是最具代表性的评本，但是作为一个评点家，黄小田能够同时进入两部经典著作的内部进行细致耐心的评赏鉴别工作，已经足见其眼光与功力。笔者不惮浅陋，以这两种评点本为研究对象，对相关批语进行具体的比对和探讨，在收拢与辨析的过程中也可以看到一些有趣的现象，就如孙逊先生所言："这些评语虽然不像大块理论文章那样有系统、有深度，但却能说出许多大块文章说不到的妙处。"[①]

一、在文法上的思考

总结文法，是小说评点必定要进行的工作，金圣叹《读第五才子书》中专门总结了许多文法，如倒插法、夹叙法、草蛇灰线法、大落墨法等[②]；毛宗岗在《读三国志法》中也谈到了添丝补锦、移针匀绣之妙，近山浓抹、远树轻描之妙等[③]；张竹坡在《批评第一奇书〈金瓶梅〉读法》中更是说出了白描、脱卸、避难、手闲事忙等[④]多处具有世情小说特色的行文之法。而黄小田在评《红楼梦》《儒林外史》时也在文法上发表意见，既有两部小说各异的作文之法，也有共同或相通的文法，从中可以看出评点家个人的评点习惯。

在文法讨论相同或相通的方面，比较明显的一例是省笔墨法，即通过各种方法避免情节的重复冗余，这是优秀的长篇作品都可能涉及的文法，而在

① 孙逊《关于〈儒林外史〉的评本与评语》，《明清小说研究》1986年第1期。

②《读第五才子书法》，《金圣叹批评本水浒传》，岳麓书社2006年版，第4～5页。

③《读三国志法》，《毛宗岗批评本三国演义》，岳麓书社2006年版，第7～10页。

④《批评第一奇书〈金瓶梅〉读法》，《金瓶梅：张竹坡批评第一奇书》，齐鲁书社1987年版，第42页。

《红楼梦》《儒林外史》中都较为显明，黄小田也注意到了这方面的问题。《儒林外史》第一回，吴王来拜谒王冕，秦老问起，王冕并未宣扬，只搪塞带过，既符合人物性格逻辑，又不再重复拖沓，黄小田评曰：“亦是省笔墨之法。”① 第十二回，借看家书，说明娄家丈量土地事，借同船人之口写出权勿用在村中行径，黄小田评曰：“即将丈量事，销纳家书中，省笔墨也”，“且先将权勿用从不知姓名人口中一描写，亦省笔墨之法”。第三十三回，用季苇萧一句话交代杜慎卿已经北行。评曰：“一笔撇却慎卿，此笔墨简省之法，人却易忽。”而在《红楼梦》中也有类似批语，比如林黛玉教香菱作诗是详写，而湘云也与香菱谈诗，则只在第四十九回借宝钗的口简单说出，黄小田在此处评道：“不写湘云谈诗，却用宝钗说出，巧于省笔墨也，而湘云神情愈见。”② 第七十四回，抄检大观园，有详有略，李纨这一处就用生病睡下简略而过，黄小田评为：“处处细写，文章太板了，故李纨处亦带一笔过去。”

小说中加入诗文，甚至诗文成为小说的主角也是中国传统小说中一个引人注目的现象，“以诗文为文学正宗思想的浓烈，使故事叙述在某种程度上成了诗文的载体、逞才的手段”③。这虽然是一个比较具体的问题，但在《儒林外史》和《红楼梦》中都牵涉颇广，毕竟《儒林外史》是写文人故事，而《红楼梦》中的闺阁女儿也都长于吟诗作赋，因此诗词与行文关系颇密。关于小说中是否加入诗词的问题，黄小田是经过刻意斟酌的，他尤其赞赏《儒林外史》虽写文人故事，却并不加入无关正文诗词的做法，认为这是作者的高明之处。第二十九回，小说中罕见地出现了评论具体诗句的情节，杜慎卿评价

① 《儒林外史》，黄山书社1986年版。本节所引黄小田评点及《儒林外史》原文均出自此版本，此后不注。

② 《红楼梦》，黄山书社1988年版。本节所引黄小田评点及《红楼梦》原文均出自此版本，此后不注。

③ 陈大康《明代小说史》，上海文艺出版社2000年版，第321页。

了萧金铉的诗句，直指其索然不通，黄小田评道："全书写斗方名士不写诗句，仅此两言便令人喷饭。"不仅指出写此两句诗的讽刺之意，也特别注意，作者在描写"斗方名士"交游时一贯是不记录诗句的。就如第十八回提到了斗方，只说"纸张白亮，图书鲜红"，黄小田注意此处，评说："八字所以赞斗方，而诗不与焉。"第四十一回，写沈琼枝在知县面前不慌不忙地吟出一首七言八句，黄小田又说："寻常小说必将诗写出，无关正文而且小家气。"显然，所说的寻常小说或庸俗小说，凡有此种情节必定加入诗词，对于这样的类型化套路，黄小田极为不满，也赞赏《儒林外史》打破俗套的做法。

而对于"亦有传诗之意"的《红楼梦》中的大量的人物诗词，黄小田又是如何接受和理解的呢？首先，黄小田认为《红楼梦》中诗歌做到了按头制帽，符合人物身份声口，合乎情理，比如他评价芦雪广联句，认为"惟诗不甚佳，不过写小女子灵心争捷，原不必佳，（否则）反不近情理"。再有，他认为《红楼梦》中的诗歌与情节发展黏性很强，并非脱离情节的逞才扬善之作，甚至具有多重隐喻功能，值得咀嚼玩味。第七十八回，写宝玉作《姽婳词》一段，黄小田评云："此段作诗，似无关正文。不知是书言情，无所不备。恒王多情，林四娘即以多情殉主，死得其正，正以重后文袭人不死之罪。然闲文也，其写于晴雯既死之后，亦以晴雯虽死于情，不足轻重，必如林四娘之死，乃为正死耳。"黄小田所论基本符合《红楼梦》的实际情况，中规中矩，也没有因为《儒林外史》与《红楼梦》在行文中对待诗词的不同方式而有偏颇的论调。黄小田把"诗词"视为叙事的元素之一，而非独立于叙事之外的独立元素，即讨论的是小说中的诗词韵文，而非韵文本身，因此能对这一问题有较精到的论述。

在这两部作品各自独有的行文之法中，《红楼梦》的忙中写闲是黄小田比较注意的特殊笔法。这里所说的忙与闲，颇类似于张竹坡提出的"手闲事忙"，即在紧迫的情节中插入旁笔闲笔，延宕主体故事的前进，增强紧迫感，吸引读者的好奇心。比如《红楼梦》第六十七回，写凤姐得知了贾琏偷娶一事，而又偏偏不叙入凤姐正文，反而写宝玉房中闲事，黄小田评道：“且反搁住凤姐生气的事，偏叙宝玉闲文，令读者急煞。”再写袭人到凤姐房中探望一路闲事，迟迟不入凤姐正文，黄小田评道：“将写凤姐讯家僮，却偏有此闲笔。”随后才入凤姐正文，经过之前的延宕顿挫，讯家僮一段读来更觉酣畅淋漓。黄小田评语既关注了忙与闲相互对照的文法特点，也点明所产生的阅读效果“令读者急煞”。

而在《儒林外史》方面，小说独特的人物出场方式被黄小田总结为递出之法，类似于张竹坡所说“脱卸处”，是“作过节文字”。不过，黄小田这里专门指人物的登场退场方式，批语中频频点出，显见是黄小田在《儒林外史》中关注的典型文法。“就此了却严贡生，借范进递到王惠”（第七回）。“了两公子，仍写公孙，递到马纯上”（第十三回）。“借此递出鲍文卿”（第二十四回）。“从三人递到杜慎卿”（第二十九回）。“即由慎卿递到少卿，却以鲍廷玺为针线”（三十一回）。“了郭孝子，亦了王惠，以下入萧云仙正传”（第三十九回）。这一文法既典型又简明，较易捕捉，非常适合《外史》独特的人物故事连缀方式，并不具有普遍性。

在《红楼梦》中，黄小田其实意图以类似文法总结人物出场，不过《红楼梦》的人物并不是段落式的出场退场，尤其第五回后进入正文，主要人物陆续登场后基本都持续在场，所以，黄小田只在小说开头新人物集中登场时谈到几次“脱卸”“递出”，比如在第二回“以上是楔子，此方卸到正文，先出黛玉，后出宝玉，却以雨村为之线索”，“黛玉性情，全要宝钗来后摧写，故又递出宝钗”。之后并没有契合的文本内容，这样的批语也就少见了。

无论省笔墨还是诗文羼入的讨论，无论“忙中写闲”还是“递出”，这些是小说评点领域曾经或多或少讨论过的，但只有在各自适用的文本中才得以发挥作用。《儒林外史》《红楼梦》两个文本在文法上的表达具有各自的个性，差异是不言而喻的。所以，黄小田在这两本书中的评点显然无法将其中的文法问题完全重合起来，其中有一些类似问题的关联讨论，可以看到黄小田评点的惯性和习惯，但更多还是依据文本而生发的具体观点，充分关注小说自身的文本特质，尊重了对研究对象的差异性。

二、对人物的评价

在小说人物的讨论方面，笔者认为对人物的评论更能见出黄小田评点的个人特色，而在前辈评点家那里已经形成的一系列熟套的人物写作技巧上，黄小田评点并没有突破性的进展。因此，笔者在此将聚焦于人物评论，去讨论其呈现的特色。

在《儒林外史》中，黄小田对众多人物的评点都颇能道出世人心声，同理心和共鸣感很强，笔者尤其注意了黄小田对匡超人这一形象的详细点评，以此为例，集中展现其人物评论的特色。对于匡超人这个人物，黄小田投入了很浓厚的感情，完整关注了这个人物由心性尚可到名利熏心的过程，其中惋惜、哀伤、愤恨等情绪颇为胶着。

第十五回，匡超人出场，自述被困异乡无法见老病父亲的苦楚，黄小田已然受到后文影响，预告这个人物的不良未来。“赞孝子而以戏语出之，知后文必不佳”，不过也依然说“此时尚非禽兽，实是孝子”。匡超人甫一回家，与匡大的种种劣质蠢行形成了比较，高下判然，但黄小田却认为“人皆谓匡大之不孝正形匡二之孝，非也。匡大不过无知村农，不知所以为孝耳，其蠢乃具本质。匡二本质似美矣，而一入势利场，遂全失本来面目，反不如其兄蠢然无知得保本质。然则功名富贵非贼人之物哉！作者深有慨乎，其言之非浪费笔墨也”。这一回，还不厌其烦地写了匡超人怎样日夜照顾父亲，不避辛苦，纯是白描笔法，逼真体贴了照顾病人的种种琐碎烦恼，黄小田云：“可谓孝否？其不惜笔墨琐屑委屈写之者，凡以劝孝也。若厌其繁，是不知作者深心，不如不读。”也不忘通过棉袄点出马二先生对匡超人的接济之恩，而预告匡超人也将辜负这份恩情，“马二先生一件旧棉袄耳，人皆异之，一以写匡超人之穷，一以写后来之负心”。

这时的匡超人，每日辛苦劳作，没有什么好高骛远的心思，“我做这小本生意，只望着不折了本，每日寻得几个钱养活父母，便谢天地菩萨了。那里想什么富贵轮到我身上？”黄小田有感而发，将话题又引向了富贵功名之害，曰：“可见本愿不过如此，其陡然变易心肠，吾不知是相貌坏之抑功名富贵害之耳。”此回卧评云：“斗方名士，自己不能富贵而慕人富贵，自己绝无功名而羡人功名，大则为鸡鸣狗吠之徒，小则受残杯冷炙之苦，人间有个活地狱正此辈当之，而尤欣欣然自命为名士，岂不悲哉！”黄小田特意就此表示赞同“骂得痛快”。

黄小田非常重视一个细节，就是匡超人对母亲的不养不孝。匡母在匡超人回家后就自述一梦，梦中有人告诉她：“这官不是你儿子，你儿子却也做了官，却是今生再也不到你跟前来了。”黄小田云：“此即匡超人后来结局，却先从梦里了之。愿天下做官人细读而深味之，庶不负先生一片醒世婆心。”之后的评点中，又多次有批语与此段呼应。第十七回，匡超人中了秀才，只认县令做老师，黄评曰：“大坏大坏，从此坏矣，不可挽矣，可惜可惜。”也预言了匡超人拜别母亲后再不还家，背离了孝道，“从此母子不见面矣，盖书中虽未写出，观前文其母之梦可知”。后来，匡超人娶妻过日子，黄小田也点出“‘夫妻相得’，母子不相见”，再次映衬不归家。又指出匡超人即使回家也并不是为母亲，“要回家者，不过为薰吓乡里起见，并非有思亲之念”。匡超人妻子病逝，他还是不归家，只是拜托哥哥料理，黄小田评论：“匡二终不归，则娘之死后更不可问矣。”

在匡超人与潘三的关系上，写潘三虽然包揽刑讼，无赖贪婪，但是对匡超人却并无不仁，黄小田评道“潘三不良，然与匡二则良朋也”，对匡超人的关照“不啻父母之爱子，必如此写愈见匡二之非人”。潘三在狱中，托蒋刑房邀匡超人一见，匡超人只讲潘三当日吃喝风光，并不提对自己的恩情，用冠冕堂皇的说辞推诿，黄评曰“只讲吃喝，一门不提待他好处，其无耻昧良一至于是”，更是对匡超人一类丧心昧良之人极尽批判，评语中充满愤懑不屑，“丧心昧良一至于此！虽小说所托皆亡是公，然天下此等人正复不少，阅之不禁气涌如山，恨不取匡二杀之割之”，“无知畜生，一妄至此”，“先生恶此等人至于此极，不怕人肠子笑断耶”。

闲斋老人在《儒林外史序》中说：“其书以功名富贵为一篇之骨：有心艳功名富贵而媚人下人者；有倚仗功名富贵而骄人傲人者；有假托无意功名富贵自以为高，被人看破耻笑者；终乃以辞功名富贵，品地最上一层，为中流砥柱。篇中所载之人，不可枚举，而其人之性情心术，一一活现纸上，读之者，无论是何人品，无不可取以自镜。”而匡超人在唯“功名富贵”的浇薄士风中走向腐烂的人格，是富于代表性的集中展现。“描摹假名士、假高人以及浇风恶俗”是《儒林外史》讽刺的重笔，黄小田对这一人物的评点也贯穿这一主旨，贴近世俗人情，同时展现了丰富的人生阅历。

黄小田对《红楼梦》人物的评论仿佛也总能看到评《儒林外史》的影子，比如在贾雨村这样一个难得有儒林影子的人物身上，我们看到了与评价匡超人类似的批判，如第三回，他评价贾雨村对待甄士隐与林如海的两种不同态度，“前甄士隐赠银衣，不过略谢，并不介意；此则打恭，谢不释口，因时制宜，老奸作用”。第四回评价贾雨村对待门子和甄家的态度，“‘贫贱时事’，何事耶？雨村太无情矣！后文讹石呆子，无端害却一命，尤无辜而丧良心，已始于此”。

而对于《红楼梦》中女性的评价，黄小田也多是从人情物理出发，作符合社会准则的评判，较为冷静世故。对于书中最重要的两个女性角色，黛玉和宝钗，黄小田的评价也迥异其他评点家，在他的眼中并没有钗黛孰美的纠结，也不存在兼美的共同欣赏，而是较为客观地评价，并且这两个人物在他看来都是有缺陷的。对于宝钗，黄小田说她为人“深”而不“厚”，认为“宝钗事事练达，令人可敬可爱而又可畏”。黄小田多次抓住作者写宝钗情态中的“装”字，装作看不到，装作没听见等，指出“又下一‘装’字，如此之‘深’，岂浅人所能敌”，“又用一‘装’字，人谓其厚，吾谓其深”。第二十九回，宝钗说出史湘云有金麒麟，探春笑她“宝姐姐有心，不管什么他都记得”。黄小田评道：“宝钗之深，又被探春看出。”对于黛玉，黄小田则干脆指其性格缺乏千金小姐的贵重，并认为作者描写中瑕疵颇重。比如黄小曰对于黛玉的小性就多次表达不喜，第十七回，黛玉与宝玉闹别扭，“赌气上炭，面向里倒下拭泪”，黄小田评曰：“此时尚是小儿女情景，然黛玉小性儿已见一斑。”第二十回，黛玉因为史湘云的到来与宝玉怄气，黄小田评道：“本无理也，不得不赖人矣。虽是小儿心性，总觉写黛玉太过，近于无耻，此作者谬处。”此后还有多处，黄小田都对黛玉的言行逻辑极为不解，这种不解最后直接将责任指向作者，认为作者爱之过深，适得其反。第三十二回，黛玉怕宝玉同湘云等生出些所谓的风流佳事，“悄悄走来，见机行事”，黄小田说她“疑宝钗尚可，并疑湘云，太不识人矣。且到处窃听人言，亦非千金小姐身份”。第三十四回，黛玉嘲讽宝钗眼睛红肿，以为宝钗也像自己一样是为着宝玉伤心，黄小田认为“自己目肿未消，反以此奚落人。作者之写黛玉，非爱之，直丑之耳”。黄小田认为“作者本领，无可訾议，至笔妙更不待言。惟写黛玉太过，爱之惜之，反如贬之者，我所不解”。

黄小田认为“黛玉与宝钗，处处相行见拙，故作者赞宝钗云‘自云守拙’，亦‘自云’而已矣”，“黛玉于宝钗，无处不留心，宝钗于黛玉亦然。然二人巧拙不同，故黛玉常在其包容中不自知也”。评点家显然抽离了对于两个人物的感情投入，更像一位具有世俗眼光的第三者在冷静评价两个女孩竞争的形势，而他所说黛玉与宝钗相形见绌，也是从为人处世等社会生活的基本要求去考察的，这显然流于表面的世俗标准与人物深层次的审美内蕴并不关涉。

总的来看，黄小田对人物的评价结合了更多的社会伦理道德观念，更为贴近现实社会的人情物理。黄小田看重对人物世俗性的把握，总带有冷眼旁观的超脱与看破，如其所说“其品第人物之意，则令人与淡处求得之”。这不禁令人联想到黄小田曾经官场沉浮的阅历和之后家道顿落的辛酸。黄小田很强调超然的心态，但他的超脱淡然并没有达到理性的层次，反而让自己的人物评论过于因循社会世俗准则而缺乏同情的理解，有走向庸俗化的倾向，这一点尤其在评价《红楼梦》中女性形象时体现得更为鲜明。黄小田以一副手眼评这两部小说的人物，社会性人物评论显然更适合于“冷眼嫉世”的《儒林外史》，而在“为闺阁昭传”的《红楼梦》中则有些水土不服。

三、评点家的站位

黄小田对《红楼梦》《儒林外史》两部作品都是极为推崇的，他自述“予最服膺三书：《聊斋志异》《儒林外史》《石头记》”，同时也对两位作者的才华极为赞赏。黄小田评价《儒林外史》的作者“先生大才，固无所不可”，认为《红楼梦》“文章之妙，为自来小说所未有，故不得不批”。

也正因为如此，即使《儒林外史》后半部文笔稍逊，黄小田依然坚定地站在拥护者的角度进行剖析比较，最鲜明的就是评郭孝子一段故事。第三十八、三十九回，写到郭孝子遇虎两段情节，黄小田特意将其与《水浒传》反复比较：

写郭孝子尽管有武艺，却不与虎斗，致落俗套，盖只身断不能斗虎，《水浒传》虽极力写之，穷出情理之外。

郭孝子虽有膂力，却不与虎斗，避俗套也；且小说所写打虎，皆不合情理，何必效之。

以前数十回淡淡着笔无人能解，聊以此数篇略投时好，且与从前演义人一较优劣，无关正旨也。

故作此等语。前写郭孝子遇虎，一毫不犯《水浒传》诸书笔路，此段有意与《水浒传》相较，便笔路相近。然简洁雅驯，《水浒传》万不及也。

此等处何减《水浒传》耶。

又故意效《水浒传》。

此等言语《水浒传》所无，且正是抹倒《水浒传》，以见非不能作此等书，不屑耳。

非常值得注意的是，这一系列与《水浒传》的比较表现出对《儒林外史》从主题内容到文法技巧的全面推崇，无疑是出于黄小田对《儒林外史》的偏爱，将这段在《儒林外史》中本来并不出色的故事推举到了压倒《水浒传》的高度，实在有些过誉之嫌。但另一方面，我们也清晰地看出，作为参照物的《水浒传》受到了无情的批评，至于个中原因，则值得探究。其实黄小田意识到，在文法布局上《儒林外史》受到《水浒传》的影响最深，他说："篇法仿《水浒传》。《水浒传》专尚勇力，久为诲盗之书，其中杀（人）放火，动及全家，割肉食心，无情无理，事急归诸水泊，收结诚易易也。是书亦人各有传，而前后联络，每以不结结之。事则家常习见，语则应对常谈，口吻须眉唯、惟肖惟妙。"又说："此回略仿《水浒传》，未尝不惊心骇目，然笔墨闲雅，非若《水浒传》全是强盗气息，固知真正才子自与野才子不同。"可见，黄小田确实看到了《水浒传》与《儒林外史》的关系，但更看到它们的不同，这其中有文法的转变，有题材的变化，甚至是小说文体在发生的转变。这背后，与小说创作环境的整体走向有着莫大关系，《儒林外史》是精英文人独立创作的小说，有别于书会才人、市井艺人、书坊商人编写的通俗小说[①]，也就是黄小田所说“真正才子”与“野才子”之别。而黄小田作为文人阶层的一员，热情地拥抱了《儒林外史》这样具有新鲜元素、符合精英阶层知识分子审美的小说作品的到来，也显而易见将具有鲜明书坊色彩的《水浒传》置于鄙视链条的底端，带着居高临下的贬斥心态。

对于《红楼梦》，黄小田的态度相对公允一些，有推崇也有质疑。黄小田认为《红楼梦》作者最大的突破之处在于写了由盛而衰的循环，而非寻常小说的由衰而盛，这个特点抓得非常准确，“盖此书由盛而衰，不比寻常小说由衰而盛，所以点醒世人。而叙述致败之由，则亲切有如目睹，高出庸手万万。俗所称‘四大奇书’，何足道哉！”第十四回，写秦可卿大丧之奢靡逾制，黄小田又点出“此回写贾珍之纵性、凤姐之逞才，万分满志，特未观后文贾母办丧如何了。盛衰之际，不可恍然悟哉！”黄小田能有这样的领悟，笔者认为除了评点家个人的艺术感悟力外，很重要的一点是黄小田也经历了生于繁华而陷入落魄的落差人生。黄小田早年生活平顺，入仕后亦无功无过，颇为安稳，也曾“并辔寻花狂欲绝，何曾佳日负春秋”地享受消磨。1839 年，黄小田辞官归隐，过着游历闲适的生活，也在亲近下寮的生活中体会到民生疾苦，他的诗中曾有“路头倒毙无物敛，狼藉横陈死人面”这样的惨状，也正是在这个阶段，他开始了《红楼梦》的评点工作。后期，黄小田因太平军战乱，举家踏上避乱之路，最终客死异乡。曹雪芹备极风月繁华之胜而又跌落尘埃，才能作《红楼梦》，黄小田遭逢乱世能做出谈论“盛衰之际”的评点文字。在这方面，评点家黄小田与作者曹雪芹颇有知音之叹，也让我们看到评点家个人经历与时代大背景在小说评点中发挥的作用。

黄小田对于《红楼梦》行文情节的不接榫之处也勇于质疑，比如第九回

① 程毅中《近体小说论要》，北京出版社 2017 年版。

闹学堂内容，黄小田就认为与小说的整体内容无关系，是累赘笔墨，“此回绝不关系全书，何必如此细写？乃《红楼梦》之累笔”。这一说法不无道理，第九回文字确实存在与小说整体风格不够一致的问题。再有，黄小田还认为“慧紫鹃情辞试忙玉”这段逻辑不通，也是败笔。黄小田评点说：“宝玉之于黛玉，紫鹃知之深矣，何必试之？且云黛玉决意回去，打点还东西，宝玉如何肯骤信而一病至此？殊非情理所有，此作者败笔。”这一点出于情节合理性的思考则是见仁见智，黄小田的这种质疑，与他一贯偏于社会性世俗的评论思路有很大关系，因此较难以接受《红楼梦》中强调“至情至性”的情节或人物。

另外，后40回虽为续书，但并没有打断黄小田对全书人物认识的整体性，这一点与很多评点家的表现也不同。不少评点家因为对原作者的推崇和对小说原意的追求，而往往对后40回的情节走向和人物性格大加批评，甚至排斥无法接受。后40回中，黛玉这个形象充盈着浓重的悲剧色彩，她怀着对宝玉的爱情，在无望的等待与无情的现实中挣扎，逐步走向绝望与死亡。黄小田注意到了后40回重点展现了黛玉压抑不住的爱情心事。第九十六回，黛玉又因听闻钗玉婚事而惊迷本性，一迳走入宝玉房中，两个痴心而迷惑的人相对，爱情的秘密脱口而出，黄小田据此评道：“当日园中误以袭人为黛玉，即此语也。今日才得当面说出，然黛玉仍如不闻，两人之心，依然莫得。至此时丑态固贾母、贾政、王夫人酿成，黛玉亦死有余愧也。”这里，黄小田对人物的评价是将后40回内容视为小说的一部分而进行的判断，并且带有一贯的社会道德判断的特点。

我们看到，黄小田都是出于对两部作品的由衷喜爱才着手进行评点工作的，但其站位还是略有差异。对于《红楼梦》，黄小田始终有所隔膜，就如前文所提到的在人物评论上表现出的局限，可以见出，黄小田并不擅长处理《红楼梦》所独具的超越常情常理的深层内涵。黄小田虽然认为《红楼梦》是

“从来未有之小说”，但也还是对它有质疑，虽然这种质疑并不一定都不合理，但也部分地体现了黄小田对《红楼梦》理解的问题。黄小田对《儒林外史》的接受则更加全面而不加保留，对待《儒林外史》有更多偏爱或更深理解，这或许也与《儒林外史》的内容风格与黄小田本人的身份性格和个人能力更为契合有一定关系。

四、评点家间的隔空对话

前文已经提到，黄小田在《儒林外史》评点中，不仅对正文做评，也对卧评多有议论，仿佛两位评点家隔着时空进行了一场对话，黄小田的评语姿态各异，耐人寻味。

这些评语中有赞同的，比如卧评第一回回后评说：“不知姓名之三人是全部书中诸人影子，其所谈论又是全部书中言辞之程式。小小一段文字亦大有关系。”黄小田赞美道：“妙批。”卧评云：“娴于吟咏之才女古有之，精于举业之才女古未之有也。夫以一女子而精于举业，则此女子之俗可知。盖作者欲极力以写编修之俗，却不肯用一正笔，处处用反笔、侧笔，以形击之。写小姐之俗者乃所以写编修之俗也。”黄评曰：“此评确极。”也有反对的，卧评认为“严老大一生离离奇奇，却颇有名士风味”，黄小田反对道：“此批不合，如此混账哪得以名士例之？即曰讥之，亦不合也。”还有讨论补充的，第三十七回，对于祭祀泰伯祠的情节，卧评赞道：“此篇古趣磅礴，竟如出自叔孙通、曹褒之手，觉集贤学士萧嵩之辈极力为之，不过如此。堂哉，皇哉，侯其祎而。”黄小田评曰：“此评过迂，不过相题立言而已，何必过赞？”无独有偶，评点《红楼梦》的王伯沆也曾经对版本中自带的王希廉评语作了批评，在其中展现了评点家之间的思想交锋，在赞赏、辩难与争论中走向评语的进一步丰富充实。

其实，除了这种评点家直接下场批评别家评点的有趣现象外，还有不少迹象表名，评点家的评点行为并不是封闭孤立的，普遍存在着互相渗透借鉴和影响。就黄小田的《红楼梦》评点来说，既受到了其他早期评点本的影响，也对之后的评点产生了影响。东观阁本作为最早刊刻发行的《红楼梦》评点本，其批语对之后的王希廉、姚燮、刘履芬、陈其泰等人的评点都产生了或多或少、或直接或间接的影响，黄小田的评语就直接抄录了东观阁本的批语[①]，并对之后过录其评点的杨葆光有一定程度的影响。而在黄小田评点《儒林外史》的过程中，评点家互相影响的痕迹更为明显，黄小田在颠沛流离的避难生涯中，与张文虎结为好友，"二人过从甚密，在鸦片战争和太平天国运动的冲击下，清王朝的腐朽和社会的黑暗更加令人触目惊心。黄小田、张文虎辈也不能不有激烈的怨怼之词，也许这也是他们共同喜欢《儒林外史》《红楼梦》的重要原因吧"[②]。由此开启了《儒林外史》评点的小团体，李汉秋先生称之为沙龙，"天目山樵评点《儒林外史》在黄小田之后。当时在南汇和上海，形成了一个以天目山樵为中心的《儒林外史》沙龙，他的评点未刊前就在沙龙中传阅，他自己说先后借给雷谔卿、闵颐生、沈锐卿、朱贡三、杨古酝、艾补园过录"。而黄小田正是沙龙的肇始者，因此，李汉秋先生得出这样的结论："天目山樵评点《儒林外史》应当说是在黄小田的直接影响下开始的，黄小田实际上是这个'《儒林外史》沙龙'的先驱，他不仅与天目山樵交契甚深，而且同这个沙龙里的杨古酝等也有直接交往，在《礼部遗集》里还可以看到他的《寄杨古酝》等诗作。"[③]

可见，这样的现象其实在当时的小说评点领域并不少见，反映着小说评点在当时不仅作为一种文学评论模式，也作为一种文化现象而存在的事实。谭帆在《中国小说评点研究》中将评点的类型分为"文人型""书商型"和

---

① 曹立波《东观阁本研究》，北京图书馆出版社 2004 年版，第 218 ～ 221 页。

② 李汉秋《黄小田和清末上海的小说沙龙》，《光明日报》2004 年 10 月 27 日。

③ 李汉秋辑校《儒林外史》，黄山书社 1986 年版，第 4 页。

“综合型”，并指出小说评点者的不同类型，“小说评点者大致由文人、书坊主和小说家自身三种类型所构成。这三种类型的小说评点者在批评目的、情感旨趣和理论思想上都存在着很大差异……概括起来说，文人的小说评点比较重视个人情感的抒发，他们所选取的小说作品也有着明确的情感指向性；书坊主及其周围的下层文人在小说评点中以商业传播为其主要目的；而那些与小说关系比较密切的文人评点和小说家自身的评点则兼顾了评点的主题情感性和商业传播性”①。虽然这些类型之间并不能清晰地完全区分开来，其间有着交叉，但是基本来说，以市场意向为旨归的书商型评点活动还是出现在早期，而随着越来越多文人的加入，冲淡了小说评点的商业味道，传播的范围也在缩小。

因此，小说评点早期的相互渗透主要是由于当时的版权意识并不强，书坊主人或者评点者为推销小说而积极借鉴，更接近一种趋利的商业行为。而之后则渐趋演变为评点家的个人行为或文人群体行为，反映了文人加入小说评点领域后，使其逐渐精英化、精致化的趋势。小说评点日趋成为文人自娱自乐的方式，并不以刊刻出版、广泛流行为目标。在自评自赏的过程中，评点家也自觉不自觉地对前人的评点发表意见，并受到友人同好的影响。并且，因为文人评点只在小范围内传播，也促成了文人之间互动的特殊方式，也就是李汉秋先生所说的文人沙龙。这一文化现象在黄小田参与的《儒林外史》《红楼梦》两家评点中都有体现，黄小田可算其中的一位代表人物，他所参与的评点活动呈现了小说评点步入文人型阶段的典型样貌。

① 谭帆《中国小说评点研究》，华东师范大学2001年版，第87页。

第三节　陈其泰眼中的前 80 回与后 40 回

脂批之后的《红楼梦》评点都是以 120 回的程本作为批评对象，虽然程伟元宣称后 40 回“偶于鼓担上”得到，刊印前只做了“细加厘剔，截长补短”的整理编辑工作，但是后来的评点者们对这样的说法并未完全采信，且程本不仅增加了后 40 回，使小说有始有终，前 80 回文字也与脂本有很大出入，因此《红楼梦》评点的面貌也随之受到了影响。本书以陈其泰评点[①]为研究对象，拟研究其对程本系统人物形象接受的特点，主要考察前 80 回文字改动对陈其泰评的影响和陈其泰评点对后 40 回人物形象的态度与评价。

一、前 80 回的欣然接受

程本系统的文字改动对两个人物形象的性格塑造产生了比较大的影响，一个是只出现在前 80 回的尤三姐，一个是几乎贯穿全书的主要人物王熙凤[②]。

尤三姐的故事集中在第六十三至六十六回，虽然只有四回，却给读者留下了深刻印象，说明人物的刻画非常成功，不过，这个人物的品性在脂本和程本两套系统中有着清浊之分。在脂本中，尤三姐和她的姐姐尤二姐一样与

---

① 陈其泰在其《跋》中说：“曾见朱鲁臣别驾有一部，是初印精本，胜于余之所藏”，可见陈所评底本为程本系统，但非“初印”之程甲本，应更接近程乙本，但是否为一个规范的程乙本，则需要进一步地比对研究，版本问题并非本书的主要论题，此不赘述。

② 关于这两个人物形象在程本与脂本中的不同已有学者撰文论述，如刘大杰《两个尤三姐》（《文汇报》1956 年 10 月 29 日），杨光汉《曹雪芹原著中的尤三姐》（《红楼梦学刊》1980 年第 2 辑），陶建基《试论尤三姐——〈庚辰本〉与〈程甲本〉比较研究之一》（《红楼梦学刊》1982 年第 4 辑），王载源、蒋申干《程本・脂本尤三姐形象比较》（《明清小说研究》1995 年第 4 期），蔚然《从〈红楼梦〉程本与脂本第 67 回的不同谈对王熙凤形象塑造的影响》（《明清小说研究》2007 年第 3 期），关四平《从尤三姐的改塑管窥脂评本与程高本的价值》（《红楼梦学刊》2009 年第 4 辑）等。

“贾珍贾蓉等素有聚麀之诮”，作者描写这个人物的用词相当直露，完全不同于对大观园中少女所使用的那种洁净隽永的笔调，从一个侧面表达了对这个人物品性的评定。如，三姐在贾琏贾珍面前表现出惊人的“无耻老辣”，与姐夫贾珍“挨肩擦脸，百般轻薄”，“搂过贾琏的脖子来就灌，说：‘我和你哥哥已经吃过了，咱们来亲香亲香’”，“竟真是他嫖了男人，并非男人淫了他”，又说她“天生脾气不堪……另式作出许多万人不及的淫情浪态来，哄的男子们垂涎落魄，欲近不能”，等等。因此，王府本批语直截了当地认定尤三姐就是贾珍之流的玩物，与尤二姐毫无二致，所谓“……小姨与姐夫同床……有是姐必有是妹”。

程本中描写尤三姐的文字有了微妙的改动，尤三姐“虽向来也和贾珍偶有戏言，但不似她姐姐那样随和儿，所以贾珍虽有垂涎之意，却也不肯造次了致讨没趣。况且尤老娘在旁边陪着，贾珍也不好意思太露轻薄”。而尤三姐与贾珍贾琏聚饮也是以摆脱纠缠、争取自主的姿态出现，虽然泼辣犀利，但始终清白自持，“别有一种令人不敢招惹的光景”①，而原来脂本中种种否定三姐品性的字眼也在修改与修饰过后消失无踪了。

程本中这些经过精心设计的文字调整使得尤三姐的形象发生了根本性的改变，从一个品行有亏的淫奔女变为一位出淤泥而不染的贞洁女，在脂批与陈其泰批语的对比中也可以清晰地看到这种改变。

王府本第六十六回回末评道：

尤三姐失身时，浓妆艳抹，凌辱群凶；择夫后，念佛吃斋，敬奉老母。能辨宝玉，能识湘莲，活是红拂文君一流人物。

① 本节程本文字均引自《桐花凤阁批校本》，北京图书馆出版社 2001 年版。

陈其泰第六十五回回末评：

前列诸美，疑观止矣。乃兹复出一奇焉。……此书淫人淫事，每用旁见侧出，不肯直言。或托之梦寐荒唐，不肯坐实。独于尤二姐未尝稍讳。因其太秽，故用闲道出奇，更写一妖艳倜傥风流豪侠之尤三姐来，顿觉风云变色，电闪霆轰，使读者目眩神迷，心惊魄动焉。此明皇羯鼓解秽法也。传中言珍琏兄弟欲近不敢，欲远不舍，落魄垂涎，终莫能犯。形容殆尽。岂非涅而不缁者哉。无得而名。惟呼为尤物耳。①

我们可以看到两位评点者对尤三姐这个人物看法最大的不同就集中在贞洁问题上，脂批赞赏尤三姐的见识不凡，前提是认同她失身然后改过，而陈其泰虽然称尤三姐“妖艳倜傥风流豪侠”，却强调了她“涅而不缁”，珍琏兄弟“终莫能犯”。

在随后的尤三姐故事中，程本的修改依然在保持尤三姐的清白身份上用力，因为正面描写的笔墨相对减少，所以主要以细节和字词的修改为主。争取到择配柳湘莲的权利后，尤三姐收敛了锋芒，忍耐度日，“斩钉截铁”地安分守己起来。脂本点出她“夜晚间孤衾独枕，不惯寂寞”，以反衬她以往生活的混乱不堪，程本则改为强调尤三姐“每日侍奉母亲之余只和姐姐一处做些活计”，贾珍亦不敢来“招惹”。当柳湘莲打听到尤三姐底细，要求退亲还定时，脂本中尤三姐的心理活动是“自然是嫌自己淫奔无耻之流，不屑为妻”，无疑自认了“淫奔无耻”，自尽后又托梦柳湘莲，自念一首云“来自情天，去由情地。前生误被情惑，今既耻情而觉，与君两无干涉”。而程本中尤三姐认为柳湘莲“把自己当作淫奔无耻之流，不屑为妻”，实际澄清了自己的污点，

① 本节陈其泰批语均引自《桐花凤阁批校本》，北京图书馆出版社2001年版。

死后托梦与柳湘莲相见也没有念悔悟式的偈语。

尤氏母女“素日全亏贾珍周济”，在仰人鼻息的处境下以一弱女子之力对抗贾珍贾蓉之流，无疑是艰难的。无论失身还是清白，尤三姐所处的环境都已经让她承受了莫大的名誉损伤，就连宝玉也对她心存怀疑，以致柳湘莲追问时无以应对。陈其泰说：“宝玉亦有信不过三姐贞洁处，乃姊之盛名，既有以累之，而贾珍父子之形迹，又众目共见。宝玉岂能无疑于三姊哉。故说到品行，始终不置一词。”但尤三姐到底失身还是清白却又是一个根本性问题，她一生的事迹都受其限定，从批评者的角度来看，则是由此带来了两种不同的人物审美角度，这在脂批和陈评中得到了鲜明的体现。

第六十六回王府本回前批云：

余叹世人不识情字，常把淫字当作情字；殊不知淫里有情，情里无淫，淫必伤情，情必戒淫，……三姐项上一横是绝情，乃是正情；湘莲万根皆削是无情，乃是至情。生为情人，死为情鬼，故结局曰“来自情天，去自情地”，岂非一篇情尽文字。

第六十六回陈其泰批语：

湘莲三姐，天生一对佳偶。今玉碎珠沉，不杀风景乎？尤柳特陪客耳。今二玉之事何如，况陪客乎？湘莲是宝玉先声，三姐是黛玉榜样；而宝玉情痴，湘莲顿悟，黛玉柔肠，三姐侠骨。四人者不同道，其趋一也。一者何也，曰情也，君子亦情而已矣，何必同。

无论是脂本最初的人物定位，还是程本修改后的人物身份，都具有逻辑合理性，但两个尤三姐所展现的人格魅力有很大不同，这从两种批语的批评角度就可以看出。脂本中的尤三姐在龌龊环境中努力挣扎，脂批为她的无奈失身而叹惋，为她的执着真情而赞叹，侧重欣赏尤三姐勇于改过与追求幸福的勇气。程本中尤三姐的痴情与贞洁显得闪亮夺目，决绝一死更带给评点家强烈的情感冲击，陈评称赞她的英风侠骨，钦慕她的刚烈果敢，更赞美她出淤泥而不染的坚持与以死明志的刚烈。

有趣的是，虽然脂批与陈评的欣赏的角度不同，但双方都将尤三姐的故事归结到“情”字上。不同的是，脂批主要是受到尤三姐“来自情天，去由情地”偈语的启发，而陈评则认为尤柳爱情故事是宝黛爱情的影子，显示了小说“大旨谈情”的主旨。至于哪个尤三姐更吸引人则是见仁见智的问题，并不一定要有定论，至少从陈其泰的评点来看，评点家讨论这个人物的切入点，恰恰是程本通过修改想要强调的人物品性，这说明程本的修改已经达到了目的。

另一位在程本中性格明显发生变化的人物是王熙凤，她是几乎贯穿小说始终的主要人物，而影响到人物性格发展的修改主要在第六十七回“闻密事凤姐讯家童”。在脂本中，凤姐听到贾琏偷娶的消息后，情绪非常激动，“忙的一迭声命旺儿快把兴儿叫来”，问兴儿“二爷在外边怎么就说了尤二姐，怎么买房子置家伙，怎么娶过来的，一五一十从头至尾说个明白”。兴儿见问，“仔细想了一想”，权衡利弊后才向凤姐交代清楚。得知贾琏偷娶的来龙去脉后，脂本展现了凤姐丰富的思想活动，她先是震惊愤怒，“只气得痴呆了半天，面如金纸，两支吊梢子眼越发直立起来了，浑身乱战，半晌连话说不上来”，接着又伤心抱怨，和平儿说：“天下那有这般没见世面的男人，吃着碗里的，看着锅里，见一个爱一个，真成了喂不饱的狗，实在是个弃旧迎新的坏货。”在与平儿讨论了整个事件的利害关系后，凤姐才渐渐冷静下来，“自己一个人将前事从头至尾细细盘算了多时，得了一个一计害三贤的主意出来”①。

程本对这段情节改动很大。首先，凤姐在密讯家童时气势高昂，策略高明。她见到兴儿没有匆忙地暴露自己的目的而是当头棒喝：“好小子啊！你和你爷办的好事啊！你只实说罢！”而兴儿“早唬软了，不觉跪下，只是磕头”，完全失去了脂本中“仔细想了一想”的那份从容。凤姐从头至尾主导着二人的对答，整个局面尽在掌控，她的威重令行在此时得以完美展现。审问明白后，凤姐的心理描写也明显减少，只写她“越想越气，歪在枕上只是出神，忽然眉头一皱，计上心来”。

脂本中的凤姐，在丈夫偷娶事件的打击下短暂地暴露了软弱的一面，她在审问家童以及与平儿的对话中时时表现出失措与失落的情绪，拉拉杂杂的对话显得有些拖沓却也让读者对她的处境增加了理解和同情，相反，程本这段情节的笔墨简洁利落、赏心悦目，而凤姐表现得胸有成竹、应付裕如，与她一贯精明强悍的形象相得益彰。陈其泰评道：

凤姐诘问，双奴登答，一一传神。问者不疾不徐，答者旋推旋认。居然一位明察官府，驳查晓事吏胥光景，不待严刑也。

俞平伯先生曾指出，《红楼梦》的人物塑造是“爱而知其恶”的。程本的改动避免了凤姐脆弱情感的暴露，使她的言行都指向了性格中狠辣的部分，这样使人物个性更突出更统一甚至更合乎逻辑，但也放大了她的“恶”而失其可爱、可怜，以致在这段情节之后陈其泰对凤姐的批评达到了一个高峰，“写凤姐之狠，真乃过于虎狼。世间实有此种险恶老到人”。

此后，凤姐形象的基调基本确立起来，尤其后 40 回所安排的“设奇谋”

① 因庚辰本缺第六十七回，本条引自《甲辰本红楼梦》，书目文献出版社 1989 年版。

情节，凤姐被设定为宝黛爱情的直接破坏者，虽具有强烈的戏剧效果，却也将她推到了遭人唾骂的风口浪尖。评点家对凤姐的厌憎情绪愈演愈烈，陈其泰在前 80 回对凤姐还有理家精明、善于应对之类的褒扬，在后 40 回却几乎没有了正面评价：

凤姐既劝娶宝钗，又与黛玉作此虐谑，大是可恶。而黛玉闻之，却不逆耳。方以为好事必成矣。宝玉忆及凤姐前日喜信发动之语，岂不亦要错认乎。

凤姐奇谋，真同儿戏。一时骗过，将来如何？因思此策，可见凤姐之为人矣。彼所拒者，癞虾蟆耳。其他则人尽夫也。以己度人，知宝玉惟色是好，何必择人。宝钗之美，不下黛玉。平时亦相亲爱。一径入手，自必移情而忘却黛玉矣。彼安知男子中乃有痴心如宝玉者哉。如责其冒昧，反恕之也。

可以看出，程本通过第六十七回的修改强化了凤姐性格恶的一面，并且在后 40 回将这样的趋势继续推进下去，而陈其泰在接收到这样的人物信息后也对凤姐颇多批判之词。在小说后部，凤姐渐趋失势，处境岌岌可危，及至其死，凄凉可怜，陈其泰认为这是作恶之报，可以警示后人。

写凤姐人衰运退，没兴将来也。终宵不寐，惨闻爱女啼声。昧旦晨兴，愁见良人怒色。贾琏李 ，上下交侵。平日之威风安在哉。宜乎月夜游魂，得而乘之。散花灵签，从而警之也。

凡人作恶太甚，一切损人利己之事，无所不为。当其运隆气壮，行之但觉快心，毫无忌惮，虽鬼神亦莫能难焉。及至年衰疾至，落魄失时，智计不生，良心渐现，回光一照，悚惧难安。一切冤家，自然毕集。而地狱即在眼前矣。此等果报，万无一爽。

从上文分析可见，程本对前 80 回的修改并不止步于简单的编辑整理，其中对于人物形象的修改体现了强烈的主观意图，有时会对性格走向产生很大影响，甚至是一次人物性格的再塑造。通过脂本原文与程本改文的对照，我们可以窥见原作者的最初立意、修改者的指导思想以及二者的利弊得失。而从陈其泰评点的面貌来看，评点家对于前 80 回的人物形象描写是基本接受的，包括经过修改的人物形象，并在相应的人物批评中体现了修改的影响，由此又可印证程本修改的效果。

二、后 40 回的频繁批判

在众多评点家中，陈其泰看待前 80 回与后 40 回的态度还是较为公允的，虽然一直强调后 40 回是他人续做，有诸多败笔，但也没否认前 80 回也存在不少纰漏，认为“后四十回集腋成裘，故多败笔，必须大加删改，方与前八十回相称。但前八十回中，亦多失检点应修饰之处”。

比如，陈其泰认为贾赦、贾珍等人的妻子出身都与贾家门第不配，这些只是作者为了叙述方便而作的粗率安排，并不符合情理。“贾氏世禄之家，连姻自必门户相当。贾赦贾珍现袭世职，岂少公侯之女与之缔婚。乃邢夫人、尤氏、秦氏、胡氏等家世，皆与贾府门第不称，殊不入情。此书往往自逞笔便，不计情理之处。盖立意传宝玉、黛玉二人，余皆略不经意。故不求其丝丝入扣也。”

再比如，秋桐这个人物，完全为逼死尤二姐而设置，她的出现与消失显得非常突兀。陈其泰说：

秋桐后来不见出头。此时安得有在贾母、王夫人跟前悄悄告诉之身分耶。叙来殊不入情。作书者只顾一时笔下顺利，随意挥洒，恰不算到前后照应也。

自此之后，绝不提及秋桐。此人本为杀尤二姐而设。二姐既死，原属赘。

不必再费笔墨，但须设法撇开，方见周匝。今直至凤姐病时方见此人，未免太觉率略。

对于后40回的人物处理方式，陈其泰也并非全盘否定，而是提出“看后四十回书，只可节取其大段佳处，不必求其尽合也”。对于黛玉听说宝玉将娶宝钗后细腻的心理描写，陈其泰尤其大加赞赏，认为“黛玉闻信之下，甚难描写。此时心里云云，刻划入微，形容尽致。即你去罢三字，亦不能容易说出。颤巍巍者，十分经意而出之情状也。始则脚软如绵花，神气夺也。即而脚步如飞，肝火动也。不知作者从何处体会到此”。

不过，我们还是更多地看到陈其泰对后40回人物塑造表示不满。如“此回败笔甚多，显然与八十回以前之笔墨不同。自是另出一人之手也”；“自八十一回起，看去总多与前文不合处。言谈口角，亦都不似其人。甚矣续貂之难也”；“铺排无谓。八十回以前，决无此没要没紧之赘语”。

首先，陈其泰对后40回的某些人物描写方式不认同。比如，黛玉这个形象充盈着浓重的悲剧色彩，她怀着对宝玉的爱情，在无望的等待与无情的现实中挣扎，逐步走向绝望与死亡。评点家注意到了后40回重点展现了黛玉压抑不住的爱情心事。黛玉因误传的宝玉婚事而一心向死，又因谣传破解而病体稍减，忽病忽愈的蹊跷情形已将自己的心事完全暴露。陈其泰认为这样的直白描写并不成功，甚至扭曲了黛玉灵秀婉约的形象，评论说：

黛玉闻雪雁告紫鹃之言，即应登时勾起旧病，吐出一口鲜血。以致沈绵待尽，正极入情入理。何以要说黛玉立意绝粒而死耶。作者之意，不过要做出黛玉病得奇怪，好得奇怪。使众人皆猜出是心病耳。但黛玉不应如此浅露，殊失黛玉身分矣。

不过，与人物描写方式相比，陈其泰认为后40回人物塑造更严重也是最主要的问题是人物性格与前80回不统一，从而导致人物言行不合情理，削弱了人物形象的感染力与表现力。

陈其泰有这样的看法亦属情有可原，后40回对人物言行的刻画有时确实与前80回不一致，甚至相背离。比如，一向赤胆忠心追随黛玉的紫鹃在第九十四回竟然私心认为黛玉性情不好，“你替人耽什么忧，就是林姑娘真配了宝玉，他的性情也是难伏侍的。宝玉性情虽好，又是贪多嚼不烂的”，虽然仅短短一句，已让人觉得与前80回的人物性格不能统一。陈其泰评道：

此数句可删。紫鹃以黛玉为性情难伏侍，断无此理。作者不过欲着此数语，见得紫鹃所以不急急探听耳。不然，紫鹃细心人，岂有后来婚薛之事，合府皆知，而独不知一毫风声者耶。但用笔太拙，殊不入情。远不及前八十回笔墨。

在这方面，陈其泰谈到最多的是宝玉与贾琏这两个人物。陈其泰认为宝玉后40回的诸多言行幼稚愚钝，完全没有展现出前80回那种自由性灵的特点，使整个人物的光彩大减。比如，宝玉入塾与代儒讲究八股，表现生涩笨拙，与“大观园试才题对额”时期灵秀聪慧的形象相去甚远。陈其泰认为：

上半回宝玉入塾讲书一段，败笔，只宜讲得别有会心。如庄列之诡僻，黄老之元妙，晋人清淡之诞妄，方合宝玉之身份。今竟写宝玉如三家村顽钝逃学之生徒，岂非愧愧。

再如，宝玉特意差人去问宝钗“若是去呢，快些来罢；若不去呢，别在风地里站着”，陈其泰评价这样的无味之语完全失去了宝玉的本来面目，

“八十回之前，虽时有呆语，皆非浅人俗人所能道，何至作如此孩气之言”，又评“语语钝拙，太失宝玉本相”。

陈其泰还指出贾琏的形象也出现了偏差。第一百零一回，贾琏对凤姐疾言厉色，态度粗暴，病中的凤姐竟至“不敢突然相问”。陈其泰认为如此描写很不合理，背离了前 80 回夫妻二人的相处模式。

> 凤姐与贾琏，岂有相见不发一言，各自就寝之时耶。凤姐何至小心如此。与前半部之贾琏，竟如两人。

陈其泰认为，虽然贾琏与凤姐的感情基础并不牢固，随着凤姐渐趋失事，贾琏可能不再似前 80 回般小心翼翼，但以他的一贯处事方式和家庭教养，绝不至于对生病的凤姐如此粗鲁。“贾琏纵因心绪恶劣，气质用事，亦何敢遽施狂暴于凤姐之前。即云财尽交绝，色衰爱驰，而贾琏向日行径，都不如此粗厉。总之与前半部不是一色笔墨也。”陈后来再次强调：“全不是贾琏平日口吻。贾琏不过一浪子耳，并非粗暴之人。”

可见，尽管陈其泰不像某些评点家那样对后 40 回全盘否定，但也对其中与前 80 回人物性格不能呼应之处颇多批评之辞，这与后 40 回的人物描写本身存在着不少问题有关。但值得深思的是，如前文所提到的，程本对前 80 回也有不少修改，也对人物性格作出了改动，但陈其泰却基本完全接受，并没有认为人物性格前后不一。这样的态度值得玩味，评点家可能因后 40 回“另出一人之手”而对人物形象塑造的认可程度大打折扣，进而对人物描写存在的问题高度敏感。虽然表面上看来是后 40 回人物描写本身的问题造成了评点家个人的诸多批评意见，但内蕴中暗含着批评家对原作者意图的高度尊重和向往。陈其泰一再强调后 40 回的人物形象“与前八十回笔墨，相去天渊”，实际上是在力图以前 80 回的人物言行去衡量约束后 40 回的人物表现。

E.D. 赫施认为“忽视作者的意图（即原初意义）如果不具有重大的压倒一切的价值的话，那么，我们这些以阐释为业者就不应该忽视作者的意图”[①]。对于批评家来说，尊重作者意图是重要的，而对于将评点《红楼梦》作为一生事业来完成的评点家，他们对作品的挚爱与尊重更超过了一般批评家的程度，因此陈其泰在心理上已经将前 80 回奉为不可逾越的典范，这样的心态直接影响了他对后 40 回人物的接受程度。虽然评点家看待后 40 回的态度不够客观公平，但由于前 80 回的人物塑造达到了高水准，以此来衡量后 40 回并提出意见没有影响到陈其泰评点的逻辑合理性，总体来看陈评对于后 40 回人物描写的意见是合理而中肯的，对人物形象创作具有建设性意义。

综上所述，在以程本为批评文本的基础上，评点家陈其泰的人物批评受到了程本文字修改的影响，但由于认为后 40 回“另出一人之手”，陈其泰对前 80 回与后 40 回的人物形象采取了两种不同的批评态度，具体体现为两种不同的人物接受态度与批评姿态。在前 80 回，陈其泰基本认同人物描写的合理性，包括程本中经过修改的人物形象，人物批评以鉴赏式为主；在后 40 回，陈其泰则更多地批评人物塑造中存在的问题，尤其是人物性格与前 80 回不统一的问题，批评家的主动性明显增强。

① 拉曼·塞尔登《文学批评理论——从柏拉图到现在》，北京大学出版社 2006 年版，第 202 页。

后　记

《红楼梦》评点是我真正学术研究的开始，硕士开题前，导师胡文彬先生给了我两个题目，一个是《红楼梦》的英译传播，一个是《红楼梦》评点，我选了后者。事实证明，这两个都是好题目，接触之后都让我此后的学术生涯受用不尽。我现在特别感谢、感恩胡先生，也陷在深深的怀念伤痛中无法自拔。今年3月到5月，我眼睁睁看着他挣扎在病床，一步步衰弱，一点点耗尽。我从不能相信到颓然无助，终究还是永远失去了我的老师。在生死边缘，我们的力量总是那么渺小。我也会迷惑，每天汲汲营营在忙碌什么，身边最珍重的人却留不住。不过我虽然困惑，还是埋头默默地写着自己喜欢的文字，就像老师经常说的，做个静静读书的“傻大姐”。这也是我唯一能做的一点事情。这本书献给在天上的我最亲爱的老师。

2021年5月于北京